UNE SOMBRE VICTOIRE

LES MONSTRES ET MOI

TOME 4

EVA CHASE

Une sombre victoire

Livre 4 de la série *"Les Monstres et moi "*.

Première édition numérique, 2020

Copyright © 2024 Eva Chase

Traduction française : Valentin Translation and Isabelle Wurth

Conception de la couverture : Open World Cover Designs

Ebook ISBN : 978-1-998752-67-6

Broché ISBN : 978-1-998752-68-3

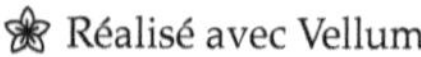 Réalisé avec Vellum

UN

Sorsha

Vous n'auriez pas pensé qu'il pouvait y avoir pire que d'avoir les êtres surnaturels les plus anciens à vos trousses, avec l'intention de vous assassiner avant que vous ne mettiez fin au monde. Eh bien si, il y a encore pire, pas de chance.

Pour commencer, vous pourriez vous réveiller dans une pièce si sombre que vous n'auriez pas la moindre idée de ce qu'elle contient, si ce n'est un air humide et étouffant et un matelas bosselé qui vous fait mal au dos, sans savoir où vous êtes ni comment vous êtes arrivé là. Vous ne sauriez pas non plus combien de personnes sont tapies dans l'obscurité et se préparent à vous assassiner en ce moment même. Ensuite, vous pourriez vous redresser et vous rendre compte que l'un de vos poignets est enchaîné par une lourde menotte métallique à une fixation qui refuse de bouger, ce qui rendrait encore plus probable la présence de meurtriers tapis dans l'obscurité.

Et pour être clair, par « vous », je veux dire moi.

Le sommier qui soutenait le matelas grinça sous l'effet de mes mouvements. Je testai la menotte d'un coup sec du bras. La chaîne se mit à cliqueter, elle tint bon, et la lumière traversa l'espace. Une lumière assez faible, en fait, celle d'une lanterne électrique, mais l'obscurité qui régnait auparavant était si complète que j'en étais réduite à cligner des yeux à cause de l'éblouissement qu'elle provoquait.

La pièce qui m'entourait semblait être une sorte de bunker souterrain avec des murs, un sol et un plafond en pierre brute. Le lit de camp en métal était recouvert d'une couche de rouille et se trouvait à côté d'une armoire métallique assortie qui, je suppose, contenait du matériel. L'espace entier ne devait pas faire plus de trois mètres de long et de large, et au milieu de cet espace, tenant la lanterne, se tenait l'être surnaturel le plus puissant que j'avais eu l'agacement – et, d'accord, parfois le plaisir – de rencontrer.

La faible lumière artificielle accentuait les angles du visage étroit d'Omen. Son regard bleu glacial me fixait, toujours aussi perçant. Ses cheveux fauves étaient coiffés en arrière et aplatis par du gel, ce qui signifiait qu'il maîtrisait son tempérament pour l'instant. Je suppose que j'aurais dû me réjouir que ses crocs et ses griffes de chien de l'enfer ne soient pas sortis.

Il n'avait pas l'air d'avoir l'intention de m'assassiner pour l'instant.

Mais cela ne me rassurait guère, pas plus que le fait de savoir que jusqu'à présent, cet homme monstrueux s'était battu de tout son cœur du même côté que moi. Où que soit cette pièce et quelle que soit la manière dont nous y avions accédé, ce type m'avait traînée ici. La dernière chose dont je me souvenais, c'est qu'il m'avait frappée assez fort pour m'assommer. Ma tempe me faisait mal à l'endroit où son poing s'était enfoncé. Il ne faisait aucun doute que j'arborais une ecchymose assez spectaculaire. Heureusement, je ne ressentais aucun signe de commotion cérébrale.

Hé, autant compter mes chances, aussi maigres soient-elles.

Au moins, Omen ne m'avait pas livrée directement aux Très Hauts. S'il l'avait fait, je serais probablement déjà morte. Tant que j'étais en vie, j'avais une chance infime de le rester.

Mais pourquoi m'avait-il amenée dans cet endroit misérable ?

Ma bouche, comme elle le faisait si souvent, se mit à bouger sans consulter le reste de mon corps.

— Quelle coïncidence de tomber sur toi. Tu viens souvent ici ?

La voix d'Omen ne fut guère plus qu'un grognement.

—Sorsha...

Je levai mon poignet menotté, dont je voyais maintenant qu'il était attaché à l'un des pieds du lit de camp, lui-même boulonné au sol de pierre ; peu de chances de le soulever à la main. La chaîne métallique cliqueta à nouveau lorsque je l'agitai.

— Tu voulais plonger directement dans les trucs coquins, hein ? La prochaine fois, tu n'auras qu'à demander.

En fait, nous avions déjà couché ensemble une fois, sans chaînes, mais avec beaucoup de passion. Le métamorphe n'en sembla pas apprécier le rappel. Quelques touffes de ses cheveux se hérissèrent. Il montra les dents, qui semblaient déjà plus pointues qu'elles ne l'étaient il y a quelques instants.

— Tu n'arrêtes jamais de plaisanter ?

Je pris appui sur mes mains et lui adressai un sourire crispé.

— Non. Ça s'appelle un mécanisme d'adaptation. Cherche sur Internet, haleine de chien.

D'accord, insulter son ravisseur, surtout lorsqu'il s'agit d'un être de l'ombre extrêmement dangereux, figurait probablement dans la colonne des conseils à ne PAS donner aux victimes d'enlèvement. Je ne pouvais pas prétendre être un modèle de sagesse.

Mais malgré tous mes efforts pour garder le moral, lorsqu'Omen fit un nouveau pas vers moi, la peur et la colère prirent le pas sur mes nerfs. La poussée d'adrénaline déclencha dans ma poitrine une vague de chaleur qui me picota jusqu'à la peau – et envoya des flammes lécher le col de la chemise d'Omen ainsi que mes avant-bras nus.

Tandis qu'Omen s'attaquait à sa chemise, je plaquai mes bras contre mes flancs aussi vite que possible pour étouffer les flammes. Elles disparurent, mais laissèrent ma peau rose tandis qu'une douleur plus fraîche me piquait.

Omen tira une dernière fois sur le tissu brûlé autour de son cou et tendit la lanterne devant lui – pour vérifier mes bras, réalisai-je. Pour voir à quel point je m'étais blessée. Il n'aurait pas pris la peine de faire ça s'il avait été sûr de ma mort dans les prochaines heures de toute façon, non ?

— Écoute, dit-il, en grognant bizarrement un peu moins qu'avant que je ne l'enflamme, ça ne me plaît pas non plus, mais tu viens de prouver exactement pourquoi je ne peux pas ignorer complètement les avertissements des Très Hauts.

— Alors, tu as décidé de m'emmener dans une grotte déserte ?

— J'ai besoin de temps pour réfléchir et décider de ce qu'il faut faire sans que ton fan-club n'intervienne.

Il parlait du trio d'hommes de l'ombre qu'il avait fait venir dans ce royaume pour l'aider dans sa mission, et qui s'étaient retrouvés plus mêlés à ma vie que je ne l'aurais permis à quiconque, encore moins à une bande de monstres. Mais le doux Snap avec ses pouvoirs démoniaques, le rusé Ruse avec sa passion d'incube et le stoïque Thorn hanté par le poids de son passé d'ange guerrier m'avaient donné l'impression d'obtenir la meilleure part du marché.

Qu'allaient-ils faire de tout cela ? Nous avions à peine eu le temps d'assimiler la déclaration d'Omen selon laquelle j'étais l'être soi-disant redoutable nommé Ruby que les Très Hauts avaient passé des décennies à rechercher – et que c'étaient leurs laquais de l'ombre et non des chasseurs humains et vengeurs qui avaient tué mes parents et fait fuir ma tutrice *fae* avec moi – avant qu'Omen ne m'ait attrapée.

Mon trio était obsédé par ma sécurité, même lorsque je ne faisais rien de plus risqué que de marcher dans la rue. S'ils ne savaient pas où leur patron m'avait emmenée ou ce qui pouvait m'arriver là-bas, ils allaient devenir fous.

À moins qu'ils n'aient décidé que si les plus grands de l'humanité de l'ombre étaient terrifiés par moi, il valait mieux qu'ils se débarrassent aussi de moi.

Je me mouillai les lèvres, en agrippant le drap grossier qui recouvrait le matelas. Ma première envie fut de continuer à critiquer le métamorphe, mais ce n'était pas ce qui l'avait touché auparavant. La fois où il avait le plus baissé sa garde – la fois où il s'était laissé aller à cet acte d'intimité brûlant avec moi après avoir juré que ça n'arriverait jamais – c'était après que j'ai laissé tomber la lutte et que j'ai simplement été ouverte et franche avec lui.

À l'époque, je lui avais dit que je n'avais pas peur de lui. Je lui avais dit que je savais qu'il tenait à moi. Nous savions peut-être maintenant des choses que nous ne savions pas à l'époque, mais je pouvais retrouver un peu de cette foi en nous.

J'inspirai lentement et me forçai à calmer mon propre tempérament.

— Tu penses vraiment que je suis une menace pour l'existence ? demandai-je en soutenant son regard. Que je détruirais tous les êtres que j'ai tenté de sauver au péril de ma vie ? Que je pourrais causer une destruction massive à l'échelle dont parlent les Très Hauts ?

— Je ne sais pas. Il m'observa un instant. Tu m'as déjà prévenu que le feu qui était en toi t'effrayait. Es-tu sûre que tu ne pourrais pas brûler les royaumes ?

À cette question, je ne pus m'empêcher de repenser aux moments où nous nous étions disputés et où le brasier avait surgi dans ma poitrine. Le simple fait de m'en souvenir me rappela cette flamme. Je n'aimais pas être piégée ici, je n'aimais pas être trahie par quelqu'un que je commençais à aimer. Quelque part dans les profondeurs de mon être, une petite voix insistante murmurait : *Brûle ! Brûle tout. Brûle ces enfoirés du sol au plafond.*

Mes poumons se contractèrent. Je voulus faire disparaître ce désir, mais la chaleur enivrante persistait, grignotant les bords de ma poitrine.

Étais-je totalement confiante dans ma capacité à la contrôler ? Non. Soyons réalistes : il y a quelques minutes à peine, je m'étais ébouillantée avec ce pouvoir sans le vouloir.

Pouvais-je dire qu'il n'était certainement pas aussi grand et mauvais que le prétendaient les Très Hauts ? Je ne voulais pas le croire. Mais il y avait eu des moments où j'avais pu imaginer raser des villes entières. Jusqu'à quel point ces flammes pourraient-elles voler si je leur laissais le champ libre, si je les laissais grandir et grandir… ?

La chaleur ne me grignotait plus, elle me rongeait et devenait brûlante. J'inspirai à nouveau, atténuant le feu intérieur du mieux que je pouvais.

Omen m'étudiait toujours. Son rictus moqueur suggérait qu'il avait pu lire une bonne partie de ma lutte intérieure. Le fait que je n'aie pas encore répondu était probablement une réponse suffisante.

— Je ne veux rien détruire, dis-je finalement. Enfin, à part les connards de la Compagnie… et je suppose ton ancien co-conspirateur qui les soutient apparemment ?

Ses révélations sur mon passé avaient été interrompues par une horreur bien plus actuelle : notre plan pour démolir la Compagnie de la Lumière, une organisation dédiée à débarrasser tous les royaumes des créatures qu'ils considèrent comme des monstres, avait été déjoué par un puissant être de l'ombre avec lequel Omen s'était autrefois associé. Il croyait que cette créature nommée Tempest était morte, tuée il y a des siècles sur l'ordre des Très Hauts à cause des ravages qu'elle avait causés parmi les mortels.

Je ne comprenais pas pourquoi une créature de l'ombre aurait voulu aider les mortels à tourmenter et à détruire les siens, et Omen ne semblait pas en avoir la moindre idée non plus.

Maintenant, il me faisait la grimace.

— Pas question de changer de sujet. Je m'occuperai de Tempest le moment venu. Le problème que tu poses est plus urgent.

— Pourquoi ? On ne peut pas supposer que je maîtriserai mes superpouvoirs avec un peu plus d'entraînement, comme tu l'as toujours dit ? J'ai réussi à passer vingt-huit ans sans décimer la planète entière, pourquoi ça serait si urgent ?

— Tu n'avais pas vraiment activé tes pouvoirs jusqu'à il y a quelques semaines. Pendant ce temps, je les ai vus se développer rapidement. Je ne pense pas que tu puisses faire valoir cet argument auprès des Très Hauts.

Je commençais à avoir une pointe à l'estomac, mais il n'y avait jamais eu de situation où une petite pirouette sur une chanson des années 80 n'avait pu m'égayer au moins un peu. Je haussai les sourcils et laissai des paroles s'échapper :

— Je commence par l'homme le plus proche. Je lui demande de réarranger ce jour.[1]

Les crocs refirent leur apparition.

— Tu crois vraiment que la bouffonnerie est la réponse à...

— D'accord, d'accord. J'essaie juste de rester dans le domaine du verre à moitié plein. Je peux être un modèle de sérieux qui rendrait même Thorn fier. Je pris mon air le plus sombre, m'imprégnant de l'esprit du robuste ailé. Qu'est-ce que tu en as à faire de ce que veulent les Très Hauts de toute façon ? Ils ne se préoccupent guère de ce monde à moins qu'un être de l'ombre ne provoque une catastrophe générale, n'est-ce pas ? Je suppose que tu ne leur as pas dit que tu traînais avec l'horrible hybride humaine-ombre qu'ils recherchent. Est-ce qu'on ne pourrait pas nous remettre à écraser la Compagnie ? Et si mes pouvoirs commencent à prendre une direction plus désastreuse, alors tu pourras prendre une décision, non ?

— Ce n'est pas si simple, dit Omen, et il marqua une

pause, comme s'il se demandait s'il pouvait s'en tenir là. Je me raclai la gorge pour l'inciter à continuer, et il me lança un regard noir. Le reste ne te concerne pas.

— Ah oui ? Je puisai dans les réserves de calme que je possédais encore et parvins à poser la question sur un ton calme et sérieux plutôt que sur le ton acide que j'avais voulu lui lancer. Étant donné que ce qui se passe ici est une question de vie ou de mort pour moi, je pense que c'est plus ma préoccupation que celle de n'importe qui d'autre. S'il y a quelque chose d'autre qui se trame est-ce que je ne mérite pas de le savoir ?

Omen fit travailler ses mâchoires.

— Il ne s'agit pas de ce que tu mérites ou pas.

— De quoi s'agit-il alors ? Comme il continuait à tergiverser, je levai les yeux vers lui, souhaitant avoir le talent de Ruse pour le charme. Bon sang, peut-être que si tu m'expliques, je verrai une faille que tu n'as pas remarquée. Je suis très douée pour me sortir de situations délicates, comme tu as pu le constater.

Il laissa échapper un petit rire rauque.

— Je pense que cela dépasse même tes talents de voleuse, Miss Catastrophe.

— Je t'ai déjà prouvé que tu avais tort. Je pris une bouffée d'air. Je t'en prie. Je veux juste comprendre. Je pensais qu'on en était arrivés à un point où on se comprenait assez bien. Si tu veux me mener à l'abattoir, j'aimerais savoir pourquoi.

Quelque chose dans ma voix avait dû le toucher. Omen se détourna en marmonnant un juron. Il fit les cent pas, les poings serrés le long du corps, puis se retourna vers moi.

— Les Très Hauts ne se sont pas contentés de me dire ce que tu es et ce qu'ils aimeraient qu'il t'arrive, dit-il. Ils m'ont carrément ordonné de les informer de l'endroit où se trouve « Ruby » dès que je l'aurai découvert.

— D'après ce que j'ai vu, tu ne suis généralement pas les ordres simplement parce que quelqu'un te les a donnés, ressentis-je le besoin de faire remarquer.

— Oui, mais c'est un cas particulier. Il se tut et je crus un moment qu'il allait se fermer encore comme une huître. Puis il reprit la parole, à voix basse et laconique. Je n'ai pas vu assez tôt l'erreur de mes méthodes infernales. Avant que je ne mette fin à mes jeux tordus avec les mortels, les Très Hauts avaient eu vent de ces jeux et de mes manigances passées avec Tempest. Ils auraient mis fin à mes jours comme ils l'ont fait pour elle si je n'avais pas réussi à les convaincre que ça valait la peine de faire un pacte.

— Quel genre de pacte ?

— J'accomplis dix tâches de leur choix et nous sommes quittes tant que je me tiens à carreau. En attendant, ils ont un collier magique autour de mon cou sur lequel ils peuvent tirer quand bon leur semble. Trouver Ruby est la dernière tâche qu'ils m'ont assignée.

— Oh. Même si j'étais assise sans bouger, mon équilibre vacilla sur le matelas. Donc jusqu'à ce que tu t'acquittes de cette tâche...

— Je reste sous leur emprise, dit-il d'un air sombre.

— Et que se passerait-il s'ils découvraient que tu sais où je suis, mais que tu ne me livrais pas tout de suite ?

— J'imagine qu'ils décideraient que j'ai renié notre accord et qu'il est de bonne guerre de m'éviscérer après tout.

Je déglutis. Tout ce qu'il avait à faire, c'était de montrer aux Très Hauts le chemin vers moi, et il retrouverait sa liberté. J'avais beaucoup d'expérience en ce qui concernait la fierté du chien de l'enfer – je ne pouvais pas imaginer à quel point il avait souffert d'avoir cette laisse autour de son cou pendant tout ce temps. En y réfléchissant trop, il mettait en péril la poursuite de son existence.

C'était un miracle qu'il n'ait pas pointé un rayon laser dans ma direction à la seconde où ils avaient fait leur demande.

Une émotion inconnue m'envahit, d'une lourdeur suffocante. Le désespoir – c'était le mot qui convenait. Je n'étais pas seulement acculée au pied du mur, mais au fond d'un gouffre profond et sombre, sans la moindre issue.

— Eh bien, dis-je et pour la première fois de ma vie, je ne trouvai pas les mots pour finir cette phrase.

— Oui. Omen avait l'air plus résigné qu'autre chose. Tu es la bienvenue pour mettre à profit tes compétences en matière de situations délicates.

Je croisai à nouveau son regard, cherchant une réponse dans ses yeux.

— Pourquoi ne m'as-tu pas encore livrée à eux ?

Un sourire étroit se dessina sur ses lèvres.

— Tu as fait bonne impression. Il posa la lanterne, sortit un sac en plastique qu'il jeta sur le matelas à côté de moi, et pencha la tête vers le sol sous le lit de camp. Voilà de quoi manger, et il y a un seau si tu as besoin d'assouvir d'autres besoins corporels. Je te laisse pendant que je réfléchis à mes options.

Sur ce, il disparut dans l'ombre, me laissant me demander s'il existait une quelconque option qui ne se terminerait pas par mon écorchement et mon éviscération.

---

1. Paroles déformées de « Man in the mirror » (Michael Jackson)

DEUX

L'entaille sur mon bras se refermait déjà, mais elle piquait encore sous la gaze dont Thorn l'avait entourée. Mais le pourquoi de cette entaille me piquait encore plus. Omen s'était d'abord jeté sur Sorsha, puis il avait attaqué le reste d'entre nous lorsque nous avions commencé à intervenir. Au cours de cette escarmouche, l'une de ses griffes de chien de l'enfer avait tranché la chair juste en dessous de mon épaule, presque jusqu'à l'os.

Si nous n'avions pas été aussi choqués par tout ce que nous venions de découvrir et par son hostilité soudaine, nous aurions sûrement pu l'arrêter à nous trois. Mais je n'étais pas préparé à affronter notre chef comme un ennemi. Lorsqu'il frappa ma bien-aimée, ma première réaction fut la confusion. Toutes ces précieuses secondes que j'avais perdues en réalisant que je ne m'étais pas trompé, qu'il avait vraiment l'intention de l'emmener loin de nous, peut-être vers les Très Hauts qui voulaient sa mort...

Notre échec pesa manifestement lourd sur Thorn. Il marchait de long en large dans l'étroit hall de la Toutemobile, l'expression la plus grincheuse que j'aie jamais vue, et ce n'était pas un être qui passait beaucoup de temps à sourire, même les bons jours.

Quand Omen s'était enfui avec le corps mou de Sorsha, nous l'avions poursuivi, mais sous sa forme de chien de l'enfer, il nous avait semés en quelques minutes. Après qu'il eut disparu dans la nature sauvage où nous nous étions garés, à l'extérieur de San Francisco, nous nous étions retirés pour nous regrouper, mais en voyant les marques de coups sur les armoires scintillantes et la fissure qui traversait maintenant la table, je ne me sentais que plus perdu.

Omen voulait-il vraiment livrer Sorsha à des êtres qui la tueraient ? L'idée de la perdre me causait une douleur plus aiguë, et si vive que j'avais du mal à respirer.

Il était difficile de l'imaginer franchir ce pas. Certes, il était parfois agacé par elle, mais ils avaient l'air de bien s'entendre ces dernières semaines. Elle avait tant fait pour nous. Comment pouvait-il penser qu'elle allait nous faire du mal, sans parler de tous les autres êtres des deux royaumes ?

Le petit dragon dont notre mortelle s'était occupée semblait tout aussi déconcerté. Pickle se faufilait entre les tessons d'assiettes et de verres à vin qui jonchaient le sol, poussant de petits couinements rudes à l'adresse de personne en particulier. J'essayai de lui tendre la main et de claquer la langue comme j'avais vu faire Sorsha, mais il se contenta de renifler plus fort et de donner un coup au pied de table comme s'il était responsable de sa disparition.

Thorn ouvrait et refermait les poings contre ses flancs, faisant toujours les cent pas. Sa voix grave résonna dans la pièce.

— S'il lui a déjà fait du mal, je peux vous dire qu'il devra en payer le prix.

L'autre ailé parmi nous, un homme de l'ombre tout aussi massif nommé Flint qui avait rejoint notre groupe il y a seulement quelques jours jeta un coup d'œil en direction de la table où il était assis en face de moi.

— Et s'il avait vu quelque chose en elle qui lui a fait penser qu'elle était une menace...

Le guerrier se retourna vers lui.

— Tu ne sais rien d'elle ! Il serait encore dans les griffes de la Compagnie, en train d'endurer leurs tortures, si elle ne nous avait pas aidés à le libérer. C'est l'être le plus gentil et le plus compatissant que j'aie jamais eu l'honneur de côtoyer. Je ne l'ai jamais vue blesser quelqu'un qui ne méritait pas dix fois plus.

Flint serra la mâchoire comme si elle était faite de la même pierre que son nom, décidant apparemment qu'il valait mieux ne pas parler du tout. Omen avait voulu garder le secret de l'identité de Sorsha pour les nouvelles ombres de notre groupe, alors nous n'avions pas partagé toute l'histoire avec eux, mais il avait été impossible pour eux de ne pas remarquer qu'il s'était enfui avec elle. Je suppose que nous devions leur dire une partie de la vérité, mais pas tout.

Ruse passa ses mains sur son visage, devenu pâle depuis la trahison d'Omen, et nous regarda depuis le mur où il était adossé, près du siège du conducteur.

— Tout cela est vrai, et Omen pourrait encore faire ce

qu'il veut d'elle. Comment pouvons-nous l'arrêter ? C'est peut-être déjà fait.

— Il n'a peut-être pas encore achevé sa trahison. Il sait à quel point elle est précieuse pour sa cause, et il ne voudrait pas compromettre ça. Je sais qu'il est déterminé à mettre fin aux plans de la Compagnie. Thorn se retourna à nouveau, une lueur cramoisie brillant dans ses yeux presque noirs. Je n'avais peut-être pas prévu cela, mais je le connais depuis longtemps. S'il est toujours dans le royaume des mortels, je pourrai peut-être le localiser.

Mon cœur fit un bond, et je me levai d'un coup avec cette sensation.

— Qu'attendons-nous alors ? Partons retrouver Sorsha.

L'incube se redressa à son tour, mais Thorn secoua la tête en nous regardant tous les deux.

— J'irai bien plus vite tout seul, sans avoir besoin d'expliquer, et je suis le seul d'entre nous à avoir une chance de l'égaler en cas de combat. Je reviendrai dès que je le pourrai.

— Thorn ! protesta Ruse, mais le guerrier ne répondit pas. Il disparut dans les ombres et s'éloigna hors de ma portée avant que je n'aie eu le temps de cligner des yeux.

— Le grand méchant ange s'en va sans nous, marmonna Antic d'une voix chantante, faisant crisser en rythme les tessons sous ses pieds. Le diablotin donna quelques coups sur le comptoir de la cuisine, qui était à peu près à la même hauteur que sa tête. Je donnerais du fil à retordre à ce chien de l'enfer.

— Oui, et quelques secondes plus tard, tu serais réduite en cendres, dit Ruse sèchement, mais je voyais bien que son cœur n'était pas à l'humour. Il grimaça en regardant le sol. J'aurais dû m'en rendre compte dès qu'il a commencé à parler de tout ça. J'aurais dû... je ne sais pas. Merde.

Il regarda autour de lui comme s'il cherchait quelque chose à quoi se raccrocher, et une lueur d'idée me traversa l'esprit.

— A-t-il touché quelque chose ? demandai-je en jetant un coup d'œil autour de moi.

Ruse marqua un temps et me regarda fixement.

— Quoi ? Qui ?

— Omen. Quand il était ici.

— Je ne vois pas ce que ça change après...

D'habitude, je n'interromps pas mes compagnons. Normalement, j'écoute attentivement ce qu'ils disent, car ils ont tous beaucoup plus d'expérience que moi dans les deux royaumes, et surtout dans celui des mortels. Mais le départ violent d'Omen et l'inquiétude que je ressentais pour Sorsha me donnèrent un élan de détermination.

J'avais un but ici. Il y avait une raison pour laquelle Omen m'avait confié cette mission – il y avait des choses que je pouvais faire.

— Bien sûr que c'est important, répondis-je d'une voix plus forte et plus énergique que je ne l'aurais cru. Un pincement me traversa la poitrine devant l'expression de stupeur qui traversa le visage de l'incube, mais il était peut-être temps qu'il m'écoute pour une fois. Sorsha était à moi, et j'étais à elle, et s'il y avait un moyen de la sauver, je le trouverais.

Je redressai les épaules et continuai.

— Si Omen a touché quelque chose avec ses mains nues – ou toute autre partie de sa peau nue – il a pu laisser une empreinte qui pourrait me dire où il pensait aller. Tu te souviens s'il a touché quelque chose sur les murs, la table ou ailleurs pendant qu'il nous parlait ?

Après avoir attrapé Sorsha, il avait eu fort à faire avec elle. Les dégâts sur le sol étaient principalement dus au fait que nous nous étions heurtés à des objets dans la pièce alors qu'il nous repoussait. Il n'avait pris sa forme de chien de l'enfer que lorsqu'il s'était traîné sur le sol à l'extérieur, ma bien-aimée en bandoulière sur le dos.

Un élan d'espoir encore plus fort me traversa. Je fis un vague signe aux autres, y compris à l'elfe de la nuit qui était resté blotti dans l'ombre depuis la violente frénésie d'Omen.

— Prenez le temps d'y réfléchir. J'aurai plus de chance dehors de toute façon.

Dans l'air humide qui s'était accumulé sous les épais nuages, j'hésitai un instant. Le sol était sec et couvert de taches d'herbe jaunie et de mauvaises herbes – et d'un mélange de faibles empreintes de pas, les semelles de chaussures humaines. Les pattes de chien de l'enfer d'Omen avaient-elles laissé une trace quelque part ? Il s'était enfui dans cette direction...

Je me précipitai entre les arbres. Il s'était certainement métamorphosé depuis qu'il avait atteint cet endroit.

Il y avait des éraflures dans la terre, là où ses griffes avaient raclé le sol. Je me penchai et passai ma langue dans l'air au-dessus d'elles, goûtant les empreintes qu'il avait laissées.

Des images encore plus fragmentées que d'habitude défilèrent dans mon esprit. La sensation du poids mort de Sorsha sur son dos, la chaleur infernale qui parcourait sa peau, l'effort dans ses pas rapides – et un enchevêtrement de résolution et de regrets. Il n'avait pas été heureux de s'en prendre à nous. Cela ne me rassurait guère. Il l'avait fait quand même, alors qui savait quelles autres choses horribles il pourrait faire ensuite ?

Je n'avais pas l'impression qu'il savait où il allait. Il voulait simplement être le plus loin possible de nous, loin de la possibilité que nous l'arrêtions. Et s'il n'avait pas encore pris sa décision ?

Je repoussai cette idée et continuai à rôder, m'arrêtant ici et là pour tester d'autres parcelles de terre remuée qui semblaient avoir été causées par des pattes d'animaux plutôt que des pieds humains. Les impressions que je glanai avaient à peu près le même goût que la première fois. Je n'avais aucun sens de la direction à suivre, si ce n'est de continuer à avancer aussi vite qu'Omen le pouvait. Il ne s'était pas encore dirigé vers une faille, pour autant que je puisse en juger. C'était un petit soulagement.

Lorsque je me redressai après le dixième essai environ, pas sûr de l'intérêt de continuer alors que le sentier devenait moins défini, Ruse sortit des arbres pour me rejoindre. Son regard plein d'espoir s'estompa à ma vue.

— Rien ?

La frustration que j'éprouvais face à ce fait me piqua au vif.

— Rien qui puisse nous indiquer où il est parti. Mais... je ne pense pas qu'il se dirigeait directement vers les Très Hauts. Il sentait le poids d'une certaine responsabilité envers eux, mais il y résistait.

— Je suppose que si elle est toujours dans ce royaume et en vie, Thorn a de meilleures chances de les retrouver tous les deux.

Une férocité qui me surprit moi-même jaillit de mes entrailles.

— Il aurait dû nous donner une chance de l'aider. S'il avait attendu quelques minutes, j'aurais pu lui dire quelque chose qui aurait pu limiter ses recherches. Je tournai les talons, incapable de m'empêcher de jeter un coup d'œil aux arbres. Omen aussi aurait dû nous donner une chance. Nous la connaissons mieux que lui – il aurait dû écouter ce que nous avions à dire, et non pas suivre ce que lui disaient les Très Hauts. Ils ne l'ont jamais rencontrée !

Ruse haussa les sourcils devant mon emportement, mais lorsqu'il posa sa main sur mon épaule, son geste était doux.

— Je suis d'accord avec toi, dévoreur. Malheureusement, je pense qu'Omen était également conscient que nous nous sommes tous les trois terriblement investis dans le bonheur de notre mortelle. Si nous avions eu plus de chances de nous liguer contre lui, il n'aurait peut-être pas réussi à nous battre – enfin, Thorn, en tout cas.

— Alors il aurait dû se rendre compte que nous avons de bonnes raisons d'avoir cette dévotion pour elle.

Le picotement de la frustration s'amplifiait, remontant à travers mes côtes et jusqu'à la base de ma gorge. Sorsha m'avait sauvé non pas une, mais deux fois. Elle avait réveillé en moi tout un monde dont j'ignorais jusqu'à l'existence. Je *devais* la protéger.

J'avançai, cherchant d'autres signes du passage d'Omen, mais j'atteignis la zone où il nous avait devancés. Je ne savais pas exactement quelle direction il avait pu prendre à partir d'ici. Nous nous rapprochions de la route, où une odeur chimique suffocante émanait des quelques voitures qui passaient par là.

Je passai devant un autre arbre et me retrouvai face à un mortel corpulent qui se promenait sur le bord de la route. Il s'arrêta, me regarda en clignant des yeux, et la sensation de picotement s'enfonça en moi comme les rangées de dents crochues qui pourraient surgir dans ma bouche.

Tout ce à quoi je tenais avait mal tourné, et *quelqu'un*

devait payer. Je pouvais déchirer son âme en lambeaux et la dévorer…

Mon corps se mit en mouvement avant même que je n'aie fini de former cette pensée, poussé par la faim omniprésente dans ma nature. Les yeux de l'homme s'écarquillèrent, ses joues rondes pâlirent.

— Snap ! dit Ruse entre ses dents, mais j'étais déjà en train de reculer. Je serrai la mâchoire avant qu'elle ne puisse s'étendre davantage et me propulsai loin du mortel et de l'élan tentateur de son énergie vitale.

Je valais mieux que cela. J'étais un monstre, et je sortirais mes crocs si cela pouvait nous aider – mais pas seulement pour me distraire de mes frustrations. Savourer cet homme ne ramènerait pas Sorsha.

Si seulement j'avais une meilleure idée de ce qui le ferait.

Lorsque le camping-car fut en vue, je m'arrêtai en expirant de façon rauque. Ruse se posta à côté de moi.

— Je ne sais pas quoi faire, lui dis-je. L'envie de déchirer quelque chose me tenaillait encore. L'espace d'un instant, une petite part de moi s'était réjouie que Sorsha ne soit pas là pour voir à quel point mon contrôle s'était effiloché.

Ruse me fit un sourire de travers qui avait l'air plutôt douloureux.

— Tu as déjà fait plus que ce que j'ai pu. Mon charme ne peut pas faire grand-chose pour nous ou pour Sorsha en ce moment. Il soupira. Je crois que j'ai trouvé quelques endroits dans la Toutemobile qu'Omen a touchés – ou plutôt, tailladés ou griffés. Tu veux venir les goûter ?

Si notre chef n'était pas sûr de sa destination lorsqu'il s'était élancé ici, je n'imaginais pas qu'il en ait été plus sûr avant même d'être sorti du véhicule. Mais confirmer cela nous ferait plus de bien que d'assassiner des passants au hasard.

Je levai le menton.

— D'accord. Et ensuite, on trouvera autre chose à essayer. On va continuer à essayer, même si cela semble ridicule, jusqu'à ce que Sorsha soit de retour parmi nous.

Je ne me laisserais pas encore réfléchir à ce que je ferais si elle était perdue pour toujours.

TROIS

Sorsha

Si Omen avait voulu me cacher l'emplacement de son bunker, il n'avait pas fait un très bon travail. Dans le sac qu'il m'avait jeté, avec le sandwich au poulet emballé et la bouteille de jus d'orange, je trouvai une serviette froissée avec le logo de l'accueil du Grand Canyon.

J'avais toujours voulu jeter un coup d'œil au Grand Canyon. Bien sûr, j'aurais préféré le voir depuis le bord plutôt que d'avoir cette vue incroyablement intérieure de la roche dont il était fait. Omen n'avait vraiment pas l'âme d'un guide touristique.

Je devais supposer qu'il avait choisi cette grotte comme cachette parce qu'elle était loin de tout endroit où les mortels se rendaient généralement dans le canyon. Je n'aurais pas été surprise si la porte à l'autre bout de la pièce donnait sur un précipice de plusieurs centaines de mètres de profondeur, et ce salaud n'avait pas emporté mon grappin. Il ne faisait aucun doute que je me trouvais aussi loin de la civilisation humaine que l'on pouvait l'être dans tout le pays.

Peut-être avait-il voulu que je voie cette petite serviette pour me dissuader d'essayer de me défaire de mes liens.

Après avoir englouti le sandwich et bu le jus de fruits – car mes chances de survie n'allaient guère s'améliorer si je me laissais mourir de faim – j'examinai la menotte autour de mon poignet et la chaîne qui m'attachait au cadre du lit de camp. J'avais déjà fait fondre du métal avec mes pouvoirs de feu. La première fois, ce n'était qu'une canette de boisson gazeuse, certes, mais j'avais aussi arraché les barreaux des cages dans l'une des installations de la Compagnie.

Mais même ces barres-là étaient beaucoup plus fines que les maillons de cette chaîne. J'aurais bien tenté le coup de toute façon, mais un sentiment d'incertitude m'en empêchait au fond de moi.

Les émotions intenses semblaient toujours faire prendre à mes flammes des directions imprévisibles et parfois indésirables, et je ne me sentais pas du tout bien et libre comme l'air en ce moment. Je dirais qu'il y avait une chance non négligeable pour que si j'essayais d'exsuder assez de feu pour réduire ces anneaux d'acier en une flaque, je devienne moi-même un tas de cendres dans le processus. Je n'avais personne pour me jeter un seau d'eau si je transformais le matelas ou ma propre personne en brasier.

Non, tant que je me doutais que je ne pourrais pas m'échapper de la prison même si je me libérais de mes chaînes, je n'allais pas m'y risquer. Je pouvais rire face au danger, mais seulement si j'étais raisonnablement certaine de pouvoir le contourner en même temps.

En peu de temps, je commençai à regretter d'avoir pris mon repas si rapidement. Au moins, manger avait été quelque chose à faire. L'endroit étant essentiellement une prison, il n'y avait pas grand-chose pour m'occuper, si ce n'était compter les ondulations des murs en roche beige ou réfléchir à la manière que choisiraient les Très Hauts pour me tuer et ainsi se venger du fait que j'aie échappé à leur emprise pendant si longtemps.

Au bout d'un moment, je m'effondrai sur le lit et je fis la grimace en regardant le plafond. À ce rythme, la cause de ma mort serait soit l'ennui, soit un ulcère à l'estomac.

Pour essayer de passer le temps de manière un peu constructive, je réfléchis aux nouveaux arguments que je pouvais avancer pour persuader Omen que j'étais loin d'être une menace assez grande pour que le souci envahisse sa tête de chien.

C'est vrai quoi, je ne voulais pas faire exploser les deux royaumes, ni même une partie importante de l'un d'entre eux. J'avais peut-être fait griller quelque chose que je n'avais pas l'intention de faire ici et là, mais j'avais toujours été capable de maîtriser ces flammes trop zélées avant qu'elles ne fassent de sérieux dégâts.

Si j'étais vraiment préoccupée par ma maîtrise de soi, je pourrais simplement ne pas utiliser mes pouvoirs, non ?

Mais même en pensant à tout cela, la chaleur dans ma poitrine continuait à se déchaîner si furieusement que je n'étais pas totalement convaincue. Putain de maudit bourbier. Mes parents s'étaient-ils lancés dans ce projet de création d'un bébé hybride en ayant la moindre idée des tracas qu'ils m'infligeaient en tant qu'être théoriquement impossible ?

Ils m'avaient aimée suffisamment pour faire tout ce qui était en leur pouvoir pour me mettre au monde, mais je n'étais pas sûre qu'ils aient bien réfléchi à tout le plan. Sans vouloir offenser papa et maman, qu'ils reposent en paix.

Il s'était passé près d'une très longue heure ou une douzaine de courtes lorsque les ombres autour de la porte se mirent à vaciller. Omen prit forme à peu près au même endroit où je l'avais vu pour la dernière fois, debout à côté de la lanterne. Il tenait un autre sac en plastique qui semblait contenir de la nourriture. Apparemment, cela faisait assez longtemps que j'avais faim sans m'en rendre compte, car mon estomac gargouilla à cette vue.

Je devais supposer qu'il ne me donnerait pas à manger juste pour me conduire à l'abattoir. Je tendis ma main libre et il me lança le sac.

Il s'était aventuré plus loin cette fois-ci pour m'apporter quelque chose qui ressemblait davantage à un dîner : un hamburger de fast-food et un carton de frites, ainsi qu'une bouteille d'eau. Les frites s'étaient un peu ramollies au cours de son voyage dans les ombres, mais je n'allais pas me disputer pour cela ni pour le fait qu'il n'avait pas apporté de ketchup pour les accompagner, même si c'était une grave offense.

J'enfournai une frite, la saveur salée et grasse me remontant un peu le moral, et j'en agitai une autre dans sa direction.

— Comment s'est passé ce brainstorming ? As-tu trouvé le sens de la vie pendant que tu y étais ? Une astuce : j'ai entendu dire que le nombre quarante-deux était impliqué d'une manière ou d'une autre.

Le chien de l'enfer me lança un regard noir.

— Tu n'as toujours pas l'air de prendre cette situation aussi sérieusement qu'elle le mérite.

— Tu préférerais que je reste affalée sur le lit à gémir comme si j'avais besoin d'être opérée de l'appendicite ?

— Non. Simplement... Il s'interrompit en soufflant, ne sachant peut-être pas exactement ce qu'il aurait voulu voir.

Ma vie était encore entre ses mains. Et jusqu'aux événements d'aujourd'hui, je commençais à l'apprécier et même à lui faire confiance. Comment pouvais-je lui rappeler la femme à laquelle il commençait à s'intéresser avant que le problème Ruby ne nous explose à la figure ? Il fallait qu'il me voie comme une vraie personne et non comme un désastre ambulant.

Je posai la frite et je réfrénai l'envie de m'emporter, préférant parler plus franchement.

— Je comprends que je suis dans une situation extrêmement grave. Mais si je me penche trop sur la question, je finirai par me balancer mécaniquement dans un coin de la pièce, comme une malade bonne pour l'hôpital psychiatrique, et je ne pense pas que cela nous aidera l'un ou l'autre. Mais je ne pense pas non plus qu'il y ait matière à rire. J'écartai les bras en faisant tinter la chaîne. Je suis à ta disposition. Que puis-je te dire pour t'aider à te décider ? Pose-moi des questions.

Omen me lança un regard acéré, comme s'il me soupçonnait de lui faire une farce, mais il s'appuya contre le mur en face de moi, comme s'il s'installait pour une conversation plus longue.

— Eh bien, puisque tu me le proposes... Pourquoi ne me raconterais-tu pas un peu plus ce que c'était que de grandir avec cette femme *fae* qui a aidé tes parents ? Maintenant que tu connais toute l'histoire, y a-t-il quelque chose qui te frappe ? Elle devait savoir que les Très Hauts et leurs sbires en avaient après toi.

Je me mordis la lèvre inférieure en y repensant.

— Je ne sais pas quelles autres parties de ma mémoire Luna a pu faire disparaître – mais peut-être que tu le remarqueras s'il y a une lacune dont je ne me suis pas rendu compte pendant que je parlais. Il avait déjà réussi à briser un charme dans mes souvenirs.

— Commence à parler alors.

Dieu sait quand j'aurais une autre invitation comme celle-là de sa part. Je ramenai mes jambes sur le lit de camp.

— Honnêtement, c'était assez prévisible étant donné que j'étais une enfant essentiellement mortelle élevée par un être de l'ombre. Luna nous trouvait un appartement dans une ville ou l'autre – je ne sais pas trop comment elle les payait, mais peut-être que ses tours d'illusions faisaient aussi le boulot –, j'allais à l'école et je faisais toutes les choses humaines habituelles, puis tous les ans ou presque, elle s'inquiétait que les gens qui avaient tué mes parents puissent nous trouver et nous déménagions dans un appartement assez similaire dans une autre ville.

— Elle n'a jamais rien dit qui indique qu'elle attendait de voir si tu montrerais tes pouvoirs, ou qu'elle s'inquiétait que tu puisses blesser quelqu'un ? demanda Omen.

Je secouai la tête.

— Non. Je m'en souviendrais certainement. Peut-être qu'elle n'a pas réalisé que c'était ce que les Très Hauts s'attendaient à voir se produire. Elle était plutôt insouciante la plupart du temps, sauf pour éviter de se faire assassiner.

Même si cela faisait douze ans que les chasseurs de la

Compagnie l'avaient tuée, une douleur me traversa à l'évocation de cette perte. Je la revoyais très bien se trémousser dans l'appartement au son d'un groupe des années 80 qui l'obsédait particulièrement, ses cheveux étincelants se balançant avec sa queue de cheval prise dans un chouchou, ses ailes apparaissant en paillettes ici et là lorsqu'elle se laissait complètement aller. Sa capacité à toujours trouver la blague parfaite à faire de sa voix mélodieuse, pour me rassurer si un sale gamin de l'école s'en prenait à moi. Le plaisir qu'elle prenait à m'habiller avec des froufrous et des paillettes, et sa grogne feinte lorsque j'avais suffisamment développé mes propres goûts pour commencer à jeter ces vêtements au fond du placard au profit de teintes plus sombres et de motifs plus simples.

Je ne me souviens d'aucun moment où elle m'a sérieusement critiquée, et encore moins où elle m'a fait sentir qu'il y avait quelque chose qui n'allait pas chez moi. Elle n'avait peut-être pas été conçue pour jouer un rôle parental, et une *fae* ne pouvait peut-être pas donner le même genre d'amour maternel qu'un humain, mais elle m'avait chérie au-delà de toute raison. Elle était la seule personne dans ma vie dont je me souvienne vraiment qui ne m'avait jamais montré autre chose qu'une dévotion complète.

La fois où je pense que mes pouvoirs avaient le plus de raisons de se manifester – mais ne l'ont pas fait – c'est quand j'étais enfant et que ce crétin de l'ombre a pensé que ce serait amusant d'utiliser son vaudou de contrôle mental sur moi pour faire de moi une marionnette. J'avais déjà raconté cet incident à Ruse, mais en parler à voix haute me démangeait. Je résistai à l'envie de serrer les bras autour de mon torse. Luna lui a fait la leçon et m'a ramenée à la maison. Elle ne m'a pas demandé comment je me sentais.

Je veux dire, ça devait être évident que j'étais secouée, vu mes pleurs, mais elle n'a pas eu l'air de s'inquiéter que je puisse m'énerver et m'en prendre à quelqu'un. Elle s'est contentée de prendre ma glace préférée pour qu'on en mange ensemble directement dans la boîte, de mettre mon film préféré, même si cela l'agaçait que j'aime quelque chose de moderne plutôt que ses « classiques », et de s'asseoir là, son bras autour de moi, en me caressant les cheveux.

Malgré l'horreur de ma situation présente, un sourire se dessina sur mes lèvres à l'évocation de ce souvenir. Tata Luna avait peut-être appris ses repères sur le comportement humain dans tous les médias des années 80 qu'elle avait consommés, mais elle avait été capable de les mettre sacrément bien en pratique.

Omen me regardait attentivement.

— Elle était importante pour toi.

— Bien sûr qu'elle l'était, dis-je. Elle était tout mon univers. Je n'avais pas vraiment le temps de me faire des amis comme nous étions constamment en mouvement... Au bout d'un moment, il m'a semblé qu'il y avait si peu d'intérêt à mieux connaître les gens que j'ai cessé d'y mettre du mien. Si je ne faisais pas les choses essentielles, je traînais avec elle. Elle savait comment rendre amusantes les choses les plus banales, comme faire les courses ou soigner un genou écorché. Je me sentais parfois un peu seule, mais elle faisait de son mieux pour moi. J'ai réussi à passer pour quelqu'un de relativement normal, si l'on en croit les humains.

Un petit rire sarcastique s'échappa de la bouche d'Omen.

— Seulement pour quelqu'un qui ne connaît pas assez l'humanité de l'ombre pour en percevoir l'influence. Il marqua une pause. Je n'ai pas eu l'impression de voir des morceaux de charme illusoire dans ce que tu as dit, mais je ne suis pas sûr que je les percevrais dans mes pensées générales. Et je ne pense pas que nous ayons le temps de te faire raconter toute ton histoire s'il n'y a pas d'incidents particuliers qui semblent liés à tes pouvoirs.

— Elle s'est probablement dit que ce n'était pas grave, et que si je commençais à en montrer, elle s'en occuperait à ce moment-là. Elle n'était pas très prévoyante non plus.

Je me frottai la bouche, la douleur du deuil se mêlant à toutes les tensions que j'avais déjà ressenties dans un ragoût d'indigestion. Est-ce que tout cela rendait Omen plus aimable à mon égard ? Je ferais peut-être mieux de lui rappeler son passé – et les responsabilités qui en découlaient – à la place.

— On dirait que cette Tempest est tout le contraire de ça, continuai-je en picorant dans mes frites. Il y a combien de temps que tu penses que les Très Hauts l'ont tuée – plusieurs siècles, ou quelque chose comme ça ? Pendant tout ce temps, elle a joué une sorte de jeu sans fin, gardant tout sous le coude... S'était-elle déjà retournée contre d'autres ombres quand vous traîniez ensemble ?

La torsion vers le bas des lèvres d'Omen m'indiqua qu'il n'aimait pas ce changement de sujet.

— L'objectif principal de Tempest était de semer le chaos. Elle le faisait surtout parmi les mortels, mais elle n'hésitait pas à piéger des ombres plus faibles pour s'amuser un peu plus. Je ne m'attendais pas à un tel stratagème, mais...

— Mais ?

Il resta silencieux un moment.

— Je l'ai vue une fois passer la majeure partie d'une semaine à arracher les griffes de petites bêtes comme ton dragon pour les planter une à une dans un mortel qui l'avait offensée jusqu'à ce qu'il ressemble à une pelote d'épingles. Un sanglant coussin d'épingles. Si elle a trouvé un moyen de retourner les opérations de la Compagnie contre les mortels de façon épique, il n'est pas difficile d'imaginer qu'elle va faire encore plus d'efforts à nos frais pour y arriver.

Ah. Nous avions donc affaire à une véritable psychopathe. Je n'en avais pas vraiment douté après l'avoir entendue se moquer d'Omen au téléphone, mais cette petite histoire renforça mon impression.

— Et tu ne penses pas qu'arrêter ce genre de folie épique est un peu plus important que l'infime chance que j'ai d'exploser comme une centaine de bombes nucléaires dans les prochains jours ? ne puis-je m'empêcher de dire.

— Je crois que je ne sais pas à quel point cette chance est mince.

Je ne pouvais pas argumenter ce point très facilement. Il était temps de se concentrer à nouveau sur lui.

— Pourquoi as-tu fréquenté un être de l'ombre comme ça, de toute façon ? Tu étais si mauvais que ça à l'époque ? Il m'avait dit qu'il jouait des tours aux mortels – les convaincre qu'il était le diable en personne avait été l'un de ses préférés – mais je ne l'avais pas imaginé aussi sadique, surtout envers d'autres créatures de l'ombre.

Quelque chose dans l'expression d'Omen se figea.

— Je ne peux pas dire que j'étais très attentionné envers les mortels de mon entourage, mais je n'ai jamais fait de mal intentionnellement à l'un des miens.

— Tu es resté là à ne rien faire pendant que quelqu'un d'autre le faisait.

— Si tu crois que je ne me suis jamais disputé avec Tempest, ou qu'il y avait une chance qu'elle change simplement parce que j'aurais dit... Il secoua la tête. Ça n'a pas d'importance. J'ai trop souvent détourné le regard quand cela m'arrangeait, mais j'ai appris à faire mieux que ça. Je ne referai pas les mêmes erreurs. C'est justement pour cela que je suis beaucoup plus prudent dans mes relations maintenant.

Le regard acéré qu'il me lança me fit hérisser le poil malgré mes meilleures intentions.

— Je ne suis pas du tout comme elle.

— Non, je ne pense pas que tu le sois. Le problème, c'est que si les Très Hauts ont raison, tu pourrais être encore pire.

Il se redressa et il disparut dans les ombres sans un mot de plus. Je fixai le point où il avait été, mais il ne revint pas.

Est-ce que toute cette conversation m'avait amenée quelque part avec lui ou bien m'étais-je encore plus fichue dans la merde ?

QUATRE

Sorsha

Lorsque je fus suffisamment fatiguée pour essayer de me reposer, j'éteignis la lanterne électrique. Je me réveillai en sursaut dans une pièce aussi noire que lors de ma première expérience. Mais avant même qu'Omen ne prenne la parole, je compris, à cause d'un changement dans l'air et du picotement de son aura brûlante sur ma peau que je n'étais pas seule. C'était probablement son arrivée qui m'avait rendue nerveuse.

— Tu as réussi à dormir, dit-il. La lanterne s'alluma pour éclairer son corps bien bâti.

Je repoussai le drap et me redressai, frottant mes yeux embrumés. Je n'avais pas dormi la moitié d'heures dont mon corps avait besoin.

— C'est une nécessité physique pour certains d'entre nous.

Non pas que je veuille vraiment qu'il pense à mon

côté mortel. C'était peut-être mes pouvoirs d'ombre qui posaient le plus de problèmes, mais j'aurais parié qu'il serait plus enclin à croire que j'aurais pu les contrôler sans la faiblesse de ma part humaine. Même si je soutenais que je n'avais pas la moitié des faiblesses qu'il m'attribuait.

Ses lèvres s'étaient retroussées avec un soupçon familier de dédain, mais ses yeux pâles n'avaient qu'un air solennel. Mon pouls s'accéléra. Avait-il décidé de mon sort ? Si c'était le cas, je ne pensais pas que le résultat allait me plaire.

Les mots sortirent d'eux-mêmes.

— On a parcouru un long chemin depuis notre première rencontre, pas vrai ? Je sais que tu es autre chose qu'un salaud glacial. Tu sais que je peux faire face à tout ce que tu me balances. On a mené des missions assez incroyables quand on a réussi à se mettre d'accord.

Il leva la main pour m'arrêter avant que je ne continue mon babillage. Son expression n'était pas moins sombre. Je fermai les yeux, cherchant un peu de calme intérieur. Quoi qu'il arrive, je n'allais pas mourir dans la panique en m'agitant dans tous les sens. J'avais un peu plus de dignité que ça.

Une dernière chanson des années 80 pour faire honneur à Luna et lui offrir un dernier plaidoyer ?

— *Haine depuis le début*, chantais-je à voix basse. *Dis-moi qu'on peut tout démonter...*

— Sorsha. Sa voix était tendue. Je n'aime pas avoir eu à faire tout ça.

Je pouvais le croire. Mais il allait le faire quand même. Pourquoi ne le ferait-il pas, après tout ? Comment pourrais-je avoir plus de valeur à ses yeux que de retrouver enfin sa liberté après des années passées sous la coupe de ces vieux pompeux ? J'en avais déjà marre d'eux, et je ne les avais même pas encore rencontrés.

Retarder. Retarder, et il y avait une chance, aussi infime soit-elle, que je trouve une autre solution.

— Est-ce qu'on peut parler un peu plus ? Je peux passer en revue certains de mes souvenirs les plus forts avec Luna au cas où il y aurait quelque chose qu'elle aurait camouflé, et...

Omen se retourna brusquement, comme s'il avait entendu un bruit derrière la porte que je n'avais pas entendu. Sa posture se raidit. Il parut être sur le point de s'élancer dans les ombres autour de cette porte – mais au même moment, une silhouette encore plus grande et plus musclée se matérialisa à côté de lui.

La masse imposante de Thorn donnait l'impression que la pièce était deux fois plus petite, mais je n'avais jamais été aussi soulagée de voir quelqu'un de ma vie. Je me serais jetée sur lui pour lui donner un baiser destiné à faire passer chaque particule de cette gratitude s'il n'y avait pas eu cette maudite chaîne qui m'attachait au lit de camp.

Le guerrier ailé remarqua ma position et la menotte autour de mon poignet, son expression s'assombrit, horrifié qu'il était. Il pivota pour faire face à Omen.

— Qu'est-ce qui te prend ? Tu l'as enchaînée comme un animal !

— La fraction de seconde avant que tu ne t'en aperçoives, n'étais-tu pas simplement heureux que je l'aie laissée en vie ? rétorqua Omen, d'un ton sec à présent. Tu sais à quel point il est difficile de la maintenir là où elle ne veut pas être.

— Tu n'aurais pas dû la traîner ici pour commencer. Elle ne va pas détruire les royaumes, et nous n'allons pas la livrer aux Très Hauts.

Le guerrier fit un pas vers moi, mais Omen s'élança devant lui en levant les mains.

— Attends un peu. Ce n'est pas aussi simple que ça.

— Bien sûr que si, beugla Thorn, la réverbération de sa voix d'homme de l'ombre s'insinuant dans ses paroles. J'aperçus un mouvement sombre autour de ses épaules, comme si ses ailes menaçaient de se déployer au grand jour. Sorsha est l'être le plus compatissant que j'aie jamais connu – elle ne ferait jamais de mal à quelqu'un qui ne l'aurait pas provoquée. Elle a fait preuve de beaucoup plus de dévouement envers nous et notre cause que n'importe lequel de nos frères de l'ombre.

Le chien de l'enfer arqua les sourcils.

— Tu dois admettre que tu es peut-être un peu partial lorsqu'il s'agit d'évaluer sa valeur. Tu n'es pas vraiment impartial depuis que tu as appris à la connaître de si près.

— Le désir que j'ai ressenti pour elle ne m'a pas obscurci l'esprit. Elle a fait ses preuves à maintes reprises. Dégage de mon chemin, chien de chasse.

Il se dressa devant Omen d'un air menaçant, mesurant quinze bons centimètres de plus que lui et étant presque deux fois plus large. Les crêtes cristallines et dures qui recouvraient ses articulations brillaient dans la mince lumière.

Mon pouls s'accéléra. Je n'avais jamais entendu l'ailé parler de la sorte à son chef – bien sûr, je ne l'avais jamais entendu parler à Omen autrement qu'avec un total respect et une entière déférence. Le fait qu'il se soit autant énervé pour moi me fit ressentir de l'affection pour lui, mais aussi de la peur.

J'avais eu de nombreuses occasions d'observer la stratégie préférée de Thorn lorsque des personnes auxquelles il tenait étaient menacées. Elle consistait généralement à arracher des têtes et à répandre des tripes sur le sol. J'aurais pensé qu'il tenait suffisamment à Omen en tant que collègue pour que cela contrebalance au moins en partie sa détermination à m'aider, mais j'avais peut-être sous-estimé sa dévotion. Cela n'aurait pas été la première fois.

La couleur naturelle de l'ombre d'Omen, un gris sombre bordé de rivières de magma incandescentes, se répandit sur sa peau. Ses griffes de chien de l'enfer se formèrent au bout de ses doigts encore – pour l'instant – humanoïdes. Il laissa échapper un grognement qui m'indiqua que ses crocs étaient également apparus.

— Recule, mon vieil ami, dit-il. C'est ma responsabilité, ma décision, et je ne te laisserai pas me bousculer ou passer outre.

On aurait pu croire qu'il n'avait pas encore pris de décision définitive, après tout. Peut-être aurait-il accepté ma suggestion de parler davantage. Peut-être qu'il n'était passé que pour me demander si je voulais mon café du matin, et que j'avais commencé à parler avant qu'il n'en ait eu l'occasion.

Une ou deux remarques hâtives m'auraient-elles mise dans le pétrin ? Ce ne serait pas la première fois non plus. La loyauté de Thorn était trop ancrée en lui pour qu'il pousse l'affrontement jusqu'à la bataille sans au moins essayer de raisonner l'autre homme de l'ombre.

— Qu'est-ce que ça change ce que disent les Très Hauts ? Ils ne savent pas qui est Sorsha, et nous ne leur devons rien. Nous sommes les seuls à savoir ce que nous avons découvert sur elle, et Snap et Ruse ne penseraient jamais à partager cette information. S'ils le faisaient, ils auraient affaire à la rage d'un ailé. Les muscles de ses bras se contractèrent de façon impressionnante.

— Tu ne sais pas de quoi tu parles, grogna Omen, et je fus frappée de voir à quel point c'était vrai. Thorn ne savait manifestement pas du tout ce qu'Omen devait aux Très Hauts ni des conséquences désastreuses auxquelles il s'exposait s'il n'exécutait pas leurs ordres. Pas étonnant que le guerrier soit si furieux. Il supposait que le métamorphe chien de l'enfer m'avait embarquée sur la base d'un simple ouï-dire.

Omen ne semblait pas enclin à mettre le guerrier au courant de sa situation.

— Je te le répète, ajouta-t-il en serrant les dents. Retire-toi.

Je ressentis le besoin inexplicable de parler au nom de mon ravisseur.

— Thorn, Omen doit...

Le métamorphe se retourna contre moi, une flamme s'allumant dans ses yeux.

— Tais-toi, ou je t'arrache la bouche.

— Ne lève plus la main sur elle, rugit Thorn, et il repoussa Omen loin de moi. Il voulut briser la chaîne, mais ce dernier se retourna et s'élança sur le guerrier.

Les griffes du chien de l'enfer entaillèrent l'épaule de Thorn. La fumée que l'humanité de l'ombre contenait à la place du sang s'échappa de la blessure.

Thorn donna un coup de poing que je soupçonnais être assez solide pour envoyer Omen s'écraser directement contre la porte, mais le métamorphe esquiva le plus gros du coup, ne subissant qu'une entaille lorsque les poings du guerrier effleurèrent le côté de son bras. Sous mes yeux, il se transforma en une énorme bête sous sa forme de chien de l'enfer. Avec un hurlement, il bondit de l'un des murs et s'écrasa sur Thorn, grinçant des crocs et sa lueur souterraine embruma la pièce d'une teinte orangée.

Le guerrier trébucha, mais frappa Omen au visage en même temps. De nouvelles fumées envahirent le petit espace à cause de toutes ces nouvelles blessures. Elles m'obstruaient la gorge et me piquaient les yeux.

Je me précipitai sur le lit juste avant que le combat ne fasse s'écraser Thorn sur le matelas. Mes poumons se contractèrent.

— Arrêtez ! leur criai-je. Respirez et parlez en ensemble !

Mon appel ne fut pas entendu. À voir comment les deux puissants hommes de l'ombre s'affrontaient, je n'étais pas sûre que Thorn m'entendrait si je révélais le secret d'Omen – si cela allait faire une différence de toute façon.

À ce rythme, ils allaient s'entretuer. Pour moi. Je tenais beaucoup à ma vie, mais aucune partie de moi ne voulait voir l'un ou l'autre de mes amants monstrueux mettre fin à leur existence en se disputant mon sort. Quelle destruction allais-je causer ici même, sans même utiliser mes étincelles surnaturelles ?

Rien que d'y penser au milieu du chaos, je sentis mes flammes se dresser sur ma poitrine. Tandis que je tapais dessus pour éteindre le feu, Thorn projeta le chien de l'enfer contre le mur. L'une des pattes d'Omen heurta la pierre rugueuse avec un craquement qui me retourna l'estomac, mais il se jeta à nouveau sur le guerrier, les crocs étincelants.

Le feu qui brûlait en moi s'intensifia. Ce n'était pas ainsi que je voulais que cette catastrophe se termine. J'étais responsable – de moi-même, de ce que mes pouvoirs pouvaient faire, et de ce que je permettrais de se produire ici si je restais silencieuse et laissais ces deux hommes s'entre-déchirer.

J'avais accompli beaucoup de choses soi-disant impossibles au cours du dernier mois. Il était peut-être temps d'en tenter une autre si cela signifiait que j'éviterais de voir quelqu'un d'autre mourir en essayant de me protéger.

— Stop ! criai-je, plus fort qu'avant, et je me levai d'un coup.

Je me fis aussi grande que possible compte tenu de la longueur de la chaîne et j'agitai frénétiquement mon bras libre.

— Stop ! Je vais y aller. Je vais aller voir les Très Hauts.

Les deux hommes de l'ombre me passèrent devant en continuant à se battre sans me remarquer aucunement, et je fis ce qui aurait pu être l'acte le plus téméraire de ma vie jusqu'à présent – ce qui, si vous avez suivi, n'est pas peu dire. Je me jetai au beau milieu de cette bataille enfumée de poings et de griffes.

Bien sûr, grâce à Chain, mon amie proche, je ne pus m'éloigner que de quelques mètres du lit, mais cela suffit à propulser mon bras entre les deux combattants.

Thorn se jeta en arrière avec un grognement de surprise et des yeux fous. Omen, qui avait menacé de m'arranger le portrait quelques minutes plus tôt recula dans la direction opposée avec autant de force. Ils me fixèrent tous les deux, Omen haletant alors qu'il reprenait sa forme humaine, et Thorn vérifiant que je n'étais pas blessée comme s'il n'était pas en train de déverser son essence vitale dans la pièce.

— Je vais aller voir les Très Hauts, dis-je de nouveau, maintenant que j'étais sûre d'avoir leur attention. Les mots se bloquèrent dans ma gorge, mais je me forçai à continuer. Vous n'avez pas besoin de vous battre ou de prendre des décisions. C'est moi qui décide. C'est moi qu'ils veulent, alors j'y vais.

Le visage bronzé de Thorn s'assombrit.

— Milady, ils veulent te détruire.

— Je sais. Je déglutis bruyamment. Mais ils ne m'ont pas encore rencontrée. J'ai volé beaucoup de choses dans ma vie – peut-être que je peux aussi réussir à voler un peu de bonne volonté.

Lorsque je reportai le regard sur Omen, il avait l'air tout aussi stupéfait. Le feu avait disparu de ses yeux, et le bleu qui restait semblait plus douloureux que glacé.

— À quoi tu joues, Miss Catastrophe ? dit-il, mais sans la rancœur qu'on lui connaissait. Il avait l'air presque inquiet.

À propos de ma santé mentale, peut-être. Je doutais d'elle moi aussi. Mais j'avais pris ma décision, et ça n'était pas maintenant que j'allais me dégonfler.

— Tu peux dire aux Très Hauts où je me trouve et exécuter leurs ordres, dis-je. Je te demande juste de leur dire aussi combien j'ai fait de bien en essayant d'aider les hommes de l'ombre et combien je veux avoir la chance de continuer à le faire. Dis-leur que j'ai essayé d'empêcher l'extermination de votre espèce, et que la dernière chose que je veux faire est de dévaster les royaumes moi-même. Vois s'ils peuvent envisager de passer un accord avec moi plutôt que de passer directement au meurtre. S'il te plaît.

Il cligna des yeux, le visage toujours figé dans son état de surprise.

— Sorsha, gronda Thorn. Tu n'es pas obligée de faire ça.

— Si, je le dois. Parce que j'aime encore moins les autres solutions.

Omen se redressa brusquement. Je ne savais pas

comment interpréter le regard noir qu'il me lançait. Puis il fit un geste en direction du guerrier.

— Tu l'as entendue. Elle ne veut pas être secourue. Allons-y, avant que tu n'insistes pour le faire quand même. Tu pourras peser sur la suite des événements, dehors, à l'air frais, comme un bon camarade.

Thorn me lança un regard implorant qui me fendit le cœur. Je lui fis un signe de tête encourageant.

— Ça va aller, dis-je, sans savoir du tout comment cela pouvait s'avérer. Va avec lui et donne-lui des conseils sur la façon de présenter mes meilleures qualités sous un bon jour.

Le guerrier grimaça, mais sur un autre geste d'Omen, sa forme volumineuse disparut dans l'ombre. Tandis qu'Omen plongeait à sa suite sans un regard en arrière, je me rendis compte, avec un pincement au cœur, que c'était peut-être la dernière fois que je les voyais avant d'affronter le destin le plus terrible que j'aie jamais imaginé.

CINQ

Omen

Je poussai Thorn dans le passage sombre au-delà de la porte de mon refuge dans le canyon, jusqu'à l'étroite corniche de roche jaune-brun où brillait le soleil du matin. Il s'y rendit sans protester, mais avec une tension qui résonnait encore dans sa présence.

Nous aurions pu parler dans l'ombre, mais la conscience floue du monde extérieur rendait mes pensées confuses. Et elles étaient déjà assez embrouillées après la proposition de Sorsha et son plaidoyer.

J'attendis à l'entrée du passage suffisamment longtemps pour que la fraîcheur de l'ombre cicatrise les blessures de notre combat et que je ne m'inquiète plus de la quantité d'essence de fumée que je laissais échapper, puis j'émergeai à la lumière du soleil.

Thorn me suivit dans sa forme physique, mais resta dans le passage. Il n'y avait pas vraiment de place pour qu'il me rejoigne sur le rebord, étant donné que celui-ci n'était qu'à trente centimètres de l'entrée et de quelques-uns de large. Pour aller à cet endroit et en revenir en portant Sorsha, il avait fallu descendre précairement la paroi rocheuse inégale qui se trouvait au-dessus et qui n'était pas assez large pour être considérée comme un véritable sentier. Aucun être humain n'aurait pu y parvenir seul sans un équipement d'escalade.

Nous étions à peu près à mi-chemin de la paroi du canyon. Des falaises rocheuses s'étendaient tout autour de nous, dominant une vallée parsemée de végétation verte de part et d'autre de sa rivière chatoyante. Le vent sec et frais sifflait à travers les falaises, sans aucune trace d'occupation humaine.

La grandeur du paysage qui s'offrait à moi était peut-être ce qui se rapprochait le plus, dans le monde des mortels, de l'énormité sublime et oppressante des Très Hauts et de leur vaste cavité dans le royaume des ombres. En regardant tout cela dans le flot de lumière chaude venant d'en haut, il était difficile d'imaginer que Sorsha s'était portée volontaire pour échanger son existence contre l'obscurité totale et infinie de la mort que les Très Hauts souhaitaient pour elle. Il était encore plus difficile d'imaginer qu'il y a quelques minutes à peine, j'étais sur le point de l'envoyer dans ces mêmes ténèbres.

Et le premier point était exactement la raison pour laquelle je me sentais maintenant si troublé par le second.

Thorn avait enroulé une bande de tissu autour de la pire des entailles que mes griffes lui avaient infligées. Je le regardai fixer la bande de tissu avec un autre sentiment de malaise. Je n'avais pas apprécié de me battre contre lui, pas plus que je n'avais apprécié l'idée de soumettre Sorsha à la brutalité potentiellement irrationnelle des Très Hauts.

— Tu ne peux pas l'écouter, dit-il en fixant sur moi toute la profondeur de ses yeux sombres. Elle essayait seulement de nous empêcher de nous faire du mal. Elle ne *veut pas* mourir. Et tu sais que les Très Hauts ne seront pas émus par une quelconque proposition en sa faveur. S'ils avaient voulu croire qu'elle n'était peut-être pas une menace si terrible, les vingt-cinq années pendant lesquelles elle n'a pas réussi à incinérer le monde alors qu'ils la recherchaient auraient dû les amener à revoir leur position.

— Je suis d'accord. Il n'avait même pas entendu comment les Très Hauts parlaient d'elle. Je n'avais aucun doute sur la rapidité avec laquelle ils rejetteraient mes demandes.

Sorsha avait-elle voulu nous sauver tous les deux l'un de l'autre, ou seulement protéger Thorn au cas où je le blesserais irrémédiablement ? Je n'avais pas souhaité cela, j'avais seulement voulu le forcer à se rendre, mais dans le feu de l'action, les intentions ne sont pas toujours respectées. Elle aurait pu prendre le risque d'espérer qu'il me batte, qu'il la libère et qu'il l'emmène en lieu sûr...

Mais, quelle que soit la chance qu'elle avait de s'échapper, elle avait décidé qu'elle valait moins que le risque de perdre Thorn. Peut-être même de me perdre sous ses coups à lui, bien que les ténèbres ne sachent pas pourquoi elle se soucierait de cela, après mon comportement envers elle au cours des deux derniers jours.

Ces deux derniers jours ? C'était le moins que l'on puisse dire. Et *le mois* dernier ?

Je ne lui avais laissé que la petite marge de manœuvre que mon respect inattendu pour elle avait exigée, et je me l'étais reproché à chaque fois, pensant qu'il s'agissait d'une faiblesse émotionnelle. Mais peut-être avait-elle raison ce jour-là, lorsque ma frustration s'était transformée en passion, lorsqu'elle m'avait dit qu'il y avait plus de force à assumer ses émotions qu'à les enfouir.

Encore et encore, je m'étais dit que je ne devais pas me laisser impressionner par elle ou la désirer. Que peu importe ce que je voyais, sa fragilité mortelle se manifesterait et nous gâcherait la vie au moment le plus important. Et j'étais là, avec ses mots qui résonnaient encore dans mes oreilles, l'entendant prendre une grande décision et faire un plus grand sacrifice que je n'avais jamais été prêt à faire avec toutes les tentatives de pardon que j'avais essayé d'obtenir de mon espèce.

Mais enfin, qui étais-je pour juger une femme prête à donner sa vie pour épargner notre douleur ?

Oui, elle avait risqué sa vie à de nombreuses reprises lors de ses raids pour libérer des ombres captives et lors de nos missions. D'une certaine manière, j'avais réussi à faire passer tout cela pour une envie d'aventure plutôt que pour de la générosité. Mais ça n'était pas une aventure de se livrer à la merci du plus inhumain – et le plus cruel – de tous les hommes de l'ombre. C'était un sacrifice pur et désintéressé.

Je ne pouvais pas me défaire du sentiment qu'au moins une petite part de cela était pour mon bénéfice. J'avais beau être doué pour dissimuler mes propres émotions, je ne pouvais nier la compassion que j'avais vue dans ses yeux lorsque j'avais parlé de mes liens avec les Très Hauts et des conséquences qu'entraînerait le fait de les défier.

Pensais-je vraiment qu'une femme avec autant de courage et de capacité de pardon en elle se permettrait de causer un acte de destruction à l'échelle mondiale ? À en juger par les apparences, elle préférerait se jeter sous mes griffes plutôt que de se laisser aller à une telle dérive.

— Omen, commença Thorn, mais je l'arrêtai d'un geste.

— Arrête de t'inquiéter. Je ne la livrerai pas aux Très Hauts.

Il marqua une pause, son visage sévère étant si déconcerté à cet instant que c'en était presque amusant.

— Mais elle... tu étais catégorique... mais pourquoi nous disputons-nous si tu n'avais pas l'intention de...

— J'en avais bien l'intention, dis-je laconiquement. Puis elle a prouvé jusqu'où elle était prête à aller pour nous épargner la souffrance à tous les deux. C'est un peu difficile de continuer à croire qu'elle pourrait tous nous exterminer après ça, tu ne crois pas ?

Thorn fronça les sourcils.

— Je ne comprends pas non plus pourquoi elle a fait cette proposition. Je t'aurais maîtrisé et je l'aurais libérée, si j'avais eu assez de temps... Il me lança un regard noir, comme s'il me mettait au défi de discuter ses prouesses au combat.

Je tapotai l'un de ses bras massifs.

— Ne sois pas grincheux. Tu as obtenu le résultat que tu voulais, et cela n'a même pas nécessité de blessures presque mortelles pour aucun de nous deux, ce dont je suis particulièrement reconnaissant.

— Elle aurait dû voir que je n'aurais pas fait tout ce chemin ni forcé les choses avec toi si sa survie n'avait pas été plus importante que quelques blessures de combat.

Les rides sur le front de l'ailé se creusèrent. Sans doute ne comprenait-il toujours pas pourquoi j'avais envisagé de livrer Sorsha. À quoi pouvait-il attribuer cela, si ce n'est aux fréquents affrontements entre nous ? J'avais pu avoir des exigences, qui je l'admettais, paraissaient mesquines rétrospectivement, mais je n'avais jamais été aussi vindicatif envers elle – ou qui que ce soit d'autre – depuis des lustres.

Mais si j'expliquais mon raisonnement je révélerais la laisse que j'avais laissé les Très Hauts me passer autour du cou et ma soumission pour sauver ma vie. L'idée de faire cela m'inspirait un dégoût bien plus profond que la possibilité que l'ailé me considère comme trop insensible. Il avait été assez difficile de l'admettre devant Sorsha. Thorn comprendrait bien mieux ce que mon accord exigeait de moi.

Thorn n'était pas du genre à s'attarder sur des conflits mineurs de toute façon, alors qu'une transgression aussi énorme que la sienne lui pesait depuis si longtemps. Après un moment, il secoua la tête.

— Tu as raison. Si nous sommes d'accord pour la protéger des projets des Très Hauts, c'est tout ce qui compte. Alors nous ferions mieux de...

La sonnerie de mon téléphone l'interrompit. Se souvenant peut-être de ce qui s'était passé la dernière fois que cette sonnerie avait fendu l'air, Thorn se coupa lui-même et adopta un silence malaisé.

Je ne m'attendais pas à recevoir un appel... tout comme je ne m'y attendais pas la dernière fois. Tempest n'aimait pas qu'on l'ignore. En sortant le téléphone de ma poche, je me préparai au pire en anticipant l'écran vide et tout ce qui s'ensuivrait.

L'idée d'entendre à nouveau sa voix aiguë sortir du haut-parleur me donnait envie de jeter le téléphone dans les profondeurs du canyon. Mais je savais mieux que quiconque que mon ancienne co-conspiratrice n'était pas un problème dont on pouvait espérer la disparition comme par enchantement. Même lorsqu'une horde d'êtres immensément puissants s'était donné beaucoup de mal pour la faire disparaître, elle était toujours là, à mettre en œuvre un autre de ses plans joyeusement malveillants.

J'appuyai sur la touche verte et je tins le téléphone à un bon mètre de moi, me souvenant comme ses remarques avaient été projetées d'une voix forte à travers cet appareil deux jours plus tôt.

— Pour quelqu'un qui m'a caché son existence pendant près de six siècles, tu as l'air terriblement désireuse de discuter tout d'un coup, Tempest.

Sa voix sortit sur un ton langoureux auquel je ne crus pas une seconde.

— Je voulais simplement m'assurer que tu n'avais pas rencontré de calamité soudaine après notre dernière conversation. Es-tu devenu un voyageur beaucoup plus lent dans ton vieil âge ?

— Je n'ai pas encore commencé à voyager, dis-je. C'est drôle, quand on débarque dans la vie de quelqu'un sans crier gare, c'est souvent qu'il a des affaires en cours dont il doit d'abord s'occuper.

— Et moi qui pensais que se mêler de la Compagnie de la Lumière était ta plus grande préoccupation pour le moment. J'ai toutes les réponses dont tu as besoin à ce sujet.

— Oui, bon, malgré toute ta sagesse de sphinx, tu n'as jamais réussi à tout savoir. Combien de tentatives as-tu dû faire avant de tomber sur mon numéro, hmm ?

Elle aurait réussi à trouver la bonne réponse en devinant – trouver la solution à tout ce qui ressemblait de près ou de loin à une énigme était un de ses talents, tout comme inventer des énigmes conçues pour déconcerter. Ce n'était pas une science exacte, cependant. J'étais prêt à parier qu'elle s'était trompée au moins dix fois de numéro avant d'entendre ma voix à l'autre bout du fil.

Ce soupçon se confirma par l'irritation qui se glissa dans son ton alors qu'elle esquivait la question.

— Tu as l'air mécontent de moi. Tu ne te réjouis pas de l'occasion qui nous est donnée d'unir à nouveau nos forces ? As-tu oublié comme on s'est bien amusés ensemble il y a longtemps ?

Pas du tout, et c'était bien là le problème. Cette question me procura une sensation visqueuse, comme si elle avait déposé des algues en décomposition dans mon dos. Sorsha me traitait peut-être de salaud aujourd'hui, mais quel salaud j'avais vraiment été à l'époque – pas glacial, mais d'un sadisme féroce, aussi égoïste lorsqu'il s'agissait d'assouvir mon dédain pour les mortels que cette mortelle s'était montrée à l'opposé quelques instants plus tôt.

Et Tempest avait joyeusement encouragé ce côté de ma personne. Elle avait attisé mes flammes et mon mépris, et rien ne l'avait fait applaudir plus fort que de voir nos cibles mortelles se tordre de douleur. Si elle avait été là lorsque les chasseurs avaient fait irruption sur les créatures innocentes vers lesquelles je les avais conduits par inadvertance, elle aurait ri de leur erreur et aurait trouvé un moyen de l'amplifier sans regretter une seule seconde la mort des bêtes les moins importantes.

Et j'aurais peut-être fait de même si elle s'était encore tenue à mes côtés dans toute sa gloire sournoise et vicieuse.

Mais je valais mieux que cela maintenant, même si elle ne le comprenait pas. Je valais mieux que cela... et y avait il peut-être une meilleure façon de sortir de ce pétrin que celle qui m'était venue à l'esprit jusqu'à présent ?

Tempest pouvait avoir une réponse différente. Elle pouvait même se réjouir de me la fournir, si je jouais bien le jeu. Je la connaissais très bien, et elle ne semblait pas avoir beaucoup changé.

— Cela fait longtemps, dis-je, faisant ressortir toute la froideur intérieure que je m'étais efforcé de cultiver. Mais bien sûr, je n'ai pas oublié. Je sais exactement où je te trouverai quand j'aurai l'occasion de me diriger vers toi. Puisque tu es si enthousiaste pour ces retrouvailles, je vais voir si je ne peux pas m'y rendre dans un jour ou deux.

— Si tu dois lambiner, prépare-toi à te retrouver seul pendant un bon moment avant que je passe, répliqua Tempest, mais je doutais qu'elle me laisse en plan aussi longtemps. Au moins, elle devait mourir d'envie de se vanter de son étrange et immense projet auprès de quelqu'un qui aurait le discernement nécessaire pour l'apprécier à sa juste valeur.

J'esquissai un mince sourire.

— On se verra tôt ou tard, alors.

Avant qu'elle ne puisse répondre, je raccrochai. Plutôt la laisser ruminer que de penser qu'elle me tenait par le bout du nez.

Je me tournai vers Thorn.

— On va faire un petit voyage. Il sera utile d'avoir des renforts. Rassemble ceux de nos alliés qui sont prêts à rester avec nous et retrouve-moi à Barstow avec le camping-car – cela devrait constituer un point de passage convenable. Je m'occupe de Sorsha.

Thorn fronça les sourcils, comme s'il n'était pas tout à fait sûr de devoir me confier cette responsabilité.

— Nous poursuivons notre campagne contre la Compagnie comme avant ?

— Pas exactement comme avant. Je dois déterminer

précisément ce que Tempest fait de ces mortels. Mais tu peux être sûr que j'ai l'intention de les écraser tous – et que notre mortelle sera à nos côtés pour y parvenir. Maintenant, vas-y. À moins que tu ne sois toujours d'humeur insubordonnée ?

La mâchoire de Thorn se crispa quand il se souvint comme il s'était opposé à mes ordres moins d'une demi-heure auparavant. Son regard s'attarda un instant sur les quelques blessures que ses poings m'avaient infligées et qui laissaient encore échapper des filets de fumée, puis il inclina la tête en signe d'acquiescement.

Tandis qu'il rentrait dans l'ombre, j'inspirai lourdement et retournai dans le passage pour faire face à mes crimes les plus récents.

Lorsque je me glissai dans les ombres autour de la porte, je trouvai Sorsha assise au même endroit sur le lit, tendue comme si elle s'attendait à ce que le prochain être à émerger dans la pièce arrive pour la conduire à la mort – ou peut-être pour la tuer sur-le-champ. Une hypothèse assez raisonnable, compte tenu de ce que je lui avais fait subir.

À ma vue, sa position devint encore plus rigide, mais une détermination familière s'alluma dans ses yeux. Bien qu'elle ait accepté de se livrer volontairement au plus fort, elle n'avait pas abandonné son esprit. Si j'étais venu pour l'emmener, il n'aurait fait aucun doute qu'elle serait partie en faisant de nombreuses remarques de circonstance.

Le pire, c'est que le défi dans ses yeux me donnait envie d'elle – et que sa reddition avait fait tomber mes défenses pour ne pas l'admettre. Même avec ses cheveux défaits et ses vêtements froissés, ses traits tirés par le manque de sommeil, elle était à couper le souffle.

Et cette fichue blague sur la chaîne avait fait son

chemin dans ma tête. Pendant un instant, je ne pus m'empêcher de m'imaginer enchaîner ses deux poignets au cadre du lit, puis m'occuper de son corps si minutieusement qu'elle en aurait perdu à la fois le souffle et toutes ces remarques désobligeantes, jusqu'à ce que nous atteignions tous les deux un orgasme encore plus extatique que la dernière fois.

Je n'allais pas m'imaginer qu'elle serait assez indulgente pour accepter cette proposition. Et nous avions un génie de l'ombre démoniaque et presque immortel à affronter en plus de tous les problèmes que nous avions déjà rencontrés.

Je m'approchai et déverrouillai la menotte à son poignet, faisant de mon mieux pour ne pas sentir la chaleur qui envahissait mon corps lorsque je me trouvais si près d'elle.

Elle déglutit de façon audible.

— Comment on fait ça ? Tu m'emmènes par une faille ?

— Non. J'ai une meilleure idée. Une idée qui, si elle fonctionne, garantira que les Très Hauts ne penseront plus jamais à te faire brutaliser par leurs sous-fifres.

Elle cligna des yeux.

— Quoi ? Je croyais que tu pensais qu'ils avaient raison de vouloir ma mort.

— J'ai changé d'avis. Même les hommes de l'ombre ont le droit de le faire, tu sais.

— Mais *pourquoi* ?

Je saisis son avant-bras, en prenant soin d'éviter les marques rouges là où la menotte avait frotté son poignet, et je l'aidai à se lever.

— À chien donné, on ne regarde pas les dents, Miss Catastrophe !

Et puis parce que ce surnom m'avait noué la gorge à cause du regret quand il avait roulé sur ma langue :

— Tu ne m'aurais pas dit de te livrer si la protection de l'humanité de l'ombre ne t'importait pas plus que ta propre existence. C'est suffisant pour moi. En revanche, ce ne sera pas suffisant pour les Très Hauts.

Sorsha s'étira, s'assouplissant maintenant qu'elle avait retrouvé toute l'amplitude de ses mouvements. Son regard restait méfiant.

— Et qu'est-ce qui te semblerait suffisant ?

Je retrouvai mon sourire, encore plus fin qu'avant.

— Nous allons faire en sorte qu'ils pensent que tu as détruit quelqu'un qui a déjoué leurs plans bien davantage que « Ruby » ne l'a jamais fait. Tempest pourrait même accepter de nous aider dans ce stratagème pour le chaos supplémentaire qu'il causera. Si tu accomplis davantage en leur nom que ce que même leurs sujets les plus loyaux n'ont jamais fait, comment pourraient-ils t'accuser de leur vouloir du mal ?

Au moins j'espérais que cela serait le cas. Et si ça ne l'était pas, eh bien, je me battrais à mains nues avec leurs sbires. Si Sorsha devait mourir sous les ordres des Très Hauts il faudrait d'abord qu'ils me passent sur le corps.

SIX

Sorsha

Je n'avais jamais assisté à une réunion de famille, de classe ou autre, mais je doutais qu'il y en ait jamais eu d'aussi joyeuse que lorsqu'Omen me fit traverser le trottoir craquelé d'un terrain vague pour me conduire au camping-car qui m'attendait.

J'étais encore à trois mètres de la porte lorsqu'elle s'ouvrit. Snap sortit le premier et se précipita vers moi avec sa grâce serpentine habituelle.

Il m'entoura de ses bras et plaça ma tête sous son menton en soupirant, comme si mon arrivée avait réparé tous les maux du monde. Je lui rendis son étreinte avec autant d'empressement. N'aurais-je pas aimé que nos problèmes se résolvent aussi facilement ?

Pickle courut après le dévoreur en poussant de petits couinements excités, tandis que Thorn suivait le petit dragon en jetant un coup d'œil inquiet par-dessus son épaule pour s'assurer qu'aucun mortel ne se trouvait assez près du parking pour le voir. Ma créature adoptive s'enroula autour de mes chevilles, continuant à gazouiller.

Ruse nous rejoignit à un rythme plus lent, mais son sourire était bien plus affectueux que son habituel sourire en coin. Sans se soucier de l'emprise que Snap avait sur moi, l'incube se pencha vers moi pour m'embrasser avec tant d'intention que chaque partie de mon corps en fut émue, en partie parce que je savais à quel point il pouvait être agréable d'être adorée par ces deux hommes en même temps.

Thorn émit une vague protestation, mais on aurait dit qu'il regrettait de ne pas avoir eu l'idée de faire le même geste plutôt que de s'opposer à l'audace de l'incube. Il sembla décider que Pickle ne causerait pas de réel problème tant que la petite créature resterait près de mes jambes et il abandonna sa poursuite. Lorsque Ruse me relâcha, le guerrier me serra l'épaule, sans tout à fait sourire lui-même, mais avec un élan d'énergie satisfaite émanant de sa robuste carcasse.

— C'est bon de te retrouver là où tu dois être, dit-il, ce qui de la part de l'ailé était pratiquement une ovation.

— Alors je m'attends à un accueil encore plus enthousiaste, lui dis-je. Je me hissai sur la pointe des pieds, les bras du dévoreur toujours autour de moi, et un soupçon de vrai sourire franchit les lèvres de Thorn. Il les approcha des miennes, me donnant un avant-goût de la passion qui résidait sous sa façade stoïque.

Flint, l'autre ailé qui nous avait rejoints plus récemment, restait en retrait, mais semblait au moins ne pas être contrarié de me voir. Antic fit le tour de notre groupe sous les applaudissements et les éclats de rire.

— Elle est de retour, elle est de retour, les Très Hauts ne l'ont pas mangée ! s'exclama-t-elle

Oui, je me réjouissais aussi de ce fait, même si je ne comprenais pas très bien ce qui avait fait changer d'avis Omen. Pour l'instant, je n'avais pas besoin de m'y attarder. J'étais de retour à ma place, une humaine monstrueuse parmi des ombres monstrueuses, et je ne pouvais imaginer vouloir d'autre compagnie. Même l'odeur aigre de l'asphalte cuit dans l'air chaud de l'automne ne parvenait pas à gâcher mon soulagement.

Omen lança un regard acéré à Snap.

— Qu'est-ce que nos nouvelles recrues savent maintenant ?

Le chant du diablotin semblait avoir éveillé quelque chose chez mon dévoreur. Il leva la tête juste assez pour fixer ses yeux verts moussus dans ceux d'Omen. Je sentis son corps se hérisser contre moi avec un filet d'énergie agressive, comme s'il était sur le point de prendre sa forme dévorante complète, à la fois merveilleuse et horrifiante.

— Assez pour réaliser à quel point tu as maltraité Sorsha. Comment as-tu pu ne serait-ce que penser à la leur donner en pâture ? Sa voix claire et douce prit un ton plus énergique que je ne l'avais jamais entendu auparavant. Tu ne lui as même pas parlé, ni à nous. Tu lui as fait du *mal*. Il toucha du bout des doigts l'hématome que le coup d'Omen avait laissé sur ma tempe, veillant à ne pas provoquer de douleur supplémentaire. Son autre bras se resserra autour de moi, comme s'il pensait que le métamorphe pourrait changer d'avis et tenter de s'enfuir à nouveau avec moi.

Oh ! Apparemment, il n'y avait pas que le guerrier ailé qui soit prêt à se battre pour me protéger. Je n'avais jamais considéré Snap comme un combattant, mais je n'aurais pas voulu me mesurer à lui sous sa forme la plus féroce.

Je jetai un coup d'œil à temps pour voir Omen qui regardait fixement le dévoreur, manifestement surpris par la réprimande. Sa mâchoire se contracta et son visage redevint le même masque tendu et inébranlable qu'il était depuis qu'il m'avait tirée hors de la caverne. Il observa nos autres compagnons rassemblés autour de moi, qui le regardaient tous en silence. Ils se demandaient peut-être s'il allait tenter de décapiter Snap pour insubordination.

Je me préparai à me défendre si le chien de l'enfer s'attaquait au dévoreur, mais je n'eus pas besoin de le faire. Omen baissa la tête, juste un peu, et dit :

— J'ai agi trop vite. Cela ne se reproduira plus.

Il admettait avoir fait une erreur ? Mes sourcils se haussèrent tous seuls.

— C'est la fin du monde tel que nous le connaissons, ne puis-je m'empêcher de dire.

Les yeux d'Omen se plissèrent lorsqu'ils revinrent sur moi, et je me crispai à nouveau. J'avais l'impression que ma libération n'était pas tant un laissez-passer qu'un sursis conditionnel. Et Omen n'avait pas pris la peine de me dire quelles étaient les conditions de ma liberté. Il allait probablement noter chacun de mes faux pas afin de trouver une excuse pour me traiter encore de miss Catastrophe.

— Il vaudrait mieux que ça ne se reproduise pas, dit Snap au métamorphe. Si tu essaies, tu risques d'y laisser ta peau.

Je n'étais pas sûre qu'il puisse facilement mettre sa menace à exécution, mais étant donné qu'il avait Thorn en renfort, ce n'était pas impossible.

Omen sembla prendre la chose suffisamment au

sérieux. Sa voix devint sèche et quelques touffes de cheveux se dressèrent sous l'effet de son humeur.

— Si je dis quelque chose, c'est que je le pense. Elle est de retour, n'est-ce pas ?

Snap émit un grognement comme pour dire qu'il n'oublierait pas l'affaire aussi facilement, mais il laissa tomber le sujet momentanément.

Omen balaya à nouveau le terrain du regard.

— On a perdu l'elfe de la nuit ?

Ruse fit un geste dédaigneux de la main.

— Gloam s'est senti « mal à l'aise » face aux « énergies hostiles » et s'est enfui.

Mon cœur se serra un peu. Nous commencions à peine à affronter un ennemi encore plus puissant que ce que nous avions prévu, et nous perdions déjà des alliés comme un chat perd ses poils.

L'incube croisa les bras sur sa poitrine. Il y avait quelque chose de méfiant dans son expression alors qu'il jaugeait son chef.

— Alors, on commence par quoi ? demanda-t-il, d'une façon un peu trop décontractée pour être vraiment décontractée. Tu vas t'occuper de ta bonne amie qui s'est faite copine avec la Compagnie ?

— Tempest n'est pas mon « amie », grommela Omen en se redressant un peu. Il n'était pas le plus grand de notre groupe, loin de là, mais la puissance et l'autorité qu'il dégageait simplement en se tenant là lui donnaient une stature qu'on ne pouvait ignorer. Mais je la connais bien, et je pense que nous pourrions l'utiliser à nos propres fins, à la fois pour démanteler la Compagnie et pour convaincre les Très Hauts qu'ils peuvent se passer de Sorsha. Mais d'abord il faut qu'on se rende là-bas.

Thorn fronça les sourcils.

— Où, ça ?

— D'après ce qu'elle a dit, je suppose qu'elle s'est installée à Versailles. Elle parlait toujours de son rêve de convaincre une figure royale de construire un palais si somptueux qu'il surpasserait tous les autres. Elle trouve l'extravagance des mortels à la fois incroyablement amusante et séduisante. Je pensais que les goûts du Roi Soleil dans ce domaine étaient terriblement proches des siens – si j'avais su qu'elle était encore en vie, j'aurais immédiatement reconnu son influence dans ce domaine.

Omen passa le regard du guerrier en direction de la Toutemobile.

— Penses-tu que toi et tes frères ailés pourriez faire passer Darlene par la brèche la plus proche et la faire sortir par l'une des ouvertures de la région de Paris ?

— Je pourrais peut-être même y arriver tout seul, dit Thorn sans hésiter. Je ne suis pas sûr que le véhicule mortel s'adaptera bien au voyage, par contre.

Je n'avais jamais entendu parler d'un être de l'ombre transportant un objet mortel de cette taille à travers le royaume des ombres. Je n'avais jamais été emmenée dans le royaume des ombres moi-même. Un frisson parcourut ma peau malgré l'étreinte de Snap.

— Sommes-nous sûrs que je m'adapterai au voyage moi aussi ?

Omen me lança un autre de ces regards indéchiffrables dont il faisait collection.

— J'imagine que tu es assez ombre pour survivre au voyage, mais je n'avais pas l'intention d'en faire une expérience pour l'instant. Il y aurait peut-être quelque chose dans tes énergies hybrides qui alerterait les Très Hauts si tu t'aventurais dans leur royaume. Je pensais que tu prendrais un vol traditionnel, avec l'incube pour régler les questions de billets et de passeports, et que nous nous retrouverions de ce côté-là. De cette façon, nous aurions notre espace de vie et notre moyen de transport pour aller où nous voulons, plutôt que de repartir de zéro.

C'était logique. Avant que la métamorphe licorne et le centaure qui possédaient la Toutemobile ne nous la prêtent, nous avions collectionné les véhicules comme un écureuil collectionnait les noix. Même si, en général, ces noix n'explosaient pas. C'était très pratique d'avoir un endroit où se poser – si on avait besoin de dormir, comme c'était mon cas –, où tenir des réunions, etc., et qui pouvait être sur la route en même temps.

Et je n'étais pas pressée de faire ma première incursion, même brève, dans le monde des ombres.

— J'approuve ce plan, dis-je, en donnant un coup de coude à Ruse. Tu peux nous monter un coup pour avoir des sièges en première ?

Il sourit.

— Les coups c'est ma spécialité !

Même si tout cela semblait délicieux, le froncement de sourcils de Thorn s'accentua.

— Peut-être devrais-je aussi accompagner Sorsha, pour m'assurer que… Il s'interrompit avec une réticence inhabituelle.

— Tout ira bien, dis-je en serrant Snap encore une fois contre moi avant de m'écarter de lui, car je savais que le dévoreur était encore plus inquiet de ne plus m'avoir sous les yeux. Ils auront besoin de toi pour lancer la Toutemobile à travers la brèche. Ce n'est pas comme si la Compagnie de la Lumière allait me chercher dans tous les avions pour Paris. L'amie d'Omen ne va pas s'attendre à ce que son peuple voyage à la manière des humains.

— Encore une fois, commença Omen. Ça n'est pas…

Je le fis taire d'un geste de la main.

— Je sais, je sais, ce n'est pas ton amie, pa-ta-ti, pa-ta-ta. Mais Thorn ne semblait pas du tout rassuré. Je penchai la tête. Il y a autre chose qui te tracasse ? Tu sais que je m'occupe plutôt bien de moi-même.

Qui aurait cru que son froncement de sourcils pouvait être encore plus fort ? Pendant une seconde, il eut l'air adorablement maladroit – du moins, aussi adorable qu'un géant musclé puisse l'être.

— Ce n'est pas grave, Milady, dit-il en commençant à tourner la tête.

Oh, non, il n'allait pas s'en tirer avec cette non-réponse. Heureusement, j'avais suffisamment côtoyé Thorn pour savoir exactement comment briser son stoïcisme. Je m'approchai de lui et passai ma main autour de son bras.

— Un mot en privé avec vous, mon bon monsieur ?

Même si je le taquinais un peu, il ne put résister à la politesse formelle de ma requête.

— Comme madame le souhaite, dit-il, et pour une fois, il m'accompagna jusqu'au parking sans jeter un coup d'œil à Omen pour s'assurer que le chef était d'accord avec ce retard. Intéressant. Peut-être que leur escarmouche dans ma cellule avait laissé plus de failles dans notre alliance que je ne l'avais réalisé. Je ne pensais pas que c'était nécessairement une bonne chose.

Lorsque nous fûmes suffisamment éloignés des autres pour qu'ils ne nous entendent pas, je me tournai vers Thorn.

— Bon, qu'est-ce qu'il y a ? Et ne me dis pas rien, je vois bien que quelque chose te tracasse.

Il grimaça et regarda le sol.

— Tu n'as pas besoin de t'en préoccuper.

— Bien sûr que non, mais je m'en préoccupe quand

même. Et je ne lâcherai pas l'affaire tant que tu n'auras pas craché le morceau, alors autant accélérer les choses en allant droit au but.

Il me jeta un regard aussi affectueux qu'exaspéré. Puis toute trace d'humour s'y estompa.

— Dans le canyon. Tu as forcé la fin de notre combat, tu t'es rendue.

— Eh bien, vu que c'était ça, ou vous regarder vous déchirer en morceaux...

Il serra la mâchoire.

— J'aurais réussi à te libérer. J'ai frappé celui que j'avais juré de servir pour m'en assurer. Mais toi... tu étais prête à rester en cage ? À laisser les Très Hauts faire de toi ce qu'ils voulaient ?

Ah. Je pouvais comprendre que cette idée ne lui convienne pas.

Je posai ma main sur son bras.

— Je n'aimais pas l'idée d'affronter les Très Hauts. J'aimais juste moins l'idée que toi ou Omen – ou vous deux – mourriez à ma place parce qu'aucun de vous ne reculerait. Ils ne vont pas cesser de me chercher, et je me suis rendue bien plus visible ces dernières semaines, alors il y a des chances que je doive les affronter un jour ou l'autre de toute façon. Mais si la vie de personne d'autre n'est en jeu, je ferai en sorte que cet « un jour ou l'autre » soit le plus éloigné possible.

— Je me battrais jusqu'à la mort si cela signifiait te sauver d'un destin horrible, commença Thorn, et j'agrippai son avant-bras plus fort.

— Pense à ce que tu ressens quand tu imagines les Très Hauts envoyer leurs sous-fifres pour me tuer. Je me suis sentie au moins aussi mal en te voyant te battre avec

Omen. Si tu as le droit de me sauver, j'ai le droit de te sauver aussi, tu te souviens ?

Il ouvrit la bouche, puis la referma.

— Je vois, dit-il finalement. Quand tu le dis comme ça... ce n'était pas abandonner. C'était simplement une manœuvre différente dans ta propre bataille.

— C'est une façon de le dire. Je lui adressai un sourire. Tu devrais savoir que je n'ai pas l'habitude d'abandonner.

— C'est précisément pour cela que cette possibilité était si déconcertante.

— Eh bien, tu n'as pas à t'en inquiéter. Maintenant, je suis totalement concentrée sur le fait de botter les fesses d'une sphinge à l'ancienne. Allez, on y va. Tu as un camping-car à transporter dans une autre dimension.

Lorsque nous retournâmes auprès des autres, Snap m'attira contre lui pour un baiser prolongé.

— Si tu as besoin que quelqu'un d'autre vienne avec toi dans l'avion...

J'imaginais bien le nombre de regards que sa beauté céleste attirerait.

— Je pense que nous serons plus discrets si nous ne sommes que tous les deux. Mais j'essaierai d'être de retour avec vous dès que ce sera humainement possible. Et je te promets que lorsque nous n'aurons plus de psychopathes meurtrières à gérer, nous ferons toutes sortes de voyages en avion jusqu'à ce que tu t'en lasses.

Il rayonna et me vola un dernier baiser. Puis il lança un regard sévère à Ruse, comme pour dire que l'incube ferait mieux de bien s'occuper de moi, avant de suivre les autres dans le camping-car.

Il ne restait plus que Ruse et Omen. Le chien de l'enfer me fixa si attentivement que les poils de mes bras se dressèrent sous son regard.

— Je promets de ne pas faire s'écraser l'avion, dis-je d'un ton acerbe.

Un coin de sa bouche se releva.

— Tiens cette promesse, Miss Catastrophe ! Et sois prudente de toute façon. Nous ne savons pas quels sous-fifres les Très Hauts peuvent encore avoir à l'affût. Si tu parviens à ne pas provoquer de spectacle, ce sera sans doute mieux.

Craignait-il que je me fasse prendre avant qu'il ne puisse se défaire de son accord ? Je n'aurais pas aimé non plus que cela se produise.

— Je ferai de mon mieux pour ne pas être enchaînée.

À cette remarque, ses lèvres tressaillirent. Pendant une seconde, je crus qu'il allait ajouter quelque chose, mais il secoua la tête d'un coup sec et se dirigea vers la Toutemobile sans un mot de plus en guise d'adieu.

* * *

Ruse se donna à fond pendant le voyage en avion. Pour autant que je puisse en juger, il avait décidé que c'était à lui de me choyer pour que j'oublie l'endroit miteux dans lequel j'avais été coincée les deux jours précédents.

En plus de charmer une commerciale de l'aéroport de Los Angeles pour qu'elle nous attribue deux sièges en première classe, il s'arrangea pour nous faire servir un repas très chic – pour un avion – avec trois plats et accompagné de vins fins.

— Tu préfères du caviar ou du filet mignon ? me demanda-t-il tout en tenant l'hôtesse sous son emprise.

Je le regardai en clignant des yeux.

— C'est une blague ?

— Il y a très peu de choses sur lesquelles je ne plaisante pas, mais l'une d'entre elles est la bonne nourriture.

Dans ce cas, s'il me le proposait...

— Je préfère sans conteste une tranche de rôti à des œufs de poisson, merci.

Après le repas, il insista pour que je choisisse le film que nous regarderions ensemble sur les petits écrans, et n'émit pas la moindre plainte lorsque j'optai pour une comédie burlesque avec autant de nuances qu'un rouleau compresseur. Il me massa les épaules et les pieds jusqu'à ce que je m'assoupisse. Puis il me borda sur mon siège incliné avec une couverture. Je jurerais que je l'entendis chantonner une berceuse française d'opéra pendant que je m'endormais.

Je me réveillai avec le crépitement d'une annonce annonçant que l'avion était sur le point d'entamer sa descente et j'ouvris les yeux pour voir l'incube qui me fixait avec une expression presque inquiétante. Cela ne dura qu'un instant, puis il détourna les yeux avant de me rendre son attention avec un sourire charmeur plus habituel et peut-être le plus léger des rougissements qui colorait ses joues pâles.

— Lève-toi et brille, Mlle Blaze.

Pour la première fois, Ruse m'avait dit qu'il m'aimait moins d'une heure avant notre dernière mission. Il lui avait été difficile de révéler cette émotion, même si je lui avais rendu la pareille. Nous n'avions pas eu le temps de nous installer dans une nouvelle normalité par la suite – peut-être se sentait-il encore un peu mal à l'aise à ce sujet.

Je me redressai avec le dossier du siège et j'attrapai sa main.

— Tu as été terriblement gentil pendant tout le vol. Tu

essaies de donner du fil à retordre à Snap maintenant qu'il se rapproche de ton territoire habituel ?

Quelque chose passa dans l'expression de l'incube et disparut aussi vite. Il haussa les épaules, une lueur familière s'allumant dans ses chauds yeux noisette.

— C'est le moins que je puisse faire.

— Eh bien, tes efforts ne sont pas passés inaperçus... et ils ne resteront pas sans récompense. Je lui fis un clin d'œil et passai mes doigts le long de sa mâchoire pour l'embrasser, souhaitant pouvoir les glisser sous son bonnet pour saisir ses cornes comme il aimait sans les exposer à la vue de tous les mortels qui nous entouraient.

Les voyants pour attacher les ceintures de sécurité étant déjà allumés, je ne pouvais pas faire de cette récompense une adhésion au club de ceux qui ont fait l'amour dans un avion, mais ce n'était peut-être pas ce que Ruse aurait voulu le plus de toute façon. Au moins une femme à laquelle il s'était intéressé dans le passé avait montré qu'elle ne se souciait que des orgasmes qu'il pouvait lui donner au lit. Au lieu de cela, je posai la tête contre son épaule, me blottissant plus près de lui lorsqu'il m'entoura de son bras.

Il était difficile de se sentir aussi aigrie par le contrat qui pesait sur ma tête alors que tout ce bordel avait aussi amené dans ma vie les hommes les plus fascinants, les plus excitants et les plus délectables que j'aurais pu imaginer.

Une fois que nous eûmes quitté l'avion, quelques textos avec Omen nous dirigèrent vers un endroit tranquille sur la route entre Paris et Versailles où les autres et lui avaient garé la Toutemobile pour nous attendre. Lorsque nous descendîmes du taxi en face du camping-car, je ne pus empêcher un rire surpris de s'échapper de mes lèvres.

— Est-ce que quelqu'un veut bien m'expliquer ce qui s'est passé ici ?

Pour quelqu'un qui ne l'avait jamais vue, la Toutemobile dans son état actuel n'aurait peut-être pas semblé si étrange. Mais le voyage dans le royaume des ombres avait eu un impact certain.

Dans sa forme actuelle de bus de tourisme, des pois violet brillant ornaient le bord inférieur des parois autrement sombres du véhicule, avec leur logo jaune et inventé. Une antenne tordue que je n'avais jamais vue auparavant dépassait en biais du pare-brise. À l'arrière, une hélice dont je n'arrivais pas à comprendre la fonction tournait follement comme sous l'effet d'un vent violent, bien que l'air frais du soir autour de nous n'ait pratiquement pas bougé.

La porte s'ouvrit et Omen nous fit signe.

— Arrêtez de la regarder bêtement et ramenez vos culs ici.

Je rentrai la mâchoire, mais je restai là où j'étais.

— Qu'est-ce que tu as fait à Darlene ? dis-je, avec l'intention de l'énerver en utilisant le nom qu'il avait donné au véhicule bien que ça ne soit pas vraiment le sien.

Il laissa échapper un petit soupir.

— La transition à travers le royaume des ombres a pu avoir quelques effets secondaires. Elle fonctionne encore très bien. Vous venez ou vous avez fait tout ce chemin juste pour vous garer ici ?

Je roulai les yeux en le regardant avec un sourire taquin.

— Excuse-moi de demander.

Nous montâmes à bord. Dans la salle à manger, Snap

m'attira rapidement sur ses genoux, alors qu'il était assis sur le canapé, et déposa un baiser possessif sur ma bouche. Le moteur se mit en marche avec un crachotement et... un bruit de cloches lointaines ?

— Gardez vos commentaires pour vous, grommela Omen derrière le volant.

— Tout ce que j'ai à dire, c'est que tu ne peux pas me reprocher cet incident avec le véhicule. Je fis un geste en direction de la route. Prochain arrêt, Versailles !

SEPT

Sorsha

J'avais rôdé autour de quelques demeures opulentes en mon temps, principalement pour séparer les collectionneurs d'ombres de leurs cages de bestioles de moindre importance, mais rien de tout cela ne m'avait préparée au château de Versailles. Le mot « palais » était tout à fait approprié, à la puissance un million.

En regardant les trois étages de murs ornés de sculptures et de dorures, ma mâchoire se relâcha pendant quelques secondes avant que je ne parvienne à me souvenir de qui j'étais et de l'endroit où je me trouvais

— Je vois ce que tu voulais dire à propos d'extravagance, dis-je à Omen alors que nous traversions la vaste cour ombragée, en parlant à voix basse. Il ne devait pas y avoir de visiteurs si tard dans la soirée de toute façon, et d'après les signes que nous avions croisés en entrant, la sphinge avait trouvé un moyen de fermer le domaine aux visiteurs, mais je ne pouvais pas me défaire de mes instincts de voleuse bien entraînée. Nous supposions qu'elle avait également fait en sorte qu'il n'y ait pas de gardes, mais nous ne l'avions pas encore confirmé.

Omen adopta le même ton que moi.

— Si Tempest doit être qualifiée de quelque chose, c'est d'hédoniste. Le problème pour la plupart des autres êtres, mortels ou non, c'est que les choses dont elle a tendance à soutirer du plaisir font le contraire aux autres personnes impliquées.

— Une sadique hédoniste qui ne se soucie pas du consentement. J'ai hâte de la rencontrer.

Le chien de l'enfer me jeta un regard acéré, comme si je n'avais pas redoublé de sarcasme. Ou peut-être *à cause* du sarcasme.

— Je sais que la retenue n'est pas ton fort, mais si tu pouvais me laisser mener la plupart des négociations, ce serait mieux pour nous tous. Elle va te poser des questions directes, alors réponds-y évidemment, mais... n'en dévoile pas plus que nécessaire.

— Curieusement, j'ai un peu d'expérience dans les relations avec les ombres dangereuses, dis-je en lui donnant un coup de poing dans le bras.

Il me montra les dents, mais, comble de l'horreur, cela ressemblait plus à un sourire qu'à une grimace. C'était la chose la plus proche d'un sourire de bonne humeur que j'avais obtenue de lui depuis qu'il m'avait traînée dans la grotte et enchaînée. J'avais peut-être gagné quelques points de plus dans la colonne « Gardons Sorsha vivante » sans m'en rendre compte.

— Étant donné que ta principale approche pour

« traiter » avec moi est de provoquer ma colère de toutes les manières possibles, je vais te suggérer d'adopter une tactique différente ici, dit-il.

— Où est l'amusement dans tout cela ?

— Nous ne sommes pas là pour nous *amuser*, Miss Catastrophe.

— Je sais, je sais. Je me dis qu'après m'avoir littéralement enchaînée, tu devrais me laisser le droit de tirer un peu sur la tienne pour égaliser le score.

Dès que les mots furent sortis de mes lèvres – parce que, je l'admets, j'ai vraiment un peu de mal à m'exprimer sans réfléchir autant qu'il le faudrait – une bouffée de panique me traversa la poitrine. Avais-je été trop loin en lui rappelant la chaîne réelle, bien que magique, que les Très Hauts étaient en train de lui faire porter ? Je n'avais pas l'intention d'insinuer quoi que ce soit à propos des liens qui, de toute évidence, l'irritaient plus que tout dans son existence, mais c'était le problème quand on ne réfléchissait pas avant de parler.

Omen se contenta de lever les yeux au ciel en émettant un grognement d'exaspération, et je devinai que je n'allais pas me retrouver à nouveau enchaînée à cause de cet affront.

Au moment où nous atteignions la porte, celle-ci s'ouvrit. Thorn apparut devant nous, Flint et lui s'étaient joints à nous pour cette réunion afin que nous ayons davantage de muscles à disposition au cas où la discussion ne se déroulerait pas aussi bien, et Snap rôdait aussi, ayant refusé de rester en arrière. Avec mon passé de voleuse, je ne pouvais m'empêcher d'envier la capacité des hommes de l'ombre à contourner les portes et à les déverrouiller de l'intérieur au besoin.

Le hall dans lequel nous entrâmes me coupa le souffle

encore une fois. Dans la mince lumière qui traversait les immenses fenêtres arrondies depuis les spots de sécurité à l'extérieur, l'or scintillait sur les murs et le plafond moulés. Entre les moulures étincelantes, des peintures richement colorées couvraient presque toutes les surfaces. Des dizaines de lustres en cristal, aussi hauts que moi, se balançaient par intervalles.

Si j'avais été ici pour une affaire de cambriolage, je me serais dit que j'aurais dû emporter un plus gros sac. Voire une camionnette entière.

Alors qu'Omen et moi nous dirigions vers le hall, Thorn disparut à nouveau dans l'ombre. Nos pieds glissaient silencieusement sur le sol poli.

La grandeur impressionnante de l'endroit rendait la vigilance encore plus nécessaire. Ma voix baissa d'une octave.

— Où penses-tu que nous trouverons Tempest dans cet endroit ? À moins que ce soit elle qui nous trouve ?

— Oh, non, elle appréciera que nous venions à elle. Omen pencha la tête vers la droite alors que nous tournions au coin d'un couloir. Il y a de fortes chances qu'elle ait revendiqué la chambre de la reine comme la sienne.

Où d'autre ? J'aurais pu apprécier l'aplomb de cette femme de l'ombre si elle ne s'était pas alliée à une armée de mortels meurtriers.

Omen ne pouvait pas avoir été ici avec elle auparavant, mais ils avaient probablement été ensemble dans d'autres chambres s'il pouvait faire cette déclaration avec autant d'assurance. Une question me taraudait, que j'essayais d'étouffer... mais pourquoi ? Il serait peut-être utile de le savoir pour m'aider à suivre la conversation à venir.

— Donc, tu as dit clairement que tu n'étais plus ami

avec Tempest. Avez-vous déjà été *plus* qu'amis ?

Omen pinça les lèvres.

— Si tu veux savoir si nous avons déjà baisé, alors oui, une poignée de fois quand nous ne trouvions pas d'activités plus excitantes pour passer le temps. Ce n'était pas une histoire d'amour. Cela ne signifiait rien de plus qu'une satisfaction physique momentanée pour l'un ou l'autre d'entre nous.

Est-ce que c'est tout ce que notre chute passionnée dans le lit avait signifié pour lui aussi ? Je ne sais pas si j'aurais voulu que cela signifie plus. La rencontre avait certainement été exceptionnelle sur le plan de la satisfaction physique. Et maintenant, je me souvenais de la saveur de son baiser et des flammes littérales qui avaient jailli entre nous, ce qui ne m'aidait pas vraiment à me concentrer, alors peut-être que je n'aurais pas dû aborder le sujet après tout.

— C'est bien que tu saches t'y prendre avec elle dans une chambre à coucher, dis-je d'un ton désinvolte, et Omen me lança un regard si brûlant qu'il me donna envie de ressentir à nouveau son baiser pour de vrai.

Waouh, les hormones ! J'avais trois autres amants monstrueux qui ne guettaient pas chacun de mes mouvements pour savoir si j'allais incinérer toute vie dans les deux royaumes. Pas besoin d'être avide. Ou stupide.

Nous traversâmes encore quelques salles ornées qui sentaient légèrement le jasmin. Omen ralentit à la porte suivante.

Une voix retentit dans la pièce d'à côté, avec le même ton tranchant et amusant que j'avais entendu s'élever du téléphone d'Omen au début de ce récent désordre, l'effet étant amplifié puisque la voix n'avait qu'à voyager dans l'air.

— Te voilà enfin, Omen. Allez, viens. Ne me dis pas que tu es devenu timide.

— Peut-être un peu plus prudent, dit-il en entrant.

Je le suivis dans une pièce si splendide qu'il me fallut toutes mes forces pour ne pas recommencer à rester bouche bée.

Deux lampes éclairaient l'espace, captant la lumière des masses d'or qui recouvraient les murs et le plafond. Il y en avait suffisamment autour de nous pour acheter une de ces demeures de collectionneurs, dorées sur de délicates bordures gravées en filigrane et peintes avec les roses, les bleus et les verts de motifs floraux complexes. Entre deux autres lustres de cristal, un imposant baldaquin doré croulant sous les feuilles sculptées dépassait du mur, des rideaux fleuris tombant de ses bords pour encadrer un immense lit. L'odeur de jasmin s'était épaissie, ajoutant à l'atmosphère opulente.

Si c'était ainsi que vivaient les membres de la famille royale, je n'hésiterais pas à fonder ma propre dynastie.

On ne sait comment, la silhouette qui se prélassait sur les couvertures de soie du lit parvenait à surpasser son environnement en termes d'extravagance. Tempest aurait été difficile à rater, même sans aucun artifice particulier : elle devait mesurer au moins un mètre quatre-vingt et était bâtie comme une amazone, à la fois musclée et plantureuse. Ses cheveux brun bronze brillaient autant que l'or qui l'entourait, torsadés en mèches ondulantes qui se soulevaient et se balançaient autour de son visage comme si elles avaient une vie à elles. Comme une sorte de Méduse – Omen avait dit qu'elle aimait endosser différents rôles.

Fidèle au côté léonin de sa nature, ses yeux brillants avaient des pupilles fendues comme celles d'un chat. Ses pommettes saillantes et son nez évasé avaient également quelque chose de félin. Un visage qu'on n'oublie pas facilement. Le tissu drapé sur sa silhouette voluptueuse avait l'allure d'un peignoir, mais pas ceux que l'on trouve chez Target – c'était un peignoir digne d'une reine, en satin écarlate et violet orné de broderies dorées.

Par-dessus ce magnifique peignoir, elle portait tant de bracelets dorés, lourds d'émeraudes et de saphirs que je n'étais pas sûre qu'elle aurait pu se tenir droite avec tout cela, même si elle l'avait voulu. Bonne chance pour marcher sous tout ce poids de richesses. Mais elle avait l'air tout à fait heureuse, étalée sur le lit comme elle l'était.

Mais ce qui m'impressionna le plus, et je ne pus m'en moquer même en passant, ce fut le sentiment de puissance qui se dégageait d'elle comme le vent d'un océan déchaîné, glacial et tranchant comme un rasoir. Omen avait beau cultiver son caractère de salopard glacial à l'extrême, l'énergie qui se dégageait de lui conservait sa chaleur naturelle. Tempest était une salope jusqu'au bout des ongles.

Malheureusement, au milieu de la crainte et du malaise que j'essayais déjà d'atténuer de mon mieux, une pointe de jalousie me piqua aussi. Le métamorphe avait été si proche de cette femme, même s'il n'osait plus l'appeler amie, même s'il disait que leurs parties de jambes en l'air n'avaient pas eu d'importance. Elle le connaissait d'une manière que je ne connaîtrais probablement jamais, étant donné qu'il me considérait maintenant comme à peine mieux qu'une bombe à retardement.

Oui, je n'aurais vraiment pas dû lui poser de questions sur leurs liaisons passées.

Je mis de côté la jalousie, comme le reste, et je me ressaisis. Nous nous arrêtâmes à quelques mètres de la barrière dorée qui traversait la pièce pour tenter d'éloigner les touristes des meubles les plus précieux.

Le regard de Tempest glissa sur Omen pour se poser sur moi.

— Eh bien, dit-elle sur le même ton, qui donne l'impression d'être à la fois une menace et une plaisanterie, qu'avons-nous donc là ?!

— Une simple mortelle, répondis-je en essayant d'adopter le même ton. Cela semblait assez sûr avant de savoir exactement comment et dans quelle mesure nous pourrions l'intégrer dans nos plans.

— Hmm. Ses yeux de chat se dirigèrent vers les ombres qui bordaient la pièce. Voyons voir toute ta troupe, Omen. Tous ces êtres indomptables qui ont travaillé si dur pour perturber mes plans.

Bien sûr, elle était capable de sentir les hommes de l'ombre qui étaient restés dans l'obscurité. Omen s'y attendait. Il fit un geste désinvolte et nos trois compagnons se matérialisèrent autour de nous.

Omen avait dit que c'était une brigade d'ailés qui avait tenté de détruire Tempest sur les ordres des Très Hauts. Si la sphinge pouvait identifier Thorn et Flint comme des êtres de la même espèce, étant donné qu'elle avait une expérience assez directe de leur parenté, elle ne montrait aucun signe que leur présence la dérangeait le moins du monde. Elle pencha la tête, les mèches de ses cheveux continuant leur danse sinueuse autour de son visage.

— Ils ne sont pas tous là. Tu avais aussi un incube.

— Il a d'autres affaires à régler ce soir, dit Omen, ce qui était en quelque sorte vrai. Ruse avait proposé de rester en arrière et de s'assurer qu'Antic ne nous suivait pas pour insister sur la contribution de sa version impavide de « l'aide ».

Mes talents ne peuvent pas grand-chose contre une sphinge, avait-il dit d'une manière désinvolte qui m'avait semblé un peu forcée.

Le chien de l'enfer fit un tour d'horizon de la pièce, l'air décontracté, mais posé.

— Tu n'as pas amené tous tes alliés à cette réunion. Bien sûr, il semble que tu te sois procuré une foule d'alliés, plus que ce palais pourrait contenir. Tous des mortels, curieusement. Quel grand plan as-tu concocté cette fois, Tempest ?

— Oh, tu me connais. Dans une certaine mesure, je me contente de jouer à l'oreille. La sphinge esquissa un sourire qui ne parvenait pas à être pudique et fit glisser ses doigts sur les couvertures du lit. Cela m'a énormément amusée d'avoir une horde de mortels à ma disposition, haïssant les créatures de l'ombre de tout leur être tout en étant au service de l'une d'entre elles.

— Ils font du mal à l'humanité de l'ombre, dit Snap avec l'audace dont il faisait preuve depuis mon retour. Il devait en savoir plus sur ce mal que n'importe qui d'autre ici qu'Omen – ils avaient tous deux passé du temps dans les cages de la Compagnie de la Lumière, tourmentés par leurs expériences.

Tempest haussa une épaule de la manière la plus langoureuse qui soit.

— Cela fait moins d'êtres incompétents pour m'irriter. La Compagnie de la Lumière ne serait guère efficace si je ne les laissais jamais assouvir leurs désirs les plus bas, n'est-ce pas ?

— Efficace à quoi ? demanda Omen, autoritaire, mais pas en colère. Aucune touffe de ses cheveux fauves ne s'était encore dressée, aussi provocatrice que son ancienne conspiratrice essayait manifestement d'être. Je ne pus réprimer un élan d'affection qui n'avait pas lieu d'être en cet instant.

Il avait eu l'habitude de se déchaîner avec cette femme, oui, et il n'était pas difficile de voir à quel point elle pouvait rendre cette perspective tentante. Il avait été sauvage, cruel et égoïste. Et d'une certaine manière, alors qu'elle était restée exactement la même, voire avait empiré, il s'était transformé en quelque chose de bien meilleur que cela. Un chef qui pouvait être à la fois compatissant et dur, qui voyait ce dont les gens étaient capables et leur donnait une chance même s'il était sceptique.

Traitez-le de monstre tant que vous voulez, mais il était bien plus que cela. Et il avait atteint ce point grâce à des vies entières d'efforts et de détermination.

Il n'était pas étonnant qu'il se soit énervé face à mes nombreuses tentatives de percer les failles de son calme soigneusement construit.

Je soupçonnais Tempest de vouloir faire de même, mais elle ne le connaissait manifestement pas aussi bien tel qu'il était maintenant. Elle eut un petit rire narquois et le regarda à travers ses cils.

— Je suppose que tu as désormais réussi à découvrir leur plan ultime ?

— Ils essaient de créer une sorte de maladie qui se répandra dans l'humanité de l'ombre et nous tuera tous, répondit Omen. J'imagine que tu n'es pas en train de te suicider par génocide de masse ?

— Oh, je vais m'assurer de rester au-dessus de la mêlée. Les plus robustes d'entre nous s'en sortiront. Les mortels et les faibles, pas tellement.

Si je perçus le léger raidissement de la posture d'Omen, c'est qu'elle dut en faire autant.

— Alors ce qu'ils s'efforcent de créer, dit-il, tu t'attends vraiment à ce que cela infecte et tue l'humanité de l'ombre.

— Oh, ne me regarde pas comme ça, Omen. Je suis sûre que tu n'as pas à t'inquiéter. Éliminer la plupart des crétins qui s'aventurent ici et risquent de me gêner, anéantir une bonne partie de l'humanité et laisser les survivants rongés par la culpabilité de leur erreur de calcul... Elle battit des cils. Ça devrait être un grand moment pour tout le monde.

Mon estomac s'était ratatiné. Omen avait supposé que la mission déclarée de la Compagnie était aussi une façade pour un autre projet de Tempest. Ce n'était pas le cas, apparemment. Cela allait tellement plus loin que de piétiner quelques créatures inférieures sur le chemin de l'entubage de quelques mortels que nous aurions tout aussi bien pu nous trouver dans un autre système solaire.

Les chances qu'elle soit prête à mettre ces plans de côté pour participer à un stratagème où je prétendais la vaincre, juste pour déjouer les Très Hauts pendant un bref moment ? J'aurais dit qu'elles étaient de l'ordre de mille milliards.

Thorn se dandina d'un pied sur l'autre et je pouvais sentir l'horreur qu'il devait contenir pendant qu'il laissait Omen prendre les devants. Snap ne put retenir un frisson. Il était le plus jeune de mon équipe de l'ombre – son pouvoir accumulé était-il suffisant pour le protéger de cette menace et de la maladie qu'elle avait inventée ?

Est-ce que cela avait de l'importance qu'ils survivent alors que de toute façon, des dizaines d'ombres et d'humains allaient mourir à cause du chemin que Tempest était en train de faire prendre à la Compagnie ?

— Ils ont presque fini, se vanta-t-elle comme si elle avait un public enthousiaste plutôt qu'inquiet. Il suffit d'un ou deux sursauts d'inspiration et tout sera prêt. Tu as été une épine dans mon pied ces derniers temps, sans le vouloir... Es-tu prêt à participer au coup le plus épique de nos carrières à tous les deux ?

Mon estomac se tordit à nouveau. Je jetai un coup d'œil à Omen, me demandant s'il allait jouer le jeu et l'amuser. Mais sa mâchoire s'était encore contractée, un éclat orange de feu de l'enfer brillant sur le bleu pâle de ses yeux.

— Quand es-tu passée du jeu à la guerre pure et simple ? demanda-t-il. Ce complot est tellement en deçà de la Tempest à laquelle j'étais associé que je ne peux pas croire que tu ne le voies pas.

Elle renifla.

— Je n'ai pas du tout sombré. Le problème est peut-être que vous avez tous oublié ce que vous êtes censés être. Ce n'est pas pour rien qu'on nous appelle des monstres, n'est-ce pas ? Elle plissa les yeux en regardant chacun de mes compagnons de l'ombre. Tu as dû tenir ton chien en laisse si longtemps que tu as oublié ce que c'est que de courir en liberté, Omen. Où est la fureur mauvaise qui t'animait autrefois contre l'arrogance pathétique des mortels ? Et toi, l'ailé, tu n'as pas encore fini de bouder tes défaites ? À quoi te sert ce physique spectaculaire, maintenant que tu écrases des cafards ? À moins que tu fasses preuve d'indulgence même à leur égard ?

— J'ai ouvert bien des crânes et des cages thoraciques pour défendre mes compagnons de l'ombre, gronda Thorn, incapable de se retenir plus longtemps.

— Comme s'ils en valaient la peine. Tempest émit un rire qui ressemblait à du verre brisé et qui me donna envie de lui taper sur la tête, puis elle reporta son attention sur Snap. Et un dévoreur, l'un des plus rares de notre espèce, et pourtant, à quoi tu consacres les talents, si ce n'est à être joli ? Tu devrais être en train de déchirer âme par âme mortelle pour devenir aussi grand que tu es censé l'être.

Tu pourrais contenir une multitude d'âmes si ces sympathies insipides ne te retenaient pas.

— Ces âmes appartiennent aux mortels qui les contiennent, répondit Snap, mais il avait de nouveau tremblé à ses mots. La couleur avait disparu de son visage, le laissant pâle sous ses boucles dorées.

C'est à ce moment-là que le contrôle de ma langue m'échappa.

— Tu es une grande bavarde, tu agis comme si tu étais le pinacle de l'humanité de l'ombre alors que tu as passé je ne sais combien de décennies à encourager une bande de mortels à anéantir ton propre peuple. Pour autant que je puisse en juger, c'est toi qui as oublié ce que tu étais.

Les sourcils de la sphinge s'arquèrent.

— Des paroles courageuses et ridicules de la part de la mortelle qui se tient actuellement aux côtés de ces hommes de l'ombre. T'es-tu convaincue que tu serais un jour plus qu'une groupie aux goûts manifestement déviants ?

Le coup me blessa plus qu'il n'aurait dû.

— Tu n'as aucune idée de..., commençai-je, et je réussis à reprendre mon sang-froid avant de dire quelque chose que je regretterais. Tu ne sais rien du tout. Et moi qui pensais qu'un sphinx pouvait au moins prétendre à un peu de sagesse.

Malheureusement, si je savais maîtriser mes mots, je n'étais pas aussi douée avec mes pouvoirs. J'avais à peine fini de parler que le dégoût et la rage qui bouillonnaient en moi se déchaînèrent avec une flambée de mon feu intérieur.

Les flammes montèrent de mes coudes vers mes épaules. Thorn les attrapa d'un coup de ses larges mains sur mes bras avant qu'elles n'embrasent mes cheveux.

Ma bouche devint brûlante et sèche. Tempest me fixait

à présent avec bien plus d'intérêt qu'elle n'en avait montré jusqu'à présent dans cette conversation. Le balayage de ses yeux sur moi laissa un picotement désagréable dans son sillage.

Elle se redressa comme pour me regarder de plus près. Je résistai à l'envie de reculer, restant sur ma position en levant le menton, la défiant de faire un commentaire. Mais lorsqu'elle le fit, ce ne fut pas sur le ton moqueur auquel je m'attendais.

— Pas si mortelle que ça, finalement. Elle rit à nouveau, mais cette fois-ci, c'est avec plus d'admiration que de dédain. Et moi qui pensais que le dévoreur était ta plus grande trouvaille, Omen. Mais où as-tu trouvé un phénix ?

J'aurais dû me réjouir qu'elle soit impressionnée, mais tout chez cette femme me disait qu'elle n'était pas le genre d'être que je devais admirer. Un phénix ? Juste parce que je m'étais enflammée en même temps que ce que je visais ?

En m'observant, les lèvres de Tempest se retroussèrent en un sourire narquois.

— Tu ne le savais pas, n'est-ce pas ? Oh, je suis heureuse d'être là pour en être témoin. Quand tu brûleras, le monde entier brûlera avec toi.

Une vague de froid m'envahit à cette déclaration, balayant toute trace de feu. Ma voix sortit pleine d'acidité.

— Alors c'est une bonne chose que je n'aie pas eu l'intention de brûler.

— C'est ce que tu ne cesses de te répéter, ma chérie. La sphinge se leva, ses innombrables boucles se balançant autour d'elle, et regarda Omen depuis le pied du lit. Et alors ? As-tu fait tout ce chemin juste pour désapprouver en grimaçant devant moi, ou bien vas-tu te souvenir de qui tu es et te joindre aux réjouissances ?

— Cela fait longtemps, répondit Omen à voix basse. Je

ne me délecte plus des mêmes choses que toi.

— Alors nous n'avons plus rien à nous dire. Ne te mêle pas de mes affaires, et je te laisserai t'occuper des tiennes. Tu sais à quoi t'attendre si tu refuses cette proposition.

— Tempest, commença Omen, mais elle était déjà en train de bondir dans l'ombre. D'un geste de la main du chien de l'enfer, Thorn et Flint se lancèrent à sa poursuite.

Mes jambes ressemblaient étrangement à des spaghettis. Lorsqu'elles vacillèrent malgré mes efforts, Snap fut à mes côtés en un instant, la main dans mon dos.

— Peu importe le nom qu'elle t'a donné, dit-il. Nous savons qui tu es.

Le savaient-ils ? Le savais-je moi-même ?

Les mains d'Omen se crispèrent sur ses flancs. Au retour de nos guerriers ailés, sans sphinge en vue, il n'eut pas l'air surpris.

— Nous n'avons pas réussi à la retenir, dit Thorn d'un air peiné. Elle a voyagé si vite...

— Ne vous excusez pas. Aucun d'entre nous n'avait prévu ce que nous allions trouver ici. Le métamorphe expira brutalement.

— Elle ne va pas faciliter notre plan pour apaiser les Très Hauts au sujet de Sorsha, hasarda Snap.

Omen laissa échapper un rire.

— Non, je dirais que non.

Mes propres poings se serrèrent. Je croisai les bras sur ma poitrine, enfouissant les commentaires acerbes du sphinx – *le monde entier brûlera avec toi* – sous l'immensité de tout ce qu'elle avait admis par ailleurs.

— Il y a une réponse évidente à ce problème, dis-je. Nous avons toujours voulu détruire la Compagnie. Il ne me reste plus qu'à ajouter la défaite de cette créature à cette liste de choses à faire – vraiment.

HUIT

Sorsha

Personne n'avait allumé la radio de la Toutemobile, mais elle s'était mise à hurler une dizaine de minutes plus tôt, passant d'une musique classique stridente à un talk-show où tout le monde semblait hurler en russe – ce qui était particulièrement étrange étant donné que nous nous trouvions à Paris.

Ruse et Antic appuyèrent sur les boutons en vain. Finalement, Thorn s'approcha du tableau de bord.

— Mes excuses, dit-il solennellement au camping-car, et il frappa du poing sur les commandes de la radio. Le bruit se mit à crépiter, mais il s'éteignit, comme à peu près tout ce qui suivait un coup de poing du guerrier.

Omen grimaça en voyant l'endroit défoncé qu'il faudrait expliquer aux équidés lorsqu'ils récupéreraient leur monture, mais il ne critiqua pas la tactique de Thorn. Il se retourna vers nous depuis son poste habituel, appuyé contre le comptoir de la cuisine. Il ne faisait aucun doute que ce serait la fin du monde s'il s'abaissait – au sens figuré comme au sens propre – à s'asseoir avec nous sur le canapé-lit en cuir.

— Nos observations au cours des derniers jours ont clairement montré que nous ne pouvons pas nous fier à nos tactiques précédentes, déclara-t-il. Que ce soit à l'instigation de Tempest ou de leur propre initiative, les installations locales de la Compagnie sont totalement verrouillées. Nous ne pouvons pas charmer ou menacer qui que ce soit pour qu'il nous fasse franchir les défenses extérieures si personne n'en sort au départ.

— Tu penses vraiment que tous les travailleurs de la Compagnie vivent à l'intérieur de ces bâtiments ? demanda Snap.

Il me serra encore plus contre lui en parlant, ce qui était un véritable exploit alors qu'il m'avait déjà pratiquement sur ses genoux. Il semblait être devenu très possessif depuis notre confrontation avec Tempest quelques jours auparavant. Je lui fis une bise sur la joue pour lui rendre son affection, et il me sourit avant de continuer.

— Les installations que nous avons trouvées n'avaient pas l'air d'être des maisons. Les membres de la Compagnie ne risquent-ils pas de s'ennuyer en passant tout leur temps au travail ? Certains d'entre eux n'ont-ils pas une famille dont ils seraient séparés ?

— Je suis sûr que la réponse à ces deux questions est oui, dit Omen. Ils sont juste prêts à sacrifier quelques libertés pour s'assurer qu'ils peuvent continuer de nous baiser.

Je tambourinai des doigts sur la table. Des jours de surveillance et d'absence d'action réelle m'avaient rendue agitée, surtout avec la détermination à vaincre Tempest qui pesait sur moi. Pour être honnête, s'ennuyer et se sentir seul est probablement mieux que de se faire décapiter ou éventrer. S'ils pensent qu'ils sont en danger de mort, je pourrais les voir supporter un confinement pendant un bon moment.

Thorn jeta un coup d'œil à Omen.

— La sphinge sait que nous allons enquêter dans cette ville. Nos sources antérieures ont indiqué que le chef mortel de la Compagnie de la Lumière voyage à travers l'Europe. La carte que nous avons vue montrait plusieurs bases d'opérations dans le coin. Seraient-ils moins stricts ailleurs ?

— Je ne pense pas que Tempest baissera la garde. Même le chef lui-même pourrait être cloîtré quelque part jusqu'à ce qu'elle sente que nous ne représentons plus un grand danger.

Le chien de l'enfer se frotta la mâchoire.

— Elle n'a pu interrompre notre dernier plan, qui a failli fonctionner, que parce qu'elle est intervenue assez rapidement. Si nous pouvions trouver un autre point d'accès et la distraire suffisamment en même temps – ou même tenter de l'abattre complètement avant de nous attaquer aux mortels... Mais sans ce point d'accès, nous n'avons aucun moyen d'accéder à leurs opérations actuelles ou à leurs faiblesses potentielles.

— Je pourrais chercher un autre mortel avec des compétences en piratage, suggéra Ruse. Quelqu'un qui ne travaille pas déjà pour la Compagnie, mais qui pourrait être capable de dénicher des données qui nous donneraient une piste. Ces crétins ne peuvent pas mener leurs opérations sans aucune interaction avec le monde qui les entoure.

Omen acquiesça.

— C'est une bonne idée. Ton informaticienne aux États-Unis y a déjà beaucoup contribué. Utilise-la. Et pendant que tu traques un humain approprié, nous nous dirigerons vers les souterrains. Paris possède une multitude de tunnels et de catacombes qui s'étendent sous une grande partie de la ville. Nous allons nous séparer et vérifier les zones proches des installations de la Compagnie pour trouver d'autres moyens d'entrer. Ce n'est pas gagné, mais autant essayer tout ce qu'on peut.

— Je testerai les empreintes au cas où la Compagnie aurait utilisé ces passages elle-même dit Snap, s'enthousiasmant de l'occasion de mettre à profit son talent surnaturel non létal.

— Excellent. Au cas où nous aurions des problèmes, il faut qu'il y ait quelqu'un avec beaucoup d'expérience au combat dans chaque groupe. Snap, tu vas avec Flint. Thorn, vois si tu peux rendre le diablotin utile. Et notre miss Catastrophe – il posa ses yeux glacials sur mon visage – elle vient avec moi.

Parce qu'il ne faisait pas confiance aux autres pour me surveiller de près ? Je retins une demi-douzaine de remarques sarcastiques que j'aurais aimé lui lancer. Après avoir vu les échos de son histoire dans notre conversation avec Tempest l'autre soir, j'avais mis un point d'honneur à ne pas l'importuner autant, et j'y avais plutôt bien réussi, si je puis dire. Pourquoi gâcher mon succès juste pour avoir une petite pique ?

— C'est un rendez-vous ? dis-je à la place, et je fus récompensée par un mouvement de la mâchoire du métamorphe.

Mon dévoreur ne se sentait pas aussi généreux. Je ne pense pas qu'il ait encore pardonné à Omen ses transgressions passées. Le bras de Snap se resserra autour de moi.

— Je préfère rester avec Sorsha. Je peux la défendre s'il le faut.

Omen lui jeta un regard noir.

— Je te promets que je n'ai aucune intention malveillante. Elle te sera bientôt rendue dans le même état que maintenant, en fonction de ce que nous trouverons dans ces tunnels.

— Je pense toujours que nous ferions une meilleure paire.

— Et moi je t'ai donné un ordre. Si tu ne me fais plus confiance pour diriger ce groupe en tenant compte de nos intérêts, tu sais où se trouve la porte.

Le ton d'Omen avait été doux, mais Snap se hérissa. Je serrai son bras avant qu'il ne puisse continuer la discussion – ou l'intensifier. C'était déjà assez pénible de voir Omen et Thorn se disputer mon sort.

— Hé, dis-je, je sais assez bien me défendre toute seule, comme vous devriez vous en souvenir tous les deux. Je m'en sortirai. Je suis sûre que si Omen avait décidé de se débarrasser de moi après tout, il ne s'embêterait pas à organiser une grande expédition touristique autour de ça.

Snap émit un grognement, mais il accepta un baiser et se contenta de me serrer très fort dans ses bras avant de me relâcher pour que je rejoigne le chien de l'enfer, qui me lançait à présent un regard noir. Ce rendez-vous commençait déjà très bien.

C'est triste à dire, mais si cela avait été un rendez-vous galant, traîner dans les tunnels souterrains de Paris jusque tard dans la nuit n'aurait pas été le pire que j'aie connu. Par contre, il était carrément dans les dix derniers.

L'air frais et terreux qui régnait dans les couloirs me

donnait l'impression d'être à deux doigts d'être enterrée vivante. Les plafonds bas et l'obscurité générale n'arrangeaient rien à cette impression de claustrophobie.

Omen laissa émerger la lueur de sa peau de chien de l'enfer pour jeter une brume orangée sur les murs de pierre, d'argile, et oooh, encore mieux, une pile d'os encastrés. J'inclinai la tête vers eux.

— C'est vraiment ton genre d'endroit, hein, chien de l'enfer ?

— Je ne pense pas avoir massacré assez de mortels en mon temps pour faire des catacombes entières avec leurs restes, répondit-il, ce qui n'était pas vraiment rassurant étant donné qu'il semblait y avoir quelques milliers de cadavres à portée de vue.

Nous continuâmes à marcher jusqu'à ce que nous atteignions l'endroit où, selon Omen, se trouvait une chocolaterie avec laquelle la Compagnie semblait faire des affaires – je devais le croire sur parole, car ici un mur lugubre ressemblait à peu près à tous les autres. En plissant les yeux dans la faible lumière, je ne pus distinguer aucune trappe ou autre ouverture qui aurait pu nous permettre de nous faufiler dans le bâtiment.

— Je pourrais apporter quelques flammes pour avoir un peu plus de lumière, dis-je, avec une hésitation que je ne pus retenir, même si je n'aimais pas ça. Les remarques de Tempest s'étaient accrochées à moi comme une ortie, avec autant de picotements irritants. Si j'étais un phénix, cela signifiait-il que j'étais condamnée à me consumer tôt ou tard avec mon pouvoir ?

Et combien brûlerais-je avec moi si j'en arrivais là ?

Omen me dévisagea. Il avait été étonnamment économe en sarcasmes durant notre exploration. Je n'arrivais pas à savoir s'il évaluait mon potentiel destructeur ou sa confiance en moi.

— Elle n'a pas toujours raison, tu sais, dit-il, comme si cela répondait à ma proposition.

— Quoi ?

— Tempest. Les sphinx sont peut-être connus pour leur sagesse, mais ils parlent aussi par énigmes, et parfois ils confondent les deux dans leur tête. Elle n'est pas omnisciente, et elle a bien des raisons de vouloir te secouer. Il marqua une pause, son regard se portant sur le passage autour de nous. Et je vois assez bien pour dire que cet endroit n'est pas très intéressant non plus. Nous n'avons plus rien à faire ici. Viens. Il s'engagea dans le tunnel.

J'accélérai le pas pour le suivre.

— Tu ne penses pas que je sois vraiment un phénix, alors ?

— Oh, si, je crois à cette partie. C'est la première explication qui tient la route, avec cette habitude de s'enflammer par inadvertance. Je ne pense pas que cela signifie nécessairement que tu vas brûler beaucoup d'autres choses si tu tombes dans les flammes. Mais je préfère ne pas en faire l'expérience pour le savoir. Il me jeta un coup d'œil avec un sourire petit, mais évident dans l'obscurité. Je suppose que tu es de bien meilleure compagnie si tu n'es pas carbonisée.

— Eh bien, je suis heureuse d'entendre que tu aies révisé à ce point ton opinion initiale sur moi.

Il rit.

— Tu es toujours pleine de surprises. Heureusement, elles ne sont pas toutes mauvaises.

Pour ce qui était des recommandations, j'acceptais volontiers celle-ci.

— As-tu déjà connu un phénix ? demandai-je.

Qu'était-il arrivé à d'autres êtres comme moi ? Tempest m'avait dit que nous n'étions pas nombreux.

Ce que la réponse d'Omen confirma.

— Non, dit-il. Et les histoires que j'ai entendues concernaient davantage les mortels que les ombres, alors je n'ai aucune confiance en leur exactitude. Il se pourrait que seul un hybride puisse le devenir. Je doute fort que Tempest en ait jamais rencontré un non plus.

D'accord, ça me rassurait un peu. Elle ne faisait que débiter des fables sans queue ni tête, elle ne parlait pas en connaissance de cause.

Omen nous fit traverser plusieurs passages de plus en plus étroits, ce qui n'arrangeait rien à la sensation d'étouffement, puis nous montâmes un escalier grossier qui aboutissait à une travée d'épaisses boiseries.

— Le sphinx n'est pas le seul à connaître quelques astuces dans cette ville, dit Omen en appuyant sur un bouton dans le bois. L'un des panneaux s'ouvrit pour nous donner assez d'espace pour nous faufiler dans une petite pièce poussiéreuse, empilée de chaises et de boîtes de bougies effilées.

Une odeur de cire chatouillant mon nez, je suivis Omen jusqu'à la porte de l'autre côté et je découvris que Versailles n'avait pas épuisé toute ma capacité d'émerveillement.

Nous avions abouti dans une cathédrale – et oh, doux chérubins gazouillants, quelle cathédrale c'était. Le plafond de pierre s'arquait si haut au-dessus de nos têtes que j'aurais pu croire qu'il frôlait le ciel. Au-dessus de l'autel, des vitraux complexes diffusaient la lumière de la lampe de l'extérieur en taches de couleur sur le sol carrelé. Les colonnes qui se dressaient à intervalles réguliers le long des bancs étaient suffisamment immenses pour que je ne sois pas sûre de pouvoir en entourer une de mes mains, même si je m'étais clonée pour m'aider davantage.

Je n'étais pas très portée sur la religion, mais si un endroit avait pu me convaincre de la grandeur d'une vie au-delà de celle-ci, c'était bien celui-ci.

— Notre Dame, entonna Omen à côté de moi, en contemplant les immenses vitraux. Je ne prétendrai jamais que les mortels n'ont pas réussi à faire quelque chose de spectaculaire en leur temps.

En parlant de surprises... je n'aurais jamais imaginé entendre le métamorphe chien de l'enfer faire l'éloge des mortels en général.

Un autre type de malaise se manifesta sous ma peau, attisant une lueur de feu. Je fis taire cette chaleur instable, mais il aurait été sans doute plus facile d'y faire face si je disais ce que j'avais sur le cœur depuis notre confrontation avec Tempest.

Je baissai les yeux vers le sol, me sentant inhabituellement mal à l'aise.

— Tu sais, je suis désolée. De t'avoir tant critiqué pour ton attitude. Je veux dire que tu le méritais au début quand tu étais un vrai connard avec moi, mais même après que tu t'es calmé sur les tests et tout ça, je n'ai pas su apprécier le chemin parcouru par rapport à ce que tu étais avant et à quel point ça avait dû être dur. Tu n'as rien à voir avec Tempest. Je ne sais pas à quel point tu étais semblable à elle, mais tu ne l'es plus maintenant. Ni quand tu es le salaud glacial ni quand tu laisses éclater ton feu. Au cas où tu t'inquiéterais encore de ça.

D'après les commentaires qu'il avait faits au cours de nos conversations des dernières semaines, je me doutais qu'il le faisait.

Omen aboya un rire, ce qui n'était pas tout à fait la réponse que j'avais espéré provoquer avec ma tentative de tendre une branche d'olivier.

— Tu t'excuses auprès de moi ? dit-il en se tournant vers moi. C'est moi qui t'ai fait enchaîner en prévision de ta mort possible il y a moins d'une semaine.

Je croisai les bras sur ma poitrine.

— Je ne dis pas que c'était le point culminant de ma vie, mais avec ce que tu as entendu et l'emprise que les Très Hauts ont sur toi... je comprends. Ça veut dire beaucoup que tu ne m'aies pas jetée directement dans leur gueule, que c'était une décision que tu n'as pas pu prendre à la légère. Je marquai une pause. Je ne sais toujours pas pourquoi tu n'as pas profité de l'occasion que je t'ai offerte.

Il effleura le côté de mon visage de ses phalanges, une caresse délicate qui déclencha une vague de chaleur bien plus séduisante. Ses yeux se posèrent sur moi, incrédules et peut-être un peu en conflit avec lui-même, mais pas du tout méprisants.

— Si tu étais prête à donner ta vie en pâture aux Très Hauts juste pour sauver deux ombres, dont l'une ne t'avait pas donné beaucoup de raisons d'être généreuse, j'ai beaucoup de mal à croire que tu ferais volte-face et que tu détruirais le reste du monde sur un coup de tête.

Ma gorge se noua.

— Je ne sais pas si j'aurai beaucoup le choix.

— Bien sûr que si. Il y a toujours des choix à faire. Et malgré toute ta hargne et ta défiance... tu te soucies manifestement assez pour faire des choix qui n'aboutiront pas à une destruction massive. Omen baissa les yeux pendant une seconde avant d'attirer mon regard encore plus intensément. J'aurais dû m'en rendre compte bien avant que tu ne te jettes entre Thorn et moi. Tu n'as pas vraiment caché ton état d'esprit. C'est juste que je n'ai pas reconnu ton altruisme pour ce qu'il était – ou peut-être que je ne me suis pas permis de le reconnaître – jusqu'à ce qu'il soit aussi flagrant.

Je déglutis bruyamment.

— Alors... tu n'attends pas encore que je fasse une connerie pour avoir une excuse pour m'emmener devant les Très Hauts finalement ?

Il eut l'air franchement surpris par cette question.

— C'est ce que tu pensais ?

— Tu n'as pas vraiment été M. Bavard depuis que tu m'as libérée, même selon tes critères.

Il passa de nouveau sa main sur mon visage avec un peu plus de pression qu'auparavant. Mon cœur fit un bond. Puis il continua à s'agiter dans ma poitrine comme si c'était le bal de fin d'année dans les années 50.

Omen tordit la bouche.

— Ah. Eh bien. Il y a des choses que je savais que je devais te dire, mais je ne savais pas encore comment les dire, alors j'ai peut-être un peu trop hésité à ne rien dire du tout. Il inspira longuement. Je dois m'excuser auprès de toi. J'ai été beaucoup plus con que tu ne le méritais lors de notre première rencontre, et j'aurais dû te laisser tranquille plus tôt – dans une plus large mesure – tu as eu encore moins d'influence que moi sur le sort qui t'a été réservé, et il t'a fallu beaucoup moins de temps pour en faire quelque chose d'admirable. Tu fais honte à mes propres efforts.

L'idée que le métamorphe puisse s'excuser auprès de quelqu'un, et encore plus auprès de moi était si bizarre que ses paroles tournèrent dans ma tête pendant plusieurs secondes, alors qu'elles faisaient lentement tilt.

— Alors... être plus gentil avec moi, c'est ta tentative de

prendre de l'avance dans une compétition pour savoir qui est l'être le plus extraordinaire du coin ?

Omen laissa échapper un soupir.

— J'essaie de te dire que je suis désolé de ne pas avoir reconnu tes qualités « extraordinaires » plus tôt. Faut-il toujours que tu rendes les choses aussi dures que possible ?

Je me mis à rire. Je n'arrivais toujours pas à comprendre les éloges qu'il me faisait, mais je le connaissais suffisamment pour reconnaître la lueur de feu orange dans ses yeux et pour remarquer que sa main s'était attardée dans le creux de ma mâchoire, comme s'il n'était pas encore prêt à cesser de me toucher. Je ne savais peut-être pas comment répondre à la gentillesse d'Omen, mais je savais quoi faire de cette chaleur.

Je fis glisser mes doigts sur le devant de sa chemise, m'arrêtant juste un centimètre au-dessus de sa braguette.

— Je peux penser à une ou deux choses que nous aimons tous les deux que je rende plus dures.

Omen laissa échapper un grognement, mais ce n'était que de désir. Puis il attrapa mes lèvres avec les siennes qui s'aplatirent sur ma bouche en un baiser si brûlant qu'il me marqua jusqu'aux orteils.

Je saisis sa chemise, l'embrassant à mon tour de bon cœur. Peu importe les chamailleries que nous avions eues, peu importe les excuses que nous devions, tous les deux, présenter, il n'y avait rien d'autre que de la justesse dans l'étincellement de nos corps l'un contre l'autre.

La langue d'Omen pénétra dans ma bouche. Il me serra plus fort contre lui, une main sur mes fesses, l'autre glissant le long de mon flanc pour toucher mon sein. Il bandait déjà complètement, et la sensation de cette solide longueur pressée contre moi à travers nos vêtements envoya une vague de chaleur directement dans mon sexe.

Une cathédrale célèbre n'était pas l'endroit où j'aurais imaginé faire l'amour avec l'un de mes amants, et encore moins avec le plus infernal d'entre eux, mais pas une seule particule en moi n'avait envie d'interrompre cette rencontre pour aller voir ailleurs.

Omen me poussa contre l'une des colonnes. Une lueur de sa puissance ardente passa entre nous et mes flammes intérieures s'élevèrent pour la rejoindre comme elles l'avaient fait auparavant. Le plaisir enflamma chaque centimètre de ma peau.

Le chien de l'enfer posa sa bouche sur le côté de mon cou, et j'emmêlai mes doigts dans les courtes touffes de ses cheveux, m'élançant à l'assaut de son abandon. Le glissement de sa langue sous mon menton m'arracha un gémissement.

— Dis-moi ce que tu veux, dit Omen, la voix chargée de désir et de présage.

Oh, il y avait beaucoup de choses que je voulais, mais pour l'instant, une seule semblait avoir de l'importance.

— Baise-moi. Baise-moi aussi fort que tu le peux.

Un gloussement brûlant s'échappa de ses lèvres et se répandit sur ma peau.

— Juste pour cette fois, je me soumettrai volontiers à tes ordres.

La dernière fois, il m'avait brûlé les vêtements. Ou peut-être les avais-je brûlés moi-même – c'était difficile à dire avec toutes les flammes qui dansaient autour de nous. Cette fois-ci, peut-être parce qu'il savait que je n'avais pas de vêtements de rechange à portée de main, il enleva ma chemise à la manière des mortels et la jeta sur le côté. La vitesse à laquelle il dégrafa mon soutien-gorge était peut-être surnaturelle.

Une fraction de seconde plus tard, il avait pris mon mamelon entre ses dents avec une pointe de plaisir si aiguë que j'en eus le souffle coupé. Je m'accrochai à ses cheveux et je tirai sur sa chemise de l'autre main. Sa lumière infernale se répandit sur tout son corps et ce vêtement se désintégra en cendres. Comme tous les autres vêtements qu'il portait. J'avais de la chance.

Je passai les doigts sur les muscles tendus de son torse, et sa queue diabolique, nouvellement libérée, taquina mon avant-bras. Je ne pus résister à l'envie d'enrouler mes doigts autour de son érection chaude et souple. Elle tressaillit contre ma paume, son extrémité traçant une ligne étourdissante le long de ma cuisse. Puis Omen me fit basculer sur le sol carrelé, m'arrachant le reste de mes vêtements au fur et à mesure.

Cela n'aurait pas dû être une surface confortable pour s'étendre. Mais avant que le froid de la pierre lisse ne pénètre ma peau, le feu d'Omen se répandit autour et en dessous de moi. Il m'enveloppa comme la plus ardente des couettes.

La bouche d'Omen marqua la mienne d'une chaleur encore plus intense, son corps étant juste au-dessus du mien.

— Je vais te faire l'amour jusqu'à ce que tu hurles de plaisir, promit-il avec une telle assurance que j'aurais trempé ma culotte si j'en portais encore. Mais je vais prendre mon temps pour profiter de toi afin de me souvenir de tout. La première fois, c'était un peu flou – un flou de bonnes choses, mais quand même.

Il effleura ma clavicule de ses crocs et j'inspirai avec un grognement de satisfaction. Pas d'arguments à opposer.

Mais peut-être un tout petit peu d'inquiétude, maintenant que nous prenions notre collision charnelle un peu plus lentement.

Alors qu'il taquinait ma poitrine avec ses dents de chien, je faillis en perdre mes mots, mais ils sortirent avec mon souffle suivant.

— On devrait probablement se protéger – je préférerais ne pas me retrouver avec des chiots de l'enfer à cause de ça.

Le métamorphe laissa échapper un grognement qui, d'une manière ou d'une autre, parvint à être aussi sexy que tout le reste de sa personne, et il effleura mon mamelon du bout de sa langue.

— Ça n'arrivera pas sans la même cérémonie de l'humanité de l'ombre que celle utilisée par ta mère. Et comme seuls trois hommes de l'ombre y sont parvenus dans toute l'histoire de l'humanité, je pense qu'il est peu probable que je l'aie subie à mon insu.

Cette hypothèse me paraissait tout à fait justifiée. D'autant plus que je le soupçonnais d'avoir cherché tout ce qui ressemblait à un préservatif, non pas que j'en aie sur moi de toute façon, et je n'avais *vraiment* pas envie de mettre fin à cette séance avant même d'avoir commencé.

Omen attrapa mon autre mamelon avec ses lèvres et plongea sa main entre mes cuisses en même temps. La secousse plus intense du plaisir effaça tout ce que j'aurais pu dire d'autre. Je poussai un grognement, mes hanches se cambrant pour le rejoindre. Ses doigts s'enroulèrent en moi, aussi chauds que toutes les autres parties de son corps et allumant de nouvelles flammes, mais ce n'était pas la moitié de ce dont j'avais envie.

— Je vais te démonter et te remonter, et tu en

redemanderas, murmura Omen. Il descendit le long de mon corps et déposa un baiser sur mon ventre.

Le son qui s'échappa de mes lèvres en guise de réponse ne fut pas particulièrement articulé, mais je voulais dire quelque chose du genre :

— *Ça m'a l'air fantastique, vas-y !* Je n'eus pas besoin d'exprimer plus clairement ce sentiment, car la seconde d'après, le métamorphe avait pressé sa bouche brûlante contre mon sexe.

Oh, que les anges chantent ! La force de ses lèvres et les glissements de sa langue envoyèrent des vagues de plaisir partout en moi. Tout ce que je pouvais faire, c'était gémir et regarder le vaste plafond au-dessus de moi, l'extase montant si vite que j'aurais tout aussi bien pu m'envoler à sa rencontre.

Mais Omen tint sa promesse de savourer le moment. Chaque fois que je commençais à monter en flèche vers l'orgasme, il se détendait légèrement, ralentissant les coups de langue, taquinant avec ses doigts plutôt que de me caresser jusqu'au bout. Un nœud d'envie se formait dans mon ventre, s'intensifiant à chaque fois que j'entrevoyais l'apogée.

Je m'agrippai aux courtes touffes de ses cheveux, mes doigts griffant son cuir chevelu. Finalement, les mots qu'il devait attendre sortirent de ma bouche dans un grognement.

— S'il te plaît, bon sang. *S'il te plaît !*

Je sentis les lèvres d'Omen se retrousser sur ma peau et il sourit. Après une succion brutale de mon clitoris et une plongée plus profonde de ses doigts, j'aurais pu hurler de plaisir. Ma vision se brouillait, mes oreilles bourdonnaient, et je basculai dans une explosion de satisfaction.

Les flammes sur lesquelles j'étais allongée ondulaient

sous mon dos comme pour pousser mon orgasme à son paroxysme. J'avais à peine repris mon souffle, traversée par le plaisir, qu'Omen se dressa au-dessus de moi. Il souleva mes hanches du sol pour qu'elles touchent les siennes.

Sa bouche s'écrasa sur la mienne, parfumée par nos deux saveurs au goût de fumée, et son membre rigide s'enfonça en moi. J'enroulai mes jambes autour de lui et me cambrai pour suivre son rythme, en voulant toujours plus, alors que le plaisir m'envahissait de nouveau. Nos flammes crépitèrent entre nous avec un picotement qui n'était que jouissance, sans douleur.

Je n'aurais pas cru que le métamorphe puisse extraire encore plus d'extase de mon corps, mais je n'avais pas compté sur toutes ses caractéristiques spéciales. Alors que nos corps se balançaient l'un contre l'autre à un rythme de plus en plus effréné, quelque chose glissa sur mes fesses. Le bout diabolique de sa queue traça des motifs joyeux sur ma peau et se glissa entre les fesses pour caresser mon autre orifice.

Un nouvel élan de plaisir vint s'ajouter aux sensations qui m'envahissaient déjà. Un cri haletant s'échappa de ma bouche.

Omen m'embrassa comme pour boire ce cri. Son membre s'enfonça en moi jusqu'à la garde, sa queue taquina un étourdissant passage par derrière, et j'explosai en mille morceaux étincelants et brûlants, illuminés de l'intérieur.

Alors que je frémissais et que j'enfonçais mes ongles dans le dos et les fesses d'Omen, il gémit. En quelques poussées de plus en plus erratiques, il se jeta à mes trousses avec ce qui aurait pu être une giclée de feu liquide.

Ses muscles se détendirent et le métamorphe nous posa tous les deux au sol, laissant une partie de son poids peser sur moi. Cette fois, je n'hésitai pas à le regarder dans les yeux. L'orange se mêlait au bleu glacial dans un contraste parfait.

Il m'adressa un sourire sardonique, comme s'il ne pouvait se résoudre à paraître totalement satisfait, même après les vulnérabilités et l'admiration qu'il avait déjà admises. Cette défiance était si parfaitement de bon augure qu'un frémissement de tendresse me traversa la poitrine.

Il fut suivi d'un pincement au cœur doux-amer. Soudain, je me souvins de ce qu'il avait dit au palais, sur sa période avec Tempest.

Je ressentis le besoin de clarifier la situation, pour notre bien à tous les deux.

— ça n'est pas juste du sexe. Pour moi, en tout cas. Tu représentes plus que ça pour moi. Je n'étais pas encore tout à fait sûre de ce que je voulais dire, mais je savais que ce que j'avais dit était vrai.

Le sourire d'Omen s'adoucit légèrement adouci.

— Je pense que rien avec toi ne sera jamais « juste », Miss Catastrophe. Il baissa la tête, ses lèvres effleurant ma joue, répondant à une question que je n'avais pas encore formulée. Tu es un être plus raffiné que Tempest ne l'a jamais été ou ne pourrait l'être. Quels que soient les regrets que j'ai pu accumuler au fil des ans, tu n'en feras pas partie. Même si cela nous condamne tous les deux.

Une boule inattendue remplit ma gorge. Il risquait de renoncer non seulement à sa liberté, mais aussi à sa vie si les Très Hauts découvraient qu'il avait trahi leurs ordres.

Je passai mon bras autour de son cou et il me donna un autre baiser, plus doux, mais non moins brûlant. Alors qu'il écartait mes lèvres avec sa langue, une ampoule s'alluma dans ma tête. Je l'embrassai encore plus fort, puis je m'écartai.

— Quoi ? demanda Omen, l'air amusé en observant mon expression.

Je lui souris.

— Je sais comment on peut s'en prendre aux connards de la Compagnie même s'ils n'ont jamais mis un pied dehors.

NEUF

Ruse

Après avoir fait le plein d'essence juste avant d'atteindre la frontière italienne, Omen reprit le siège conducteur de la Toutemobile. J'appréciai d'être libéré de cette tâche, d'autant plus que le camping-car avait pris l'habitude de faire marcher ses clignotants de manière aléatoire, au rythme des cloches qui tintaient dans le grondement du moteur. Je m'enfonçai dans le cuir lisse de la banquette et je sortis mon téléphone.

Quelques instants après, Sorsha s'approcha en me souriant.

— On a eu d'autres nouvelles de notre nouvel associé le hacker ? demanda-t-elle en se levant pour s'asseoir sur la table, les jambes pendantes.

Depuis qu'elle était revenue de la fouille des catacombes de Paris avec sa dernière idée brillante, elle avait une énergie plus vive. J'aimais bien la voir ainsi s'illuminer, mais parfois cela semblait presque frénétique, comme si elle courait à toute allure pour garder un pas ou deux d'avance sur une anxiété plus profonde.

Je n'avais pas non plus pu m'empêcher de remarquer que lorsqu'elle était revenue pleine d'énergie, l'odeur de fumée qui lui collait à la peau n'était pas seulement son parfum naturel de feu, mais aussi une pointe de soufre qui appartenait au chien de l'enfer. Dans quelle mesure était-elle stimulée par sa nouvelle idée, et dans quelle mesure l'était-elle par ce qu'ils avaient fait tous les deux après avoir fait la paix ?

C'était déjà assez difficile d'être un incube amoureux sans être jaloux des autres partenaires de sa maîtresse. Dieu merci elle n'avait jamais demandé avec combien de femmes je m'étais envoyé en l'air au fil des siècles. Mais d'une certaine manière, savoir qu'elle avait couché avec Omen – et qu'elle était manifestement heureuse des résultats – venait titiller d'autres angoisses personnelles qui me rongeaient.

— Il n'a pas trouvé grand-chose ces dernières heures, mais comme il est mortel, il a besoin de dormir de temps en temps, dis-je. Maintenant que nous avons déterminé que la Compagnie était beaucoup plus active à Rome que n'importe où ailleurs de ce côté-ci de l'océan, il va vérifier s'il y a des schémas de communication plus distinctifs. Nous allons bientôt nous concentrer sur les familles et les amis des membres.

Sorsha soupira, et le balancement de ses jambes ralentit.

— Bien sûr, cela ne fonctionnera que si les employés de la Compagnie ont été autorisés à avoir au moins un peu de contact avec les personnes qui leur sont chères à l'extérieur. Leur chef – le mortel ou Tempest – pourrait aussi leur imposer un verrouillage total des communications.

Je pressai légèrement sa cuisse.

— Ensuite, tu trouveras un autre plan brillant. Tu as trouvé l'inspiration aussi vite que tes flammes.

La Toutemobile choisit ce moment pour hoqueter, une petite secousse faisant vibrer tout le châssis. Sorsha dut s'agripper au bord de la table pour garder l'équilibre. Puis comme pris d'un véritable hoquet, le camping-car se remit en marche. À l'avant, Omen poussa un grognement d'agacement.

— Je commence à penser qu'emmener Darlene à travers une faille n'était pas une si bonne idée, dis-je, juste assez fort pour être sûr qu'il m'entende.

Sorsha éclata de rire, interrompue par une autre petite secousse.

— Elle n'est plus tout à fait la même qu'avant, c'est sûr. Comment penses-tu qu'on puisse soigner le hoquet des véhicules ? En lui donnant un verre d'eau ? En sautant devant elle pour l'effrayer ?

— Eh bien, nous venons de la remplir avec le liquide de son choix, alors je suppose que cela ne suffira pas. Je ris avec elle pendant un moment, jusqu'à ce que le fait de ne franchement pas du tout savoir ce qu'il fallait faire à propos de nos problèmes de transport ou de quoi que ce soit d'autre vienne assombrir ma bonne humeur.

J'essayai d'empêcher mon sourire de s'effacer, mais Sorsha se calma elle aussi, son regard s'attardant sur mon visage. Elle glissa de la table, me prit la main et m'entraîna vers sa chambre.

— Viens ici un moment, toi.

Prête à repasser à l'action, c'était ça ? Mon propre désir se réveilla alors que je la suivais dans le couloir. Mais même la sensation familière de l'envie – et celle, moins forte, d'une affection plus douce – n'offrait pas beaucoup de baume à mes pensées agitées.

Par bribes, les autres m'avaient expliqué leur rencontre avec Tempest. Toutes les remarques hautaines du sphinx et son rejet de leurs préoccupations – et son accusation qu'ils avaient oublié leur nature monstrueuse. Elle ne me l'avait pas reproché, mais c'était simplement parce que je n'étais pas là, devais-je supposer. Au moment où Snap l'avait mentionné avec un mouvement douloureux de la bouche, je l'avais ressenti comme un coup de poignard dans le ventre.

Étais-je vraiment tombé amoureux de Sorsha au mépris de mes penchants pour les mœurs légères ? Ou bien... un aspect plus subtil de mes pouvoirs m'avait-il simplement fait comprendre que ce serait une bénédiction d'avoir une source de nourriture facile à mes côtés pour toujours ?

Elle avait été la première mortelle – ou semi-mortelle, du moins – à m'accepter tel que j'étais. Je pouvais assouvir ma faim de plaisir nuit après nuit sans avoir besoin de la moindre séduction surnaturelle. À bien des égards, il était incroyablement commode que je me sois retrouvé à souhaiter une relation plus engagée avec elle.

L'aimais-je, ou bien étais-je en train de me convaincre que j'avais fait la plus grande escroquerie jamais vue, cette fois-ci envers moi-même ?

Je n'avais pas envie de me pencher sur cette question. Et faire passer à Sorsha un bon moment dans l'intimité était la seule chose que je pouvais faire sans aucun doute. Alors si elle voulait cela de moi, je le ferais bien volontiers.

— J'espère que tu sais que j'ai l'intention de faire durer cela plus d'un moment, dis-je pour la taquiner, alors qu'elle fermait la porte de la chambre derrière nous. J'ai une réputation à défendre.

Elle me donna un petit coup dans la poitrine.

— Je ne t'ai pas fait venir ici pour des outrages, même si je ne dirai pas forcément non une fois que nous aurons fini de parler. Qu'est-ce qui t'arrive ? Tu n'as pas l'air dans ton assiette depuis que nous avons commencé ce voyage.

Ma maîtresse était bien trop perspicace. J'émis un petit rire et je tentai d'inverser la conversation.

— N'ai-je pas été assez attentif, Mlle Blaze ?

Sorsha pointa à nouveau son doigt dans ma poitrine avec un air qui n'admettait ni contestation ni sottises.

— Tu as été parfaitement adorable, je pense que tu le sais. Mais nous avons passé suffisamment de temps ensemble pour que je sache quand tu n'es pas aussi insouciant que d'habitude, M. Charme. Je me suis complètement ouverte à toi. Ne sais-tu pas désormais que je ne vais pas juger ce qui te dérange ?

Cette question me fit ressentir un douloureux sentiment de culpabilité qui ne m'était pas familier. Notre mortelle s'était ouverte – m'avait donné la permission de lire son état mental même si elle avait eu une terrible expérience avec un autre être de l'ombre qui avait manipulé son esprit quand elle était enfant. Elle m'avait dit qu'elle m'aimait, et elle n'avait pas de faim surnaturelle pour avoir d'arrière-pensée. Elle avait cru en moi, et je ferais mieux de prendre l'habitude de croire en elle, sinon je la perdrais, quelles que soient mes propres motivations.

Je l'attirai dans mes bras et posai ma tête contre la sienne. Elle ne sentait plus que sa propre odeur, farouchement douce. Quoi qu'il en soit, je ne pouvais nier que le fait de la sentir contre moi relâchait un peu la tension dans ma poitrine.

— Ruse, dit-elle, mais son ton s'était adouci. Je pouvais faire ressortir cela chez elle aussi, cette tendresse qui complétait si bien sa fougue.

— Omen t'a épargnée, dis-je. Il aurait pu te jeter en pâture aux Très Hauts pour que tu sois tuée. Et je n'ai rien pu faire pour l'arrêter ou t'aider. Thorn et Snap se sont immédiatement occupés de l'affaire – bon sang, même le diablotin a pu contribuer à quelque chose, que cela ait fonctionné ou non.

— Tu as contribué à beaucoup d'autres choses. Les talents de chacun ne s'adaptent pas à tous les problèmes.

— Tu es la chose la plus importante que j'ai eue dans ma vie depuis... depuis toujours. Dès que j'eus trouvé le bon mot, la vérité nettement poignante de cette déclaration me traversa. Peut-être aurais-je dû être rassuré de mettre fin à un doute, mais la certitude que mes sentiments étaient bien réels ne fit que mettre mon échec en relief. Si je ne peux rien faire pour te protéger alors que ton existence entière est en jeu, comment pourrais-je te mériter ?

Sorsha émit un son étranglé et se retourna dans mes bras pour croiser mon regard. Elle toucha mon visage, caressa ma joue de son pouce et grâce à cet amour miraculeux dont je m'étais trouvé capable, ce contact déclencha plus de chaleur en moi que j'en avais trouvé en échangeant des fluides corporels avec ce nombre caché d'autres femmes.

— Tu sais que je ne t'en veux pas de ne pas t'être jeté dans les mâchoires du chien de l'enfer, n'est-ce pas ? Il n'y a pas eu un seul moment quand Omen m'avait enfermée où je me suis dit : « Mon Dieu, où est cet incube ? Il aurait déjà dû me sauver. »

— Ça ne veut pas dire que tu *n'aurais pas dû* y penser, murmurai-je.

— Eh bien, je ne voudrais pas voir les choses de cette façon. Je ne pense pas que l'amour soit censé être une sorte de transaction où l'on gagne suffisamment de points pour « mériter » quelqu'un. Si c'était le cas… comment pourrais-je vous mériter l'un ou l'autre ? Pour ce que nous en savons, je vais exploser dans une boule de flammes à tout moment et vous entraîner tous dans ma chute.

Elle parla avec désinvolture, mais je perçus suffisamment de tension dans sa voix pour savoir qu'il ne s'agissait pas d'une peur totalement imaginaire. Tempest avait fait naître des doutes en elle aussi. Elle craignait de nous faire du mal.

Je lui embrassai la tempe.

— Je sais que cela n'arrivera pas. Tout le monde le sait aussi, y compris Omen, malgré son manque de jugement momentané. Si un petit peu de flammes nous font griller de temps en temps, nous sommes plutôt résilients. Et certains types de brûlures sont très agréables.

Sorsha marmonna comme si elle n'acceptait pas tout à fait mon argument, mais n'avait pas envie d'insister.

— Ce n'est pas la question. J'ai décidé que tu me méritais. Je te veux dans ma vie pour toutes les choses merveilleuses que tu y apportes. Et tu n'as pas intérêt à me dire que je n'ai pas le droit de prendre mes décisions toute seule.

Le coin de mes lèvres se retroussa avant que je ne puisse l'arrêter. Notre mortelle avait son propre talent de persuasion.

— Malheur à quiconque tente cela. Sa déclaration n'apaisait peut-être pas complètement ma culpabilité, mais peut-être n'aurais-je jamais dû laisser celle-ci interférer avec ce que nous avions en premier lieu. Si ce que je pouvais lui offrir était suffisant pour elle, alors le fait que ce soit suffisant pour moi n'était qu'un problème entre moi et moi-même.

Sorsha roula des yeux en me regardant et elle fit une petite danse contre moi en cadence avec ses paroles de chansons déformées.

— Oh, je, je glisse juste sur ton charme, d'accord ? Ça a dû me monter à la tête.

Je saisis son menton et rapprochai sa tête si près que mon nez frôla le sien.

— Je te montrerai bien plus que du charme. Une promesse que je savais pouvoir tenir, et je capturai ses lèvres entre les miennes.

Pourquoi cela ne suffirait-il pas ? La faire rire, la faire soupirer de plaisir... j'avais des talents qu'aucun de nos autres compagnons ne possédait.

Je l'embrassai plus fort et l'allongeai sur le lit. Ses doigts glissèrent sur mon torse tandis que l'autre main s'accrochait à l'une de mes cornes d'une manière qui faisait passer un frisson électrique sur ma peau. J'étais en train de remonter sa chemise lorsqu'un petit corps écailleux se faufila entre nous, comme s'il essayait de se joindre à ce qu'il considérait comme une fête de câlins.

— Pickle ! protesta Sorsha en riant et en prenant le petit dragon dans sa main. Son animal de compagnie laissa échapper un gazouillis indigné. Est-ce que je t'ai négligé ? Je te promets que tu auras toute mon attention une fois que j'aurai terminé cette... conversation avec Ruse. Alors qu'elle se levait pour le raccompagner à la porte, elle me jeta un regard amusé. Je suis désolée. Je n'avais pas réalisé qu'il était ici.

— Il y a tellement de concurrence pour ton affection ces jours-ci, dis-je pour la taquiner.

— C'est une bonne chose que j'en aie autant à ma

disposition. Elle me poussa sur le lit en se penchant sur moi, puis marqua une pause. Il y a différentes façons de sauver quelqu'un, tu sais. Peut-être que les duels à mort ne sont pas ton fort, mais tu m'as si souvent remonté le moral quand j'en avais vraiment besoin. Je sais que je peux toujours compter sur toi.

— Sorsha, dis-je, empli d'une émotion que je n'étais pas prêt à gérer. Revenir au baiser semblait être la façon la plus simple de le lui montrer. Mais avant que je puisse approcher sa bouche de la mienne, nous fûmes à nouveau interrompus, cette fois par la sonnerie de son téléphone.

Sorsha gémit, mais elle attrapa son sac à main. Il y avait si peu de gens qui l'appelaient qu'il s'agissait probablement d'un appel important. Elle se raidit à la vue du nom affiché.

— C'est Vivi. J'ai déjà refusé son appel deux fois ces derniers jours.

L'hésitation dans sa voix me piqua au vif. La femme qu'elle évitait avait été autrefois sa meilleure amie – je me souvenais de la tendresse que sa voix exprimait lorsqu'elle parlait de Vivi ou à Vivi. Mais plus elle passait de temps avec nous, plus elle se repliait sur elle-même. Y avait-il quelqu'un de sa vie avant de nous rencontrer dont elle ne s'était pas éloignée ?

Si elle craignait de *nous* blesser alors que nous étions semi-immortels, à quel point devait-elle être effrayée de le faire à des gens comme Vivi ? Pensait-elle que mettre de la distance entre elle et eux était le seul moyen de les sauver... d'elle-même ?

Il n'était pas normal que ses peurs la séparent des gens auxquels elle tenait et qui tenaient à elle avant que tout cela n'apparaisse au grand jour. Notre mortelle était peut-être plus proche de l'ombre qu'elle ne l'avait jamais soupçonné, mais cela ne signifiait pas qu'elle ne méritait pas l'amitié des humains. Peut-être avait-elle besoin qu'on le lui rappelle pour calmer ses peurs – une chance de parler à quelqu'un qui pourrait s'adresser à son côté non monstrueux pour une fois.

Je m'assis à côté d'elle et je l'embrassai sur la joue.

— Réponds-lui. Je peux attendre, et tu sais que je peux partager.

Sorsha inspira et acquiesça. Elle appuya sur le bouton vert.

— Salut, Vivi ! Je sais, je sais. Ces jours-ci ont été dingues, mais je suis désolée.

Je m'appuyai contre son oreiller, observant le sourire timide sur ses lèvres en écoutant les plaisanteries de sa meilleure amie. Un contentement plus profond que celui que j'avais ressenti depuis des jours s'installa en moi.

J'avais fait au moins une chose de bien. Je devrais peut-être me rappeler ce qu'elle avait dit à propos des différentes façons de sauver. Les moyens dont je disposais pour protéger Sorsha ne ressemblaient en rien à la force guerrière de Thorn, mais cela ne signifiait pas pour autant qu'ils avaient moins d'importance, tant que je saisissais ces occasions lorsqu'elles se présentaient.

DIX

Sorsha

Je jetai un coup d'œil à l'immeuble en stuc, dont la mince façade s'élevait à plusieurs étages au-dessus de la rue. Des taches brun orange et une couleur crème plus pâle marbraient le stuc, et la rouille mouchetait les charnières de la porte d'entrée d'aspect ancien.

— C'est ici ?

— À moins que notre vaillant hacker n'ait relié le numéro de téléphone qu'il a traqué à la mauvaise adresse. Ruse hocha la tête, puis me fit signe de m'éloigner de la porte. Attends ici. Je vais d'abord prendre connaissance de la situation dans l'ombre. Si nous avons de la chance, nous n'aurons même pas besoin de tes talents de voleuse. Le gars là-haut est fiancé à sa dame de la Compagnie, mais ils ne vivent pas encore ensemble. Pour autant que nous le sachions, il n'est pas impliqué dans la Compagnie. Il n'y a pas de raison qu'il soit particulièrement protégé.

Parce que la Compagnie n'avait aucune raison de croire que l'homme là-haut sache quoi que ce soit qui puisse aider ses ennemis, c'est-à-dire nous. Mais si sa fiancée n'avait rien laissé filtrer d'utile au cours de leurs conversations téléphoniques, Ruse se contenterait de charmer le gars pour qu'il oublie que nous étions passés, comme il l'aurait fait de toute façon, et nous verrions quelles autres connexions son nouvel allié pirate informatique pouvait trouver à Paris. Grâce à tout ce qui était câblé et indompté sur Internet.

Ruse entra dans l'ombre de l'allée étroite qui séparait cet immeuble de l'autre – si étroite que j'aurais eu du mal à l'emprunter – et il disparut. En attendant son rapport, je sortis mon téléphone pour donner l'impression que j'étais occupée à autre chose qu'à flâner ici. Les trois autres membres de mon quatuor d'ombres étaient venus, mais ils restaient dans l'obscurité jusqu'à ce que nous sachions ce que nous cherchions.

Dommage que je ne puisse pas leur envoyer de messages pendant qu'ils étaient sous leur forme d'ombre. Je pinçai les lèvres à l'idée des observations enthousiastes et des mises en garde sinistres que Snap et Thorn allaient nous faire.

Omen ? Qui savait ce que le chien de l'enfer jugerait bon de me dire. Mais même s'il n'était pas vraiment devenu moins énigmatique, je me sentais plus à l'aise avec les incertitudes qu'il suscitait depuis notre intermède dans la cathédrale.

Il avait l'intention de s'assurer que je m'en sorte vivante, que Tempest et les Très Hauts soient damnés. J'en étais convaincue. Et si nous avions la chance de voler un ou deux autres moments torrides en chemin... je ne pense pas que l'un de nous deux les refuserait.

Ruse sortit de l'ombre, l'air satisfait.

— Il n'y a pas de fer ou d'argent dans les parages, du moins pas assez pour s'en préoccuper.

Je rangeai mon téléphone dans mon sac, me sentant brusquement à la dérive. C'était mon plan, mais le fait qu'il fonctionne bien signifiait que je n'avais aucun rôle à jouer.

— Je suppose que je devrais retourner à la Toutemobile alors.

— Pas du tout ! Viens. Il me poussa vers l'entrée. J'ai déjà suffisamment discuté avec notre hôte pour m'assurer qu'il était ouvert aux visiteurs. Tu ne peux pas venir jusqu'à Rome sans faire un peu de tourisme. Et je te promets que tu en auras plein la vue de là-haut.

Comme d'habitude, ses cajoleries enjouées étaient irrésistibles, même sans qu'il m'ait fait profiter de son charme surnaturel. Je le suivis dans un couloir étroit qui menait à un ascenseur branlant et si petit que j'étais presque blottie contre l'incube à l'intérieur de la cabine. Heureusement que nos autres compagnons pouvaient se réduire à une taille bien plus petite lorsqu'ils voyageaient dans les ombres.

L'ascenseur s'éleva en vrombissant, avec seulement quelques oscillations de temps en temps. Naturellement, Ruse ne put résister à l'excuse de l'espace restreint pour me pincer les fesses. Je lui rendis la pareille lorsqu'il descendit avant moi, et il rit.

Je n'étais pas sûre qu'il ait complètement abandonné l'idée de « j'aurais dû mieux te protéger » qu'il avait exprimée sur le trajet, mais au moins son insouciance habituelle était de retour.

— Les autres peuvent sortir aussi, annonça-t-il en l'air, sur le palier, tout en frappant à une porte qui avait manifestement connu des jours meilleurs. Juste au moment où la surface usée à la peinture blanche écaillée s'ouvrit pour nous accueillir, Thorn et Snap se matérialisèrent derrière moi.

— Omen voulait examiner de plus près ce bâtiment et ceux qui l'entourent, nous informa Thorn d'une voix basse alors que nous nous dirigions à l'intérieur. Il avait la bouche de travers, l'air mécontent et ses yeux presque noirs scrutaient la pièce dans laquelle nous entrions avec encore plus de méfiance qu'à l'accoutumée.

Notre charmant hôte italien nous fit signe d'entrer dans un petit salon aux chaises usées, à la table basse éraflée et à la fenêtre si grande qu'un guerrier aurait pu la traverser les bras écartés sans en effleurer le cadre. Elle donnait sur un parc immense et sur les ruines grandioses du Colisée.

— Waouh ! dis-je en devant reprendre mon souffle. Ruse n'avait pas menti à propos du panorama. Je m'approchai de la vitre comme si j'avais été attirée par un aimant, et j'admirai la vue en dessous.

Snap me rejoignit, passa ses bras autour de ma taille et déposa un baiser sur un point sensible, juste derrière mon oreille, ce qui me procura un picotement bienvenu. Même la vue impressionnante ne réussit pas à le distraire de sa démonstration publique d'affection, bien qu'il penchât ensuite sa tête à côté de la mienne, son menton effleurant ma tempe, et qu'il l'admirât avec des yeux écarquillés.

— Ce bâtiment est très vieux, même pour un mortel. Thorn dit qu'il était jeune lorsqu'il l'a vu se construire. Je ne crois pas que j'existais déjà.

Les hommes de l'ombre n'étant pas du genre à fêter les anniversaires, puisqu'ils ne naissaient pas vraiment, qu'ils n'avaient pas la notion du temps dans leur propre royaume, ils n'avaient pas l'habitude de suivre leur âge de près. Snap n'avait peut-être que quelques années de plus que moi ou même des dizaines d'années de plus. Mais dans le monde des mortels, il n'était encore qu'un novice.

— Beaucoup de combats se sont déroulés dans cet endroit, lui dis-je en passant le bout de mes doigts sur ses articulations. Son étreinte était-elle encore plus insistante que d'habitude ? Peut-être que le fait d'avoir vu Ruse me tripoter dans l'ascenseur avait réveillé son instinct possessif. Plus pour le spectacle par contre – pour que les gens regardent, en tout cas. Comme ces matchs de foot que tu as vus sur ma télé, à l'époque où j'avais une télé.

Et un appartement pour y loger la télé. Je ne pouvais même pas blâmer mes compagnons de l'ombre pour cette perte alors que c'était moi qui y avais mis le feu. Bien sûr, c'était eux qui avaient amené la Compagnie à ma porte pour tenter de me kidnapper et peut-être de me tuer. Mais qui comptait les points ?

Thorn s'approcha de moi.

— Les mortels ont parfois d'étranges priorités.

Je haussai les sourcils.

— Dit l'ailé qui s'est battu au cours d'une immense guerre pour des raisons dont il ne se souvient même pas ?

Il laissa échapper un grognement comme s'il acceptait mon point de vue, mais son froncement de sourcils me fit me demander si je n'étais pas allée trop loin dans ma taquinerie. Ou peut-être que quelque chose d'autre le tracassait. Il avait l'air un peu plus sérieux que d'habitude depuis qu'il était apparu, ce qui pour le guerrier était plutôt mauvais signe.

Je me dégageai de l'étreinte de Snap, et le dévoreur me laissa partir avec un léger grognement de mécontentement. Je me rapprochai de l'ailé et passai mon bras autour du sien. Parfois, il était facile d'oublier à quel point un cœur passionné se cachait sous cette masse et ces muscles, mais d'une certaine manière, mon guerrier était le plus profondément affecté d'entre eux.

Je joignis mes doigts aux siens.

— Tout va bien ? Est-ce qu'Omen a remarqué quelque chose qui lui ferait penser que nous pourrions avoir des problèmes ?

Thorn secoua la tête.

— Pas que je sache. Je crois qu'il voulait simplement confirmer qu'il n'y avait aucun signe de la présence de Tempest, car il est le mieux placé pour l'identifier. Il laissa sa main se poser sur ma hanche et me caressa d'un pouce affectueux, mais son regard se porta sur l'horizon au-delà du Colisée. Il y a au moins une autre personne dans les environs qui pourrait se souvenir de ce pour quoi nous nous sommes battus.

Un autre ailé ? Thorn pouvait sentir quand l'un des rares membres de son espèce se trouvait à proximité – c'est ainsi que nous avions trouvé Flint. Il était logique qu'il en rencontre d'autres au fur et à mesure que nous traversions le monde. Il n'avait pas l'air très heureux, même s'il nous avait déjà révélé sa nature.

Je lui serrai la main.

— Peut-être qu'ils se joindraient à nous, comme l'a fait Flint. Tu l'as persuadé assez facilement.

— Peut-être. Mais pour avoir séjourné côté mortel, bien plus près du terrain de notre honte... Je ne suis pas certain de son état d'esprit.

— Ça ne peut pas faire de mal de demander, n'est-ce pas ? dit Snap en se détournant de la vue. L'arrivée d'un plus grand nombre d'hommes de l'ombre nous a aidés, comme Sorsha s'y attendait. Il se pencha vers moi pour me donner une autre bise, cette fois sur la tempe.

— Mais ceux qui ne nous rejoignent pas ont le potentiel de causer des problèmes, murmura Thorn.

Pensait-il que cet ailé pourrait carrément travailler contre nous ? Il était difficile d'imaginer un être d'une nature aussi solennelle que la sienne et celle de Flint adopter une position comme celle de Tempest, mais il y avait bien des façons pour un puissant guerrier d'être destructeur s'il – ou elle – en avait l'idée.

Derrière nous, le pigeon de Ruse laissa échapper un grand éclat de rire. Je pivotai pour observer « l'interrogatoire » de l'incube. L'ailé cessa de broyer du noir et se tourna vers moi lorsque je tirai sur son bras.

Notre hôte bavardait dans un italien enthousiaste, si vite que je ne saisissais pas un seul mot même si je les reconnaissais partiellement, mon vocabulaire local se limitant, il est vrai, à « spaghetti » et « fettuccine ». Les mains de l'homme balayaient l'air à chaque exclamation. Ruse hocha la tête et répliqua quelque chose dans la même langue avec un accent parfaitement authentique. Apparemment, les langues venaient aussi naturellement à l'incube.

En observant les gesticulations du mortel, j'essayai de deviner de quoi ils pouvaient bien parler. L'immeuble s'agrandissait encore d'un étage ? L'ananas était la meilleure garniture de pizza qui soit ? Nous devrions tous monter dans une grande roue pour y faire un tour ?

La voix de Ruse baissa, son attitude devint plus sérieuse. Il fit plusieurs déclarations accompagnées de gestes spectaculaires. J'étais presque sûre que les secousses de sa main correspondaient à la fermeture – ou l'ouverture – d'une porte. Il battit des mains comme des ailes, ce qui indiquait qu'il s'agissait d'une créature de l'ombre ? D'après son ton, il passait aux choses sérieuses.

Le sourire de son pigeon s'estompa également, mais il répondit avec autant d'émotion qu'avant, semblant juste contrarié au lieu d'excité. Il mima quelque chose qui n'était pas du glaçage en forme de fleurs sur un gâteau, même si cela en avait l'air, puis ce qui aurait pu être une explosion. Cela ne me donna pas l'impression d'être une bonne nouvelle. S'il s'était agi d'une explosion de joie, il aurait certainement eu l'air plus heureux.

Tandis que l'incube et notre hôte sous le charme poursuivaient leur discussion urgente, Omen sortit de l'ombre par la porte de la salle de bain et s'approcha de nous. Il croisa le regard de Ruse, mais ne dit rien. L'incube le remercia d'un hochement de tête.

— Tu comprends ce qu'ils disent ? lui demanda Snap en me caressant les cheveux.

— Je comprends un peu, mais je n'ai pas passé beaucoup de temps dans ce pays depuis des siècles, et la langue, on peut le dire, a évolué.

— En effet, gronda Thorn. Et pas dans le bon sens.

Je lui donnai un léger coup de coude.

— Les enfants d'aujourd'hui et leur argot délirant, hein ?

Le guerrier me jeta un regard blessé, mais l'effet fut atténué par la pointe d'amusement qui brillait dans ses yeux.

— Pourtant il semble que je réussisse à te comprendre, Milady.

— C'est vrai. De tant de façons merveilleuses.

Omen se racla la gorge, ce qui me sembla être une façon incroyablement polie de dire « Tais-toi », mais je me serais tue de toute façon devant l'air tendu de Ruse lorsqu'il nous rejoignit. Son nouvel ami était assis sur l'une des chaises, la tête baissée et tremblant, comme dans une sorte de déni.

— Sa fiancée ne lui avait pas dit grand-chose, dit l'incube d'une voix inhabituellement sinistre. Mais j'ai pu obtenir une bonne quantité d'informations en rassemblant ce qu'il avait entendu et vu et les impressions inconscientes de son esprit. La Compagnie mène ici, sans aucun doute, des opérations d'envergure. Ils se concentrent particulièrement sur cette maladie qu'ils espèrent répandre dans l'humanité de l'ombre. Et sa femme de l'intérieur a dit qu'ils étaient sans doute à quelques jours de la répandre.

ONZE

Sorsha

Entrer dans le Colisée n'était pas une promenade de santé, mais je m'étais déjà faufilée dans des endroits plus difficiles. Un coude à peine éraflé par un morceau de pierre particulièrement rugueuse que j'avais dû enjamber et je m'infiltrai entre les murs imposants des anciennes tribunes jusqu'à l'endroit où Omen se tenait au clair de lune sur le sol lisse de l'une des extrémités de l'immense arène.

Il avait les bras croisés sur la poitrine, comme s'il attendait là depuis un moment, mais nous ne pouvions pas tous nous faufiler invisiblement dans les ombres pour éviter toutes les mesures de sécurité. J'écartai les bras pour dire « me voici » et jetai un coup d'œil à l'espace qu'il avait décidé d'utiliser pour ma prochaine séance d'entraînement.

L'étendue de terrain plat se terminait quelques mètres

plus loin par une fosse remplie de murs et d'arches en pierre détériorés qui s'élevaient presque jusqu'au niveau du sol. Il était étrange d'imaginer que deux mille ans auparavant, des gladiateurs et des bêtes s'étaient affrontés sur cette scène... et que j'étais maintenant sur le point d'entamer une autre sorte de combat. Qu'il s'agisse du chien de l'enfer en face de moi ou de mes démons intérieurs, je le saurais bien assez tôt.

— D'accord, dis-je. C'est quoi la super idée ? À moins que tu veuilles juste un endroit avec le plus d'espace possible au cas où mes pouvoirs exploseraient ?

Omen me jeta un regard de ses yeux plissés.

— Si tu veux jouer un rôle important dans la mise hors service de Tempest, tu devras développer ta concentration encore plus que je ne l'avais prévu. Comme tu as plus d'expérience en gymnastique physique qu'en gymnastique mentale, je me suis dit qu'il fallait commencer par là. Il donna un coup de tête vers le sol inégal devant nous. Voyons si tu peux faire un tour de l'arène. Pas de chutes.

Oui, je ne pensais pas que tomber de là aurait été une bonne idée, même s'il n'en avait pas fait une des règles. J'inspirai l'air frais de la nuit, une odeur de mousse sèche emplissant mes poumons, et je me mis à courir.

Je sautai par-dessus la petite barrière métallique destinée à empêcher les touristes qui n'avaient pas envie de mourir de tomber dans les profondeurs et j'atterris sur le sommet de l'arche la plus proche en chancelant à peine. Cette partie était un jeu d'enfant. J'avais déjà escaladé des dizaines de fois des corniches plus hautes et plus étroites que celle-ci.

Faire le tour de l'arène ressemblait à un mélange de funambulisme et de course d'obstacles, où il fallait surtout faire des sauts et des bonds. Ce n'était peut-être pas l'exploit le plus difficile à réaliser, mais je n'avais jamais eu à jouer à un jeu de marelle aussi long. Le temps que je fasse le tour de la plate-forme, la sueur dégoulinait dans mon cou sous ma queue de cheval et les muscles de mes mollets avaient des choses à dire sur l'activité nocturne que j'avais choisie, et aucune d'entre elles n'était agréable.

Je ne retrouvai Omen avec rien de pire qu'un peu de fatigue et une petite douleur au talon, là où j'avais atterri sur une bosse particulièrement détestable sur l'un des murs en ruine. Comme à son habitude, le métamorphe chien de l'enfer garda pour lui tout signe manifeste d'approbation.

— Bien, dit-il, laconique. Nous savons que tu peux survivre au parcours. Faisons en sorte que ce soit un défi maintenant.

Il disparut dans l'ombre et ne réapparut que sous la forme de scintillements ici et là, le long du parcours que j'avais suivi, où de pâles carrés de ce que je déduisis rapidement être du papier apparaissaient en brillant sur les protubérances de pierre vieillies. Omen en avait semé au moins une vingtaine avant d'être revenu à la plateforme, en se frottant les mains d'un air satisfait sur son travail.

— Tu veux que je les allume tous ? demandai-je avant qu'il n'ait à donner l'ordre.

Le coin de sa bouche se retroussa légèrement, mais ce fantôme de sourire suffit à raviver les souvenirs de notre intermède dans la cathédrale. Je ne pense pas que la chaleur qui m'envahit à cette pensée fut celle qu'il avait voulu inspirer, mais elle était bien moins susceptible de me brûler littéralement.

— On pourrait peut-être profiter d'une pause

passionnée ici aussi ? En faire un grand tour du sexe à travers les points de repère de l'Europe ?

L'éclair orange dans ses yeux froids suggérait qu'il avait peut-être deviné mes pensées – ou qu'il avait lui-même des pensées similaires. Mais Omen était malheureusement très doué pour garder son attirail dans son pantalon. Il désigna le chemin qu'il avait tracé.

— Tu sais comment ça marche. Vas-y. Il y aura des points supplémentaires si tu peux tous les allumer la première fois sans avoir à t'arrêter.

— Et sans m'allumer moi-même dans le processus.

— Oui, je suppose que ça va de soi.

— Je ne sais pas. Parfois, tu aimes que je mette le feu d'une manière plus personnelle et plus proche, le taquinai-je, et je sautai par-dessus la clôture avant qu'il ne puisse se plaindre que je ne prenais pas l'entraînement assez au sérieux.

Je ne peux pas dire que j'ai toujours été une élève assidue, mais je préférais cette version de l'entraînement à la plupart des méthodes passées d'Omen, qui avait notamment foncé sur moi dans un camping-car et failli mettre le feu à Pickle pour tenter de me terrifier. L'étendue majestueuse de l'arène et la brume du ciel nocturne au-dessus de ma tête me permirent de laisser derrière moi tous les soucis qui me taraudaient et de m'abandonner à l'instant présent.

Quoi qu'on en dise, le feu en moi m'appartenait. J'allais trouver comment en faire un partenaire ou mourir en essayant... et nous allions ignorer le fait que cette dernière possibilité avait parfois semblé bien trop probable pour être confortable.

Je réduisis ma conscience des choses aux petits carrés blancs qui capturaient la lumière de la lune, à l'élan de mon corps qui s'envolait de perchoir en perchoir, et aux flammes qui s'élevaient dans ma poitrine à mon commandement. Sors, sors, sors ! Juste un peu à la fois, assez de chaleur pour que ce bout de papier et le suivant se recroquevillent et noircissent sous l'effet d'une flambée lumineuse.

Je ne réussis pas à faire une course parfaite. Mon équilibre vacilla après un saut particulièrement long, et je dus m'arrêter et me ressaisir avant de pouvoir incinérer le papier à cet endroit et de poursuivre ma course. Mais Omen était tout sourire lorsque je le rejoignis.

— Tu relèves toujours le défi, n'est-ce pas, Catastrophe ? dit-il d'un ton suffisamment chaleureux pour que je doive retenir l'envie de l'attraper par la chemise et de voir ce que je pourrais faire s'élever d'autre.

— Peut-être qu'un de ces jours, tu devras arrêter de m'appeler miss Catastrophe, rétorquai-je à la place.

Il s'esclaffa.

— Ne le prends pas comme un commentaire sur tes compétences actuelles. Cela me rappelle notre point de départ.

— Et le chemin parcouru ?

— Ça aussi. Il me tapota le menton. Tempest ne saura pas ce qui lui est tombé dessus quand nous libérerons tes pouvoirs pour de bon. Puis il recula et retourna dans l'ombre pour reprendre sa route, en préparant plus de papiers cette fois – parce que peu importe à quel point il m'aimait maintenant, je savais qu'il ne fallait pas s'attendre à ce qu'il me laisse un peu de répit.

Alors que je me préparais à reprendre la course, un soupçon de chaleur me piqua le dos, peut-être du fait d'avoir pensé à Tempest et à ses ricanements. Je le repoussai du mieux que je pus par-dessus mon épaule. Les petites flammes qui étaient apparues me piquèrent les doigts avant de se calmer.

Merde sur un *cracker*. Comment étais-je censée empêcher le côté autodestructeur de mes pouvoirs d'émerger alors que la moitié du temps, il semblait sortir de nulle part ? Si l'astuce consistait à ne jamais se sentir agacée par qui que ce soit, où que ce soit, j'étais foutue.

Ma frustration dut se lire sur mon visage quand Omen réapparut. Il me regarda d'un air particulièrement inquisiteur.

— Es-tu prête à recommencer ?

Demander plutôt qu'ordonner, c'était un progrès. Je roulai les épaules et inspirai. Je ne m'étais pas vraiment fait mal, ni maintenant ni auparavant. Mes pouvoirs de femme de l'ombre me guérissaient plus vite qu'un humain normal, presque aussi facilement qu'ils m'avaient brûlée. Si quelques ampoules ici et là venaient avec le processus, je pouvais le supporter, tant que cela signifiait que je m'occupais des méchants en même temps.

— No problemo. Pas de fumée sans feu !

— Tu le sais mieux que quiconque. Alors, continue.

Même avec les cibles supplémentaires, je réussis à passer ce tour et le suivant sans faiblir et avec tous les papiers au moins roussis, sinon réduits en cendres. J'avais également enflammé quelques points supplémentaires le long de ma colonne vertébrale et à l'arrière de mes bras, mais ignorer leur brûlure fonctionnait bien. Si je pouvais le cacher assez bien pour qu'Omen ne le remarque pas, c'était déjà un progrès.

Lorsque j'eus terminé le dernier tour, je m'arrêtai pour m'appuyer contre la balustrade. Un bâillement étira ma mâchoire avant que je ne puisse le retenir. Si je n'avais pas pris feu, c'était en partie à cause de la sueur qui faisait désormais coller mon t-shirt à ma peau.

— Très bien, dit Omen. C'est assez de courses d'obstacles pour une soirée. Tu as fait un bon bout de chemin. Il y a encore une chose sur laquelle je pense que nous devrions travailler.

— Bien sûr. Qu'est-ce que c'est ? Je secouai la fatigue de mes membres du mieux que je pus, en faisant de mon mieux pour ignorer les points sensibles contre lesquels ma chemise frottait.

Ils guériraient. Ce n'était pas grave. Je ne laisserais pas mes nerfs m'empêcher d'arrêter cette sphinge psychotique.

— Nous ne devons pas oublier ce qui fait de toi une ennemie si redoutable, ce que tu apportes à la table et qu'aucun d'entre nous ne peut faire. Omen s'avança dans les recoins les plus sombres du bâtiment et sortit un sac d'un coin obscur. Je crus le voir réprimer une grimace, bien qu'au vu de sa facilité à le soulever, le sac ne devait pas être si lourd que ça.

Puis il le renversa au milieu de la plate-forme, et je compris. Il avait apporté plusieurs objets en métal, certains en argent et d'autres en fer.

J'étudiai son visage.

— Tu as transporté tout ça ici ? Tu aurais pu me demander...

Il me fit signe que non.

— Je peux survivre à leur proximité pendant un certain temps ici et là. C'est juste que je ne peux pas les manipuler assez bien pour les utiliser efficacement. Mais si toi tu peux attacher Tempest avec de l'argent et du fer, elle ne pourra pas s'échapper dans les ombres comme elle l'a fait la dernière fois. Tu pourras la forcer à garder sa forme physique, et alors nous aurons une vraie chance de l'abattre.

— D'accord. Alors qu'est-ce que je fais exactement avec ça maintenant ?

— Je suis en train de faire fabriquer une chaîne qui combinera les deux métaux et sera assez longue pour l'entourer, mais elle ne sera pas prête avant demain. Pour l'instant, j'imagine qu'il serait plus utile que tu t'entraînes à faire fondre ce matériau. Habitue-toi à la quantité de feu qu'il te faut invoquer pour chauffer le métal. Tu devras souder la chaîne autour de Tempest pour être sûre qu'elle ne puisse pas s'en débarrasser.

J'avais déjà fait fondre les barreaux de fer et d'argent des cages de la Compagnie. Ce n'était pas si différent. Je parcourus du regard la collection d'objets, haussant un sourcil devant certains d'entre eux. Le sucrier en argent orné semblait avoir été volé à Versailles, et la poêle à frire en fonte aurait été très satisfaisante à elle seule pour frapper la tête du sphinx. Mais il était un peu difficile de les cacher jusqu'au bon moment.

Je me concentrai d'abord sur les plus petits morceaux, laissant les vannes s'ouvrir en moi jusqu'à ce que la sensation de brûlure me monte à la gorge. Un éclat de flammes réduisit un collier d'argent en une flaque scintillante. Une flamme plus vive liquéfia une barre de fer de la taille de mon pouce. Les brûlures que je m'étais infligées plus tôt me piquaient, mais aucune nouvelle n'apparut sur ma peau. Deux victoires en une.

La poêle à frire s'avéra la plus difficile. Je la fixai pendant une bonne minute avant que les flammes que j'avais allumées n'en fassent tomber les bords et le manche.

Mon énervement déclencha une réaction au niveau de

ma hanche. Je la balayai, espérant qu'Omen était trop distrait par le spectacle sur le métal pour le remarquer.

— Tu n'auras pas à travailler avec quelque chose d'aussi dense quand nous affronterons Tempest, dit-il. Il est bon de savoir que tu pourrais le faire si on en avait besoin.

Je laissai échapper un rire rauque, deux fois plus fatiguée qu'avant, alors que je n'avais pratiquement pas bougé depuis une demi-heure.

— Tant que la personne sur laquelle j'essaierai de faire fondre cette casserole n'a pas peur d'attendre pendant que j'y travaille.

— Hé ! Omen me toucha l'épaule, heureusement pas à l'endroit où je m'étais fait cuire au barbecue. Son ton devint inhabituellement doux. Tu gères. Elle croit tout savoir, et c'est sa plus grande faiblesse. Elle ne sait pas du tout ce qui l'attend quand tu te mettras vraiment au travail.

— Elle ne te connaît plus vraiment non plus, lui rappelai-je, et je ne pus résister à l'occasion de me pencher vers lui et de l'embrasser. Si c'était autant pour me rassurer sur le fait qu'il s'investissait toujours dans cette histoire – et dans la mienne – que pour satisfaire une pointe de désir, je ne voyais pas comment quelqu'un pourrait m'en vouloir.

Omen m'embrassa en retour, sa main remontant pour taquiner mes cheveux, mais il semblait qu'un tour du monde des lieux de prédilection du sexe n'était pas dans les cartes ce soir. Lorsqu'il s'écarta, malgré la chaleur infernale qui brillait dans ses yeux, il avait l'air résolu, avec son air très professionnel habituel.

Peut-être même plus sérieux que d'habitude. Il ne parla pas lorsque nous traversâmes la plate-forme vers les murs imposants du Colisée ni après nos voyages séparés à travers les ombres, lorsque je le rattrapai dans la rue à un pâté de maisons de là. Une ride s'était formée sur son front pensif.

Nous avions laissé la Toutemobile – et le reste de notre équipe – dans un parking voisin qui avait été vidé pour la nuit. Le camouflage en bus urbain fonctionnait encore assez bien. Il s'était même adapté à la ville. J'espérais juste que personne ne se demanderait pourquoi cet étrange bus urbain était équipé d'une antenne parabolique tourbillonnante sur son toit.

À la seconde où je montai dedans, Snap se précipita à mes côtés pour m'escorter jusqu'à la table et m'y entourer de son bras. Ruse avait pris des pizzas pour se faire plaisir et ils en avaient laissé quelque part pour la seule membre du groupe qui avait réellement besoin de ce genre de nourriture. Après en avoir avalé une, je ne me sentais plus aussi épuisée. Je me blottis dans les bras de Snap, laissant mon autre main se poser sur la cuisse de Thorn qui s'était assis à côté de moi, revigorée par la présence de mes quatre amants et des autres alliés qui nous avaient suivis jusqu'ici.

— D'après ce que Tempest a dit quand nous l'avons rencontrée et ce que Ruse a obtenu du type ici présent, nous devrions agir bientôt, dis-je en regardant Omen. Elle a survécu à un assaut d'ailés par le passé. Comment allons-nous nous approcher suffisamment d'elle pour l'attaquer ?

— Avec extrême difficulté. Mais il m'est venu à l'esprit que nous avons peut-être déjà trouvé la stratégie parfaite. Une stratégie qui n'implique pas nos propres ailés, du moins pas tout de suite. Il jeta un coup d'œil de Thorn à Flint en s'excusant légèrement d'un signe de tête. Je ne veux pas critiquer la compagnie actuelle, mais les ailés ne sont pas vraiment connus pour leur subtilité ou leur ruse. Je ne suis pas sûr qu'elle se retrouve un jour dans une position qui nous permette de tenter à nouveau ce genre d'assaut, et encore moins de le réussir.

— Malheureusement, je ne pense pas pouvoir la convaincre d'accéder à nos demandes, dit Ruse.

— Mais un autre aspect des récents projets de notre mortelle pourrait nous mettre sur la bonne voie. Omen laissa échapper un soupir bref. Tempest ne se soucie guère d'autre chose que de sa propre satisfaction, mais elle a suffisamment apprécié l'association que nous avions, elle et moi, pour me tendre la main au lieu de simplement nous repousser. Elle nous a proposé de la rejoindre sur la base de cette association. Je pense que nous pouvons faire avec ça.

L'idée de m'acoquiner avec Tempest de quelque manière que ce soit me donna la chair de poule, mais j'acquiesçai.

— De quelle manière ?

— Je peux lui faire savoir que j'ai réfléchi et que j'aimerais joindre mes forces aux siennes. Elle sera méfiante, mais elle y croira suffisamment pour qu'on se rencontre à nouveau. Son ego est trop grand pour qu'elle écarte complètement cette possibilité. Toi et moi, nous irons seuls. Je te présenterai comme une arme que nous pouvons utiliser pour sa cause, comme si tu étais sous mon contrôle. Quand elle aura baissé sa garde, tu frapperas assez fort pour me donner au moins l'occasion d'en finir.

— Et par « en finir », tu veux dire... ?

Antic fit une petite danse entre les tables tout en faisant

glisser un doigt sous sa gorge. Omen grimaça, mais ne s'opposa pas à l'essentiel de sa suggestion.

— Elle aurait dû quitter ce monde il y a des siècles. Il est temps que ce sursis prenne fin. Tant qu'elle vivra, elle constituera une menace pour les mortels et les ombres. Il marqua une pause, son regard se posant sur moi. Et les Très Hauts seront bien plus enclin à t'accorder un sursis si nous avons la preuve irréfutable que tu l'as éliminée.

Il était prêt à tuer l'une de ses anciennes amies – mais après ce que j'avais vu d'elle, je ne pouvais pas me sentir mal à l'aise à cette idée. J'avais brûlé des dizaines de laquais mortels de la Compagnie jusqu'à présent. S'ils l'avaient mérité, Tempest le méritait mille fois plus pour les avoir encouragés.

Thorn s'agita à côté de moi.

— Je crois que je devrais parler aux autres ailés à proximité, au cas où nous aurions besoin de plus de main-d'œuvre après tout, les inquiétudes concernant notre capacité de subterfuge mises à part.

— Ça ne fait jamais de mal d'avoir un plan de secours. Dis-leur ce qu'ils ont besoin d'entendre. Pour la première fois, Omen s'assit sur le canapé en face de moi. Il appuya ses avant-bras sur le bord de la table. Sorsha et moi aurons besoin d'un peu de temps pour examiner les faiblesses de notre adversaire. Une chose est sûre : nous n'aurons qu'une seule chance de réussir ce tour. Et si nous ratons le coche, Tempest nous le fera payer.

DOUZE

Thorn

Debout dans la vaste cour, levant les yeux vers le dôme qui coiffait le majestueux bâtiment devant nous, une tension désagréable se répandit dans mes membres. Les colonnes qui encadraient la cour et la pierre usée de leur construction me rappelaient bien trop d'échos de l'époque archaïque précédant la guerre qui avait presque mis fin à l'ensemble de la race des ailés. Le fait que Flint et moi soyons sur le point de nous adresser à deux autres survivants de cette catastrophe ne faisait rien pour atténuer mon malaise.

Alors que nous traversions la cour à travers les ombres des édifices et des touristes qui passaient, mon compagnon envoyait des ondes tout aussi inconfortables que son habituelle énergie maussade. Lorsque nous avions trouvé Flint, il vivait seul dans une hutte au milieu du désert, se flagellant mentalement – et peut-être physiquement, mais je n'étais pas enclin à vérifier ses cicatrices – pour être resté vivant alors que tant de nos semblables étaient morts. C'était il y a à peine quelques semaines.

Je commençais seulement à me faire à l'idée que ma survie était peut-être le résultat d'une réflexion approfondie de ma part plutôt que d'un manque de courage. Mais Sorsha avait raison lorsqu'elle m'avait fait remarquer que je me souvenais à peine de la raison pour laquelle nous nous étions battus. De plus en plus, je me disais que si j'avais tenu compte de mes doutes à l'époque, le résultat aurait pu être meilleur pour tous mes frères.

Cependant, je ne pouvais pas savoir ce que nous allions rencontrer avec les deux ailés que je sentais dans cet endroit appelé le Vatican par les mortels. Le fait qu'ils aient choisi de s'attarder sur le toit dans un tel endroit ne laissait pas présager qu'ils avaient dépassé le stade où ils se complaisaient dans notre histoire. Moi-même, qui m'étais vautré de temps en temps, j'étais bien équipé pour en reconnaître les signes.

Mais ils étaient là, et chaque ailé avait l'instinct et le pouvoir d'un guerrier. Plus que jamais, nous avions besoin d'alliés. Et j'aurais aimé apporter quelque chose à notre cause actuelle, au-delà du fait que j'avais failli réduire notre chef en une bouillie sans nom.

C'était tout ce que la mortelle qui avait gagné mon cœur avait vu de moi ces derniers jours. Comment pouvais-je prétendre à son affection dans les jours à venir, et encore moins à l'importance que je voulais lui donner, si tout ce que je pouvais lui offrir était de la brutalité et du sang ?

J'avais amené Flint dans notre groupe. Je pouvais faire la même chose avec ces deux-là. Agir en diplomate plutôt qu'en barbare.

— Je n'aime pas les échos de cet endroit, marmonna Flint alors que nous approchions du bâtiment principal. Pourquoi tant de mortels y affluent-ils ?

— Ils n'étaient pas en vie pour connaître le passé auquel ces structures renvoient, répondis-je. Pour eux, les échos sont plus fantaisistes que réels.

Il ne répondit que par un grognement. Sans avoir besoin de discuter de notre approche, nous nous élevâmes à travers les ombres autour des colonnes qui encadraient la porte, visant le toit où la présence de nos frères résonnait le plus fort.

Ils avaient établi une sorte de campement à l'arrière du dôme très complexe. Au-dessus des bâtiments environnants, je m'autorisai à quitter les taches d'ombre pour prendre une forme physique et les retrouver dans un corps plus adapté à ce royaume. S'ils ne voulaient même pas se détacher des ombres, ils ne nous seraient pas d'une grande utilité dans notre conflit.

La chaleur du soleil matinal me rassura.

— Mes frères, dis-je, à voix basse, mais suffisamment fort pour que la pierre pâle conduise le son. Nous venons vous présenter nos respects en ces temps de grande détresse.

Les deux impressions se déplacèrent, arrivant sur le côté du dôme, l'une juste derrière l'autre. Dans l'obscurité, quelque chose dans leur forme envoya une sensation de scintillement à travers mes nerfs. Puis elles se matérialisèrent sur le béton défraîchi et je compris pourquoi.

Les deux personnages, un homme et une femme, avaient la même stature et la même puissance dont Flint et moi pouvions nous vanter. Ils étaient également tous les deux endommagés au-delà des capacités de guérison de leurs pouvoirs de l'humanité de l'ombre.

L'homme se tenait de travers, un de ses bras manquait et il n'y avait à peine plus qu'un creux à l'endroit où se trouvait son épaule droite, la chair y étant tordue en d'épaisses cicatrices noueuses. La femme avait perdu sa jambe gauche à partir du genou, un poteau de bois usé ayant été fixé à sa place, mais le plus frappant était son visage, dont la moitié de la mâchoire avait été arrachée.

Nous pouvions former nos traits physiques et les dissoudre à nouveau en sautant de l'ombre et en y revenant, mais ces traits étaient fixés dans notre essence... et s'ils étaient irrémédiablement endommagés, ils le restaient, tout comme un être de l'ombre mort côté mortel restait mort. Selon toute apparence, ces deux-là n'avaient échappé que de justesse à ce dernier sort.

Un autre type de malaise me traversa la poitrine. Même si son visage avait été mutilé, la vue de la femme ailée me donnait un sentiment inattendu de familiarité.

Un sentiment qu'elle partageait manifestement. Son regard nous survola et se posa sur moi. Sa voix filtra à travers les restes de sa mâchoire, mais n'en fut pas moins lourde de sens.

— Thorn ! Pas possible ! Tu reviens après toutes ces années pour enfin t'occuper du chaos que tu as laissé derrière toi, c'est ça ?

Mes poumons se contractèrent. Je me redressai au maximum de ce que ma carrure me permettait.

— De quoi parles-tu ?

— Oh, tu ne te souviens même pas de ceux aux côtés desquels tu as combattu ? Tu t'es déjà tenu côte à côte avec celui que j'aurais pu appeler mon frère, nous étions si proches l'un de l'autre et de nature si semblable.

C'est ce que j'avais reconnu. Dans ses yeux violets, dans ses cheveux argentés, il y avait des échos d'un autre aspect du passé. Ma propre voix se fit plus discrète qu'auparavant.

— Tu veux parler de Haze.

Il avait été l'un de mes plus proches camarades. Je ne comptais plus les fois où nous avions combattu côte à côte. Combien de fois j'avais dû dévier un coup mortel avant qu'il ne l'atteigne et qu'il en fasse de même pour moi. Jusqu'à cette dernière bataille où j'avais abandonné mon poste et n'étais pas revenu à temps.

La femme qui l'avait considéré comme plus qu'un camarade se contenta de me fixer de ses yeux orageux. D'autres mots sortirent de ma bouche sans que je m'y attende.

— Je l'ai cherché. Si j'avais pu faire quoi que ce soit...

— Tu aurais pu rester avec nous et te battre comme il se doit, cracha-t-elle. Au lieu de cela, tu as choisi la voie de la lâcheté.

Il n'y a pas si longtemps, j'aurais accepté ce jugement sans discuter. Rien de différent de mon propre jugement à mon égard. Mais cette fois, je protestai.

— Je ne suis pas parti par lâcheté. Je suis parti parce que j'ai vu combien d'entre nous étaient déjà tombés, et qu'il me semblait anormal que nous nous déchirions si violemment pour des questions qu'aucun d'entre nous ne comprenait vraiment. J'avais l'intention d'empêcher la bataille si je l'avais pu.

L'homme ricana.

— Empêcher la bataille ? Es-tu un ailé ou un faible ? Il était de notre devoir de nous tenir aux côtés de nos frères et de répondre à l'appel de la guerre. Le fait que nous nous soyons attardés est notre propre honte, mais toi, ces cicatrices mineures montrent à quel point tu n'as pas payé.

Ce commentaire me rappela les remarques acerbes de la sphinge quelques jours auparavant – son accusation selon laquelle j'avais oublié ce que j'étais. De sa part, la suggestion avait fait mal ; entendre la même chose de la part de l'un des miens la rendit encore plus douloureuse. Le coup de poignard de la culpabilité, mon compagnon constant depuis de nombreux siècles, me transperça les tripes comme je pensais qu'il ne le ferait plus jamais. M'étais-je trop éloigné de ce que j'étais censé être ?

Je déglutis bruyamment.

— Ce qui est fait est fait. Je pensais que c'était pour le mieux pour nous tous, y compris toi, y compris Haze. Il n'y a ni gloire ni avantage à s'attarder sur la honte. Nous avons d'autres guerres dans lesquelles on a besoin de nous, où nous pourrions voir une meilleure issue pour tous les nôtres si nous répondions à l'appel.

Ce qui restait des lèvres de la femme se retroussa en un rictus indéniable.

— C'est pour cela que tu es ici ? Pour nous faire participer à une nouvelle mêlée – quoi, pour que tu puisses nous voir nous faire décimer encore plus pendant que tu restes en retrait et regardes tout simplement ?

Elle avait peut-être réveillé de vieux sentiments de culpabilité, mais je n'avais pas perdu mon sens de l'honneur.

— J'ai déjà versé plus de sang et protégé plus de membres de mon espèce au cours de ces dernières semaines que vous ne l'avez fait depuis des siècles, j'imagine.

En voyant sa grimace, un sentiment de culpabilité plus profond me frappa. Cette déclaration avait été un coup en soi, un coup qui aurait dû être indigne de moi. Je toussai et bafouillai avant de trouver la bonne réplique.

— Je ne veux pas critiquer. Vous avez porté un terrible fardeau, plus grand que le mien. Je respecte cela. C'est simplement que nous sommes confrontés à une menace bien plus grande pour l'humanité de l'ombre que nous ne l'avons jamais été dans les temps passés. Il n'y a jamais eu de plus grande cause. Je ne m'éloignerais pas de celle-ci, même pour un instant, sachant tout ce qui est en jeu.

— C'est notre chance de gagner là où nous avons perdu, dit Flint de sa voix creuse. C'est l'occasion de faire quelque chose de la honte de notre existence, d'en faire plus qu'une question de honte.

Il parlait leur langue sinistre mieux que je ne l'aurais fait à cet instant. Mais nos deux frères ne semblaient pas convaincus. La femme fit bouger sa mâchoire fracturée d'un côté à l'autre dans un mouvement de dégoût.

— Tu nous as trahis il y a si longtemps et maintenant tu demandes notre aide ? Ha !

S'accrocher à son sens de la justice était-il plus important pour elle que de faire ce qui était nécessaire à ce moment précis, peu importe qui délivrait le message ?

Peut-être, connaissant mon espèce, cette question était-elle stupide. Bien sûr que ça l'était.

J'ignorai la piqûre du mot « trahir » et me concentrai sur le moment présent.

— L'existence de toute vie dans les deux royaumes est peut-être en jeu. Il ne s'agit pas de mes propres désirs, mais de l'intérêt général.

— C'est ce que tu dis, fit remarquer l'homme. Nous n'avons d'autre parole que la tienne et tu l'as déjà trahie.

L'agacement monta sous la culpabilité.

— Si vous voulez bien me suivre, vous pourrez parler à

d'autres qui pourront vous assurer que le désastre à venir est bien trop réel. Ce serait simplement...

— Non, m'interrompit la femme. Tu ne vas pas surgir de nulle part et exiger de nous un sacrifice encore plus grand, toi qui as si peu sacrifié. Si tu souhaites vraiment expier les offenses commises il y a des siècles, tu honoreras ceux qui sont tombés, y compris Haze, maintenant.

Une part de moi-même se déchira à l'idée qu'il pourrait y avoir quelque chose à faire pour ceux qui avaient trouvé la mort à ma place, même si j'avais du mal à imaginer ce que cela pourrait être.

— Comment voudrais-tu que je les honore ? demandai-je.

— Nous avions une boîte... Elle baissa les yeux sur ses mains. De fabrication mortelle, mais aussi fine que tout ce que tu as pu voir. Elle contenait les fragments que nous avons pu rassembler de ceux qui sont tombés au champ d'honneur, y compris mon plus grand frère d'armes. Mais une meute de griffons a senti le pouvoir de ces restes et s'est envolée avec. Dans notre état de faiblesse, nous n'avons pas le pouvoir de les défier et de les récupérer.

Une meute de griffons. Ces créatures aux traits mêlés d'aigle et de lion pouvaient être des ennemis redoutables, mais pas de taille face à un ailé indemne, à moins qu'ils ne soient en très grand nombre.

— Je pourrais m'en occuper. Où cette meute s'est-elle enfuie ?

— Nous ne le savons pas, répondit l'homme. C'était il y a quelques années, et nous n'avons pas pu continuer à les poursuivre. Ce sont des créatures sédentaires, cependant. Il ne fait aucun doute qu'ils sont encore quelque part dans cette région.

Par région, il entendait peut-être toute l'Italie ou même la Méditerranée.

— Il y a des années, répétai-je, le cœur serré.

La femme poussa un violent soupir.

— Bien moins de temps que tu n'en as passé à rôder sans rien offrir en retour. Ne veux-tu prêter ta force que lorsque c'est facile ?

Les paroles me rongeaient, même si je savais que c'était faux. Mais qu'avais-je offert pour compenser les pertes subies par mes frères en mon absence ?

— L'affaire dont nous nous occupons actuellement est urgente, dis-je, cherchant un terrain d'entente. Si vous vouliez la mener à bien avec nous, dès que nous serons sûrs de la sécurité des royaumes, je serais heureux de...

— Ha ! dit encore la femme. Je vois ce qu'il en est. Non, tu retourneras à tes jeux d'honneur pendant que nous nous souviendrons de la réalité du monde. Penses-tu que nos propres affaires ne sont pas urgentes ? Les griffons déchirent les restes et les dévorent morceau par morceau... Je peux sentir, même de loin, les derniers fragments d'énergie de Haze s'évanouir...

Son visage se tordit avec une douleur telle que mon estomac se tordit à son tour. Combien de temps me faudrait-il pour traquer une bande de griffons errants pour le bien de mes anciens camarades ? Pour montrer que je ne m'étais pas désintéressé d'eux comme j'avais abandonné la bataille ?

Mais que pourrait-il arriver à Sorsha et aux autres si je les quittais assez longtemps pour m'occuper de ce problème ?

Flint m'observait avec une inquiétude évidente. Je regardai à nouveau les corps en ruine de mes frères – la ruine à laquelle j'avais pu échapper en me soustrayant à

mon devoir, quelle que soit la pureté de mes motivations –
et un serment jaillit avant que je ne puisse y songer deux
fois.

— Je jure de vous aider du mieux que je peux, comme
je le dois et l'ai toujours dû à ceux qui se sont battus et qui
sont tombés.

TREIZE

men avait raison sur un point : Tempest se souciait suffisamment de lui pour accepter une autre rencontre. Il aurait été bien qu'elle n'insiste pas pour que cette réunion ait lieu à trois heures de route, mais bon, pourquoi ne pas faire un peu de tourisme maintenant que nous étions rendus si loin de chez nous ?

Nous laissâmes la Toutemobile et nos compagnons agités à quelques kilomètres du site qu'elle avait choisi, parce qu'Omen avait promis qu'il me « livrerait » à elle, tout seul, et que la sphinge sentirait tout autre être de l'ombre qui s'aventurerait dans les parages. Lorsque nous sortîmes, le métamorphe attira l'attention de Thorn et pointa du doigt le ciel nocturne.

— Toi et Flint, vous pouvez planer dans l'ombre, là où vous avez une bonne vue sur le secteur de la tour. Dès qu'il y a des flammes, ramenez vos fesses le plus rapidement possible. Il jeta un regard vers les autres. Les autres, restez sur place et évitez les ennuis. Snap fronça les sourcils et m'attira contre lui pour un baiser rapide, mais exigeant, comme pour me rappeler pourquoi je ferais mieux de revenir. Ruse n'avait pas l'air très heureux d'être laissé derrière, lui non plus, mais sa contribution à l'envoûtement du fiancé de la femme de la Compagnie semblait avoir dissipé certains de ses doutes quant à sa valeur.

— Dis-lui de notre part qu'elle aille se faire voir, nous dit-il.

Antic sautillait d'un pied sur l'autre dans une danse frénétique autour de nous deux, comme une petite fille qui aurait désespérément besoin de faire pipi.

— Tu es sûr que je ne peux pas faire quoi que ce soit ? Créer une diversion ? Lui faire baisser la garde en la faisant rire ? Je n'ai même pas encore vu cette folle !

— Crois-moi, c'est mieux ainsi, dit sèchement Omen.

J'eus la vision de Tempest en train de se jeter sur le diablotin comme un lion sur un bébé gazelle chancelant.

— Nous pouvons la faire rire aussi, lui assurai-je. À nous deux, on forme pratiquement un duo de clown.

Elle me regarda d'un air sceptique tandis qu'Omen laissa échapper un soupir résigné. Même s'il s'agissait du coup le plus important de toute sa croisade, il ne s'attendait pas à ce que je le prenne avec une solennité digne de Thorn, quand même ?

Au moins, nous n'avions pas trois kilomètres à parcourir. Après avoir marché dans quelques rues, Omen héla l'un des rares taxis qui sillonnaient la ville jusque tard dans la nuit. Lorsque je m'assis sur la banquette arrière, mon sac à main tinta faiblement.

Le taxi démarra et Omen me jeta un coup d'œil.

— Tu es prête pour ça ?

J'acquiesçai, même si le mot « prête » n'était pas exactement celui que j'aurais utilisé. J'étais prête à accepter qu'il n'y avait aucune chance que je me sente mieux préparée à affronter un génie psychotique de l'ombre que je ne l'étais maintenant, alors autant en finir. Nous nous étions entraînés davantage tout au long de la journée. Je connaissais par cœur les mouvements que je voulais faire. Mais aucun de nous ne pouvait prédire exactement comment Tempest se comporterait une fois que nous l'aurions devant nous.

La chaîne en argent et en fer de mon sac à main suffirait-elle à contenir sa sorcellerie ? Est-ce que je parviendrais à temps à mettre les bouts en place autour d'elle ? À quel point allais-je me brûler en lui brûlant les yeux ?

Autant de bonnes questions auxquelles j'aurais bientôt la réponse, que cela me plaise ou non.

Il n'était pas difficile de savoir quand nous approchions de notre destination. La tour penchée de Pise accrochait la lumière des réverbères sur sa surface pâle et inclinée, ressemblant à s'y méprendre à un gâteau de mariage à plusieurs étages à deux doigts de basculer.

J'espérais que notre petit duel ne lui donnerait pas le coup de grâce. J'avais déjà détruit un monument de la ville au cours de cette croisade.

Tempest n'était pas visible lorsque nous sortîmes, mais deux jeunes hommes se tenaient près de la base de la tour. J'hésitai, ne sachant pas trop comment nous pourrions mener à bien cette rencontre en présence de spectateurs mortels, mais la sphinge se matérialisa dans l'obscurité un instant plus tard, entre les deux jeunes gens, sans manifester la moindre inquiétude. En fait, elle tapota l'épaule de l'un d'eux avec l'air de quelqu'un qui caresse un chien.

Elle s'était habillée différemment, mais pas moins richement pour l'occasion. La robe de ce soir ressemblait à une toge, pour coller au thème italien, mais pas à un drap blanc classique. Non, lorsque Tempest portait une toge, elle devait naturellement être en riche soie cramoisie, ornée d'un fermoir en or et cousue de perles de pierres précieuses scintillantes. Alors que nous étions à la vue des rues publiques – bien que calmes – les épaisses mèches de ses cheveux de bronze reposaient paisiblement autour de sa tête, mais comme je l'observais, quelques-unes de ses mèches s'agitaient comme si elles cherchaient à s'envoler.

Je ne pouvais pas encore m'approcher d'elle. D'après sa propre sensibilité, Omen avait estimé qu'elle ne remarquerait probablement pas la chaîne de métaux nocifs que je transportais tant que je resterais à une distance d'au moins trois mètres, idéalement plus, juste pour être sûr. Je m'arrêtai sur la pelouse qui occupait une grande partie de la cour autour de la tour et enroulai mes doigts autour de la lanière de mon sac à main, résistant à l'envie de vérifier une fois de plus que j'avais laissé le couvercle ouvert afin de pouvoir plonger ma main à l'intérieur en un instant.

Omen s'avança d'un air inhabituellement décontracté – mais il était censé convaincre Tempest qu'il était ici pour se faire des amis. Il pencha la tête vers les laquais mortels du sphinx.

— Tu as amené de la compagnie. Je pensais que nous devions nous rencontrer seuls.

— Tu as ton joujou semi-humain, alors je me suis dit que j'avais le droit d'en avoir deux qui soient pleinement humains. Tempest jeta à ses subordonnés mortels un regard dédaigneusement amusé. Non pas qu'ils soient d'une grande utilité ici, mais je suis ravie de les voir assister à ce qu'ils détestent tant.

Savaient-ils donc ce qu'elle était ? Comment un membre de la Compagnie de la Lumière pourrait-il tolérer de recevoir des ordres d'un être de l'ombre ?

De la même manière que nous l'avions fait par le passé, sans aucun doute.

— Tu les as ensorcelés, ne pus-je pas m'empêcher de dire, même si j'étais censée me taire. Omen aurait dû savoir maintenant qu'il fallait laisser une petite marge de manœuvre lorsque cette règle faisait partie d'un plan qui m'impliquait.

Tempest laissa échapper un petit rire.

— Oh, à peine. J'ai posé une énigme, et ils n'ont pas pu y répondre, ce qui les a obligés à me protéger jusqu'à ce que l'effet se dissipe, à moins qu'ils ne meurent dans l'intervalle. Elle regarda à travers ses cils l'homme sur l'épaule duquel elle avait tapoté. Si tu pouvais, tu voudrais m'assassiner comme toute l'humanité de l'ombre, n'est-ce pas ?

— Vous êtes un monstre, dit le type avec raideur. Tout notre travail consiste à débarrasser ce monde de vous et de ceux qui vous ressemblent. Dès que je serai sorti de cette magie...

Tempest fit un geste agacé pour l'arrêter.

— Oui, oui. Nous verrons cela. Son regard glissa à nouveau sur moi. Cela ne te dérange pas, semi-mortelle que tu es, d'entendre à quel point les tiens détestent le côté monstrueux que tu as découvert chez toi ?

Je réussis à parler avec un calme impressionnant.

— Plus autant maintenant que je sais qu'ils ont tous

subi quelqu'un qui tirait magiquement les ficelles dans les coulisses.

Le rire de verre brisé dont je me souvenais à Versailles s'échappa d'elle.

— Tu penses que j'ai conjuré leur haine ? Je leur ai seulement donné un but à atteindre, un but qu'ils ont poursuivi si facilement. Je n'ai aucun pouvoir surnaturel qui me permette de changer le contenu de l'esprit des hommes ou de produire de la motivation là où il n'y en a a pas – Omen peut en témoigner.

La tête que fit le métamorphe chien de l'enfer fut toute la confirmation dont j'avais besoin.

— J'imagine que tu as bien joué le jeu en les menant sur le chemin du jardin, cependant, dit-il avec légèreté. Tu es un maître des mots.

— Hmm, ronronna Tempest. Dans une certaine mesure. Ils ne savent certainement pas ce qui les attend, mais cela ne concerne que l'affectation de leur objectif sur eux, pas sur nous. Elle donna un coup de coude à l'homme à côté d'elle. Pourquoi voulez-vous massacrer tous les hommes de l'ombre ?

— Pourquoi les appeler ainsi ? répondit-il immédiatement, avec un sourire dégoûté en la regardant fixement. Nous savons tous que ce sont des monstres, comme vous. Ils se tapissent dans l'ombre et nous volent, nous traquent – nous ne serons jamais en sécurité tant qu'ils n'auront pas disparu de ce monde.

— Et qui t'a dit tout ça à propos de ces monstres ?

— Personne n'a eu besoin de me le dire. Le premier chasseur de la Compagnie sous lequel j'ai travaillé me l'a montré. Celui que nous avons piégé nous aurait tous taillés en pièces si nous n'avions pas agi assez vite.

La sphinge arqua les sourcils.

— Et qu'est-ce qui te fait croire que nous sommes tous comme ça ?

— Regardez ce que vous nous faites en ce moment même, rétorqua l'homme. Nous forcer à être ici contre notre gré, pour vous aider, par une question stupide à laquelle je n'ai pas pu répondre. Dès que cette magie disparaîtra, je vais...

— Tu sais quoi, je peux voir maintenant que vous amener tous les deux était peut-être exagéré. Je ne vous forcerai pas à endurer cette apparente misère plus longtemps. Tempest ramena sa main en arrière, fit jaillir de ses doigts une rangée de griffes semblables à des couteaux, et les enfonça directement sur le côté de la tête du type.

Je retins un cri, me mordant la langue en même temps. La saveur métallique du sang s'infiltra dans ma bouche alors que le même liquide s'écoulait sur la tête du jeune homme.

Ses yeux s'écarquillèrent et il s'effondra sur le sol à la seconde où la sphinge rétracta ses griffes. Elle essuya sa main nonchalamment sur la chemise de l'autre gars, ignorant son recul.

— Voilà, n'ai-je pas de pitié ?

Ils n'avaient pas tort de la traiter de monstre, dans tous les sens du terme. Mais en même temps, elle avait rendu leur monstruosité humaine bien trop claire. Même si j'aurais aimé croire que les horreurs de la Compagnie de la Lumière étaient imputables à cet être de l'ombre, j'avais rencontré trop de chasseurs et de collectionneurs indépendants au fil des ans. Cette profondeur de haine et de dégoût pouvait absolument habiter les cœurs des mortels sans qu'il soit nécessaire de les amadouer. Les mortels massacrent souvent d'autres groupes d'humains sans plus de justification.

Mes propres émotions s'enflammèrent en moi, de la colère et du dégoût envers cette femme et les mortels qui travaillaient sous ses ordres, et davantage qu'un peu de peur face aux pouvoirs qu'elle pouvait exercer. Je retins un éclat de flamme juste avant qu'il n'atteigne la surface de ma peau. Il brûla tout de même mes muscles et je serrai la mâchoire pour retenir la douleur.

J'étais censée être ici de mon plein gré, j'étais censée laisser Omen me livrer à Tempest pour ses besoins.

— Pas moins que ce qu'il méritait, m'efforçai-je à dire.

Les yeux de Tempest brillèrent d'approbation.

— Précisément. Elle reporta son attention sur son ancien amant et co-conspirateur. Alors, tu as fini par voir la « lumière », n'est-ce pas, mon cher ami ?

Je ne pus que deviner la grimace qu'il fit intérieurement en entendant ce terme.

— C'est ce que dit le phénix, répondit-il. Ils méritent l'enfer que tu vas leur faire pleuvoir dessus. Et qui peut mieux t'aider qu'un chien de l'enfer ? Je préfère être à tes côtés plutôt que de me démener pour protéger les pathétiques créatures de notre espèce incapables de prendre soin d'elles-mêmes.

Pour quelqu'un qui avait entendu Omen parler avec tant d'insistance de ce qu'il devait aux ombres inférieures et de sa honte de leur avoir causé du tort par le passé, ces remarques n'avaient rien de vrai. Mais c'était sans doute le genre de choses qu'il aurait pu dire pour apaiser la sphinge à l'époque, et c'était ce qu'elle voulait entendre, ce qu'elle pensait qu'il devait ressentir. Elle n'avait aucune idée de ce qu'il avait vécu au cours des siècles qui s'étaient écoulés depuis qu'ils avaient comploté ensemble pour la dernière fois.

Tempest sourit et inclina la tête.

— Je savais que tu reviendrais. C'est le bon moment. Nous sommes presque prêts pour le grand final.

Comme elle l'avait déjà laissé entendre et comme les questions de Ruse avaient semblé le confirmer. Omen lui rendit son sourire paresseux, mais son regard s'était fait plus attentif.

— Votre maladie est au point ?

— Encore un ou deux ajustements. Je doute que nous soyons à plus d'une semaine de la concrétisation de toutes ces années de travail. Elle se frotta les mains et m'étudia à nouveau. Et pour tout autre ravage que nous souhaitons faire, tu m'as apporté ce charmant cadeau. Comment l'as-tu convaincue de se retourner contre les siens ?

— Ce ne sont pas les miens, dis-je automatiquement, comme nous l'avions répété.

Omen hocha la tête d'un air approbateur.

— Son côté humain a ses faiblesses. Mon incube a réussi à la charmer pour qu'elle suive ma volonté. Tout ce que je lui dis de faire, elle le fera.

C'est ce qu'il avait souhaité. Je résistai à l'envie de lui faire mon sourire le plus doucereux et de lui répondre un « Oui, Maître » mielleux. Si j'en faisais trop, la fête serait finie.

— Merveilleux. Il va falloir que tu étendes cette influence jusqu'à moi.

— Sorsha, dit Omen avec une pointe de sardonique, fais ce que Tempest te dit.

— Bien sûr. Je lui souris avec éclat, et une nouvelle flambée crépita dans ma poitrine. Heureusement, mon sac à main cachait la boule que formait ma main lorsque je la maîtrisais.

Garder le contrôle. Garder mon sang-froid jusqu'à ce que je doive m'enflammer. Je pouvais gérer ça.

— Mieux vaut qu'elle soit sous ton emprise que de suivre ses compulsions irrationnelles de mortelle.

Tempest recourba un doigt pour me faire signe d'avancer.

— Voyons de plus près ce dont tu es capable, Oiseau de feu.

Oh, elle était sur le point de découvrir mes capacités. C'était le moment qu'Omen et moi avions prévu. Alors que j'avançais vers elle, j'inspirai profondément, chaque muscle se contractant pour un lancement parfait de mes pouvoirs. Encore deux pas, un...

Je plongeai une main dans mon sac à main et tendis l'autre vers le sphinx au même moment. Tandis que mes doigts se refermaient sur la chaîne et l'arrachaient, du feu jaillit de ma paume tendue dans l'air. Mais ça ne se passa comme à l'entraînement. Mes émotions se bousculaient trop vite et trop furieusement – la chanson du feu résonna derrière mes oreilles. Les flammes grésillèrent autour de mon cou et le long de ma colonne vertébrale, et l'explosion que j'avais l'intention de lancer directement dans les yeux de Tempest comme une dague brûlante se transforma en un tourbillon d'étincelles.

Non ! Je lançai la chaîne, en visant une masse de chaleur pour guider sa course et en assouplir le métal, mais ma glissade initiale avait suffisamment prévenu Tempest du danger pour qu'elle puisse esquiver. La chaîne atterrit sur le côté de sa robe, mais ne l'entoura pas tout à fait.

Omen se jeta sur elle, se transformant en chien de l'enfer en plein vol, mais la sphinge était déjà en train de plonger dans les ombres. J'aurais juré avoir entendu un rire rauque résonner dans les ténèbres autour de la tour.

Omen disparut à son tour. Il ne me restait plus qu'un

bloc de métal fondu, l'autre mortel piégé par Tempest, et l'herbe roussie qui marquait mon échec.

Putain de bougre d'âne.

Une odeur de brûlé flottait dans l'air, et ma peau échaudée piquait sous l'effet de la brise. Une chaleur fraîche montait déjà en moi. Je fis les cent pas dans l'herbe, aspirant l'air et étouffant le feu du mieux que je pouvais. La sensation de brûlure s'étendait jusqu'au bas de mon dos.

Lorsqu'Omen réapparut, les deux ailés l'avaient rejoint. Ils avaient tous l'air fatigués et peinés.

Je me rendis à l'évidence.

— Elle s'est encore échappée.

Bien sûr qu'elle s'était échappée. Omen savait que nous n'avions aucune chance de nous en sortir sans avoir des tours dans notre sac – et j'avais raté ce foutu tour. Ma fureur envers moi-même brûlait encore plus fort que le reste de ma colère qui incendiait le fond de ma langue.

Nous n'aurions pas d'autre chance comme celle-ci. Elle ne ferait plus jamais confiance à Omen. Et dans une semaine ou moins, la Compagnie déchaînerait son enfer sur tout le royaume.

D'une certaine manière, le fait qu'Omen n'ait pas souligné mon échec rendait la culpabilité encore plus profonde.

— Nous trouverons un autre moyen, dit-il. Il y aura d'autres options.

Mais c'était la meilleure. Je m'étais tellement énervée...

— Si tous ces mortels de merde qui ont rejoint la Compagnie n'étaient pas si enthousiastes à l'idée d'assassiner tous les êtres qu'ils ne comprennent pas, commençais-je, et la chaleur brûlante se répandit sur mes gencives.

— Elle a rassemblé les pires d'entre eux, dit Omen. Ils se nourrissent de la haine des autres. Ils ne représentent guère l'ensemble de ton espèce.

Il n'arrivait pas à rendre cette assurance convaincante. Je savais ce qu'il pensait des mortels. Dans son esprit, j'étais l'exception, surtout à cause de mon côté créature de l'ombre. Il ne se souciait des ombres qui faisaient du mal aux humains que parce que cela faisait retomber la rage sur son propre peuple. Je ne pouvais pas m'arrêter de bouger, mes pieds me portant jusqu'à la base de la tour et inversement. Si je m'arrêtais, si je ralentissais le moins du monde, les flammes qui me traversaient risquaient de jaillir plus loin, hors de moi.

Thorn fit un pas vers moi, le visage crispé.

— Sorsha.

Je secouai la tête avant qu'il ne puisse continuer.

— Un combat perdu. Il y en aura beaucoup d'autres. Il y en a toujours, n'est-ce pas ? J'ai juste besoin de me calmer. Allez-y, retournez à la Toutemobile ou faites ce que vous voulez. Je vais marcher. Ça devrait suffire.

Mes compagnons hésitèrent.

— Quelque chose me fait penser que tu aurais besoin d'un chaperon, dit Omen, tout en gardant un ton modéré.

Je le fusillai du regard, maîtrisant si bien le feu pendant un instant que la brûlure s'estompa.

— Je sais mieux que toi ce dont j'ai besoin. Et ce dont j'ai besoin, c'est d'une bonne et longue marche sans que personne ne juge mes moindres faits et gestes. Nous savons tous que j'ai merdé. S'il te plaît, n'en rajoute pas. Je te promets que Darlene sera parfaitement à l'abri quand j'arriverai là-bas.

Il marqua une pause, son visage s'était crispé, mais il

ne riposta pas. Lorsqu'il répondit, ce fut de la même voix douce.

— Je sais que tu as donné tout ce que tu avais, et je ne peux pas te juger mal pour ça. Tu as besoin d'un peu d'espace pour te remettre de tes jugements ? Il est à toi. Si tu t'égares, appelle-nous et on viendra te chercher.

Il n'y avait aucune chance que je m'humilie de la sorte. J'acquiesçai sèchement.

Thorn fronça les sourcils.

— Tu es sûre ? Je pourrais te laisser de l'espace tout en restant à portée de vue, au cas où tu aurais besoin de moi.

Mon fidèle guerrier et sa détermination à me protéger... Le pire, c'est que son insistance ne faisait qu'attiser le feu en moi.

— As-tu vu d'autres ombres dans les parages, ou des gens qui pourraient travailler avec Tempest ? demandai-je.

— Non, admit-il.

— Alors je ne devrais pas « avoir besoin de toi ». Laisse-moi respirer, d'accord ?

Thorn semblait toujours réticent, mais il suivit Omen et Flint dans l'ombre dès que son chef leur fit signe.

L'imbécile larbin de Tempest restait debout, mais j'avais plus envie de le brûler que de faire quoi que ce soit pour l'aider. Je tournai les talons et m'éloignai de la tour.

À chaque pâté de maisons que je parcourais, le feu qui brûlait en moi s'intensifiait. J'avais les poings serrés et mes ongles s'enfonçaient dans mes paumes. Je passai devant des rangées de bâtiments en stuc, des terrasses de restaurants abandonnées pour la nuit, des portes sombres et des ruelles sinueuses. Toutes les fenêtres étaient noires, les habitants dormaient derrière elles.

Ils dormaient et étaient parfaitement inconscients des horreurs qui se déroulaient autour d'eux. S'en soucieraient-ils même s'ils le savaient ? La Compagnie torturait et assassinait les ombres, mais le reste de l'humanité racontait joyeusement ses histoires de fantômes, tournait ses films de monstres et alimentait sa haine, et peut-être qu'ils auraient tous participé s'ils avaient réalisé à quel point ces créatures étaient réelles.

Des salauds et des bâtards, tous autant qu'ils étaient. Et moi aussi, n'est-ce pas, j'avais voulu, ne serait-ce qu'un instant, rendre Tempest responsable de leurs crimes. Les vrais monstres étaient là, tout autour de nous, riant et vivant leur vie, sans cerveaux…

Une vague de chaleur me traversa, si intense qu'elle s'apparentait à un tsunami – puis me quitta. Des flammes s'écrasèrent sur toute la surface des bâtiments le long de la rue devant moi. D'autres s'abattirent sur l'arrière de mes bras et de mes jambes.

Je me laissai tomber au sol, frappant les membres contre le trottoir pour éteindre le feu. Cela ne changea rien au brasier qui engloutissait déjà tout le pâté de maisons dont je m'approchais.

Le feu grondait, la fumée s'élevait. Les vitres volèrent en éclats tandis que les flammes s'élevaient. On entendit des cris, tandis que les habitants de l'immeuble de l'autre côté de la rue se réveillaient. Ils avaient de la chance que mes flammes ne se soient pas dirigées dans cette direction. Elles les auraient brûlés au lieu de brûler la marchandise du magasin.

Mes tripes se tordirent en un énorme nœud. J'avais eu de la chance.

La chaleur qui m'envahit avec le vent de la nuit réveilla une nouvelle palpitation sur tous les endroits où je m'étais moi-même brûlée. Devant un marché de fruits et légumes, je me figeai et vis que tous les délices sur lesquels mon dévoreur se serait pâmé étaient déjà noircis. Chez un vendeur d'instruments de musique, les cordes des pianos résonnaient en claquant. Dans un autre magasin, le verre des montres fondait dans la vitrine brisée, montrant que j'avais littéralement fait frire le temps.

C'est ce que j'avais fait. Les moyens de subsistance de dizaines de personnes étaient incinérés sous mes yeux à cause de la fureur que j'avais laissée s'exprimer. Et il n'y avait pas une seule chose que je pouvais faire pour calmer ces flammes. Chaque parcelle de mon corps me soufflait que si j'essayais de contrôler le feu avec mon pouvoir, je ne ferais qu'en projeter davantage.

Je suivis donc la stratégie qui m'avait si bien servi dans ma carrière de voleuse : je courus aussi vite que mes pieds me le permettaient.

Le grondement de l'incendie, puis le bruit des sirènes me poursuivirent longtemps après que j'eus quitté les lieux. À chaque inspiration, une odeur de fumée se figeait dans mes poumons. Je continuai à avancer vers l'endroit où le camping-car attendait, une sensation de lourdeur s'installant en moi, noyant le reste de mon feu intérieur.

J'étais une menace. Combien de choses allais-je encore détruire avant que cette bataille ne s'achève ? Et si les Très Hauts avaient raison ? Et si j'étais une plus grande menace pour les mortels et les ombres que ne l'avait jamais été Tempest ?

Je devrais entrer dans la Toutemobile et dire à Omen de m'emmener aux Très Hauts pour y subir le sort auquel j'avais échappé depuis si longtemps.

Je fis une pause et fermai les yeux. Le désespoir m'enserrait les côtes, m'étouffait. Mais à travers lui, l'image des yeux brillants à pupille fendue de Tempest et son rire de verre brisé me revinrent.

Elle m'avait provoquée. Elle avait trouvé les meilleurs boutons sur lesquels appuyer et les avait bloqués comme une enfant de six ans qui ferait une farce dans un ascenseur. Elle avait *voulu* que j'explose, probablement bien plus que je ne l'avais fait, pour pouvoir en ricaner après coup.

Je n'avais voulu blesser personne. Et si j'abandonnais, je ne ferais que m'écarter du chemin de Tempest. Elle aimerait ça, n'est-ce pas ?

J'avais été notre meilleure chance de l'arrêter, et peut-être en aurais-je une autre.

Je savais mieux à quoi m'attendre de sa part maintenant. Les autres comptaient sur moi. Je devais m'y tenir au moins assez longtemps pour sauver le reste du monde du chaos brutal qu'elle avait l'intention de lui infliger.

Et après ça... peut-être que je sentirais le besoin d'être abattue. Mais pas encore. Trop de choses dépendaient de moi. Trop de vies étaient en jeu.

Je levai le menton et recommençai à marcher. L'air qui remplissait mes poumons avait un goût plus pur maintenant. Les sirènes s'étaient éteintes.

J'avais l'intention de mener cette mission jusqu'au bout, et que Dieu vienne en aide à ceux qui se mettraient en travers de mon chemin.

QUATORZE

Sorsha

lors qu'il appliquait une nouvelle couche de gel d'aloès sur les brûlures de mon dos, les mains de Snap n'auraient pas pu être plus douces, mais ma peau était tellement à vif que je grimaçai tout de même. Il siffla entre ses dents.

— Je dévorerais la sphinge sans le moindre regret, déclara-t-il.

De toutes les choses que j'aurais pu reprocher à Tempest, faire flamber mon corps n'en faisait pas partie. Il s'agissait bel et bien d'un autobarbecue. Mais je ne pouvais pas me résoudre à corriger mon amant, pas plus que je ne voulais demander si quelqu'un avait entendu parler d'un incendie soudain dans le centre de Pise la nuit précédente. *Nie-le*, me dis-je ! C'était peut-être un fleuve en Égypte, mais je pouvais le transporter en Italie si je le voulais, merci beaucoup.

Aucun de mes compagnons n'avait mentionné l'incendie, mais nous étions rentrés à Rome en voiture et ils n'étaient pas vraiment des téléspectateurs assidus. Et peut-être qu'ils n'y auraient pas prêté attention de toute façon. Un quartier entier de magasins et tout leur contenu incinéré ? Ce n'étaient que les dangers de la vie des mortels.

J'aurais aimé pouvoir écarter ça de mes pensées aussi facilement – et en même temps, l'idée de surmonter un jour la culpabilité qui me tordait les tripes m'horrifiait.

— Si cela suffisait à achever Tempest, on te la jetterait dans les pattes directement, dit Omen depuis l'embrasure de la porte, bien qu'il sache mieux que moi qu'elle n'était pas susceptible de laisser quelqu'un la jeter n'importe où de toute façon.

Allongée à plat ventre sur mon lit, je changeai de position pour pouvoir écarter mes cheveux. Snap étala davantage d'aloès – ma deuxième couche depuis mon retour la nuit précédente – sur ma nuque.

— Comment allons-nous nous en prendre à elle maintenant qu'elle n'acceptera plus de bracelets d'amitié de ta part ?

— J'y ai pensé pendant que tu dormais, dit le métamorphe, comme si mon repos n'avait été que pure paresse et non une nécessité physique. Notre meilleure solution furtive ayant disparu, nous devrons peut-être revenir à votre vieille stratégie de la force du nombre. Peut-être pourrons-nous trouver un ou deux hommes de l'ombre dotés d'une capacité qui changera la donne.

— Je pense que notre ami hacker peut trouver quelques personnes ayant des relations avec la Compagnie que je pourrai amadouer en attendant, dit Ruse en passant devant Omen dans la chambre et en s'appuyant sur la petite commode. Autant leur soutirer tout ce qu'on peut.

Thorn sortit de l'ombre au pied du lit pour pouvoir lui aussi participer à la conversation.

— Je pourrais essayer de parler à mes frères ailés une fois de plus. Ils hésitaient à s'impliquer, mais si je pouvais rapidement répondre à leurs préoccupations... Cela pourrait être une affaire assez simple. Il avait l'air d'en douter.

— Je t'aiderai à répondre à leurs demandes, ajouta Flint en jetant un coup d'œil par-dessus l'épaule d'Omen.

Une seconde plus tard, Antic entra en bondissant, son corps de la taille d'une enfant de maternelle tressautant d'excitation.

— Je sais ! Vous n'avez pas vu assez grand. Vous n'avez fait que regarder du côté des mortels. Pourquoi ne pas passer par une faille et voir si je peux trouver de l'aide dans le royaume des ombres ?

Omen croisa les bras sur sa poitrine.

— Nous n'avons pas besoin d'une horde de gnomes et de lutins.

— Hé, une horde peut faire beaucoup ! Et je peux convaincre des êtres plus grands que moi ! L'un de mes meilleurs amis était un dragon de mer, si vous voulez le savoir.

Avec eux tous ici, il n'y avait presque plus de place pour bouger. J'émis un grognement et je tendis la main vers la pile de vêtements à côté de mon lit.

— Qui a eu l'idée d'organiser une réunion stratégique dans ma chambre – alors que je suis torse nu en plus ? Laissez-la passer par une brèche. Vous êtes bien plus nombreux de ce côté-là qu'ici. Je suis sûre qu'elle trouvera quelqu'un.

— Déguerpis, alors, dit Omen au diablotin. Nous verrons combien de temps il te faudra pour trouver ce quelqu'un.

— À vos ordres, capitaine ! Elle le salua et fila vers la sortie, ce qui ne libéra pas vraiment d'espace. Je tirai sur ma chemise, faisant attention aux zones sensibles de la peau en cours de cicatrisation sur mon cou, mon dos et mes bras.

Snap posa une main protectrice sur ma hanche.

— Nous pourrions partir ensemble à la recherche de l'humanité de l'ombre, ma Pêche, dit-il. Je peux repérer ceux qui sont dans l'ombre, mais tu es plus douée pour leur expliquer à quel point nous avons besoin de leur aide.

Omen applaudit lentement, comme pour conclure.

— C'est parfait. Je vais aller aussi chercher dans la ville, Ruse opérera son charme, et Thorn et Flint pourront marchander avec leurs amis pas si angéliques que ça. Essayons de nous retrouver ici avant minuit. Tempest va mettre ses plans encore plus vite en œuvre qu'avant maintenant qu'elle a vu jusqu'où nous sommes prêts à aller pour l'arrêter.

Thorn tordit la bouche en entendant ces ordres, même s'il avait suggéré le plan d'action. Alors que tout le monde s'apprêtait à partir, j'attrapai sa main.

— Donne-moi une seconde, dis-je à Snap.

Lorsque nous fûmes seuls, l'imposant guerrier se pencha vers moi.

— Puis-je faire quelque chose de plus pour toi avant de partir, Sorsha ? Ses muscles s'étaient déjà tendus, comme s'ils étaient prêts à me venir en aide.

— Je me demandais justement si je pouvais faire quelque chose pour *toi*, dis-je en serrant l'un de ses impressionnants biceps. D'après ce que tu as dit tout à l'heure, tes « frères » du Vatican t'ont donné du fil à retordre.

Les mâchoires crispées de Thorn suggérèrent qu'il ne nous en avait même pas dit la moitié.

— Je suis responsable des tensions qui subsistent entre nous et je les résoudrai, déclara-t-il. C'est le moins que je leur doive.

— Je ne pense pas que tu leur doives quoi que ce soit. Cela fait des siècles. Tu n'as rien fait de mal même pas fait quelque chose de mal pour commencer.

— Les avis divergent sur ce point. Et le passé est plus présent dans son impact sur eux qu'il ne l'est pour moi. Il soupira et baissa la tête pour poser ses lèvres sur les miennes, sa voix baissant également. Crois-moi, si je pouvais simplement rester à tes côtés en permanence, je préférerais de loin être ici.

— Eh bien, dépêche-toi de rentrer, dis-je en lui donnant un bisou en retour, et je le suivis jusqu'à la porte, où Snap attendait.

Normalement, je n'aurais pas pu souhaiter meilleur compagnon que le dévoreur pour explorer une ville. Il dévorait les nouveaux paysages et les nouvelles expériences avec autant d'avidité que ses fruits préférés – et les âmes humaines.

Pendant la première heure, cette attente se vérifia. Les yeux écarquillés, Snap regardait les ruines du Forum. Il écouta avec un petit murmure enthousiaste un guide touristique qui décrivait les activités antiques qui s'y étaient déroulées, et il goûta les énergies autour des structures avec sa langue fourchue quand aucun autre touriste n'était assez près pour les voir.

Mais nous ne trouvâmes pas d'hommes de l'ombre pour les supplier de nous prêter main forte – le couple que Snap avait perçu dans l'ombre s'enfuit dès qu'il prêta attention à lui. Alors que nous passions devant un groupe de touristes adolescents qui me bousculèrent sans même un regard et encore moins des excuses, l'habituel comportement joyeux du dévoreur commença à s'assombrir.

— Les hommes de l'ombre sont nerveux à cause de tous les mortels qui les entourent. Les humains n'ont pas été très gentils avec ce lieu, même s'il s'agissait de leur propre histoire. Je ne peux rien goûter de l'époque où tout cela était entier et dans sa gloire... Il y a trop d'impressions de gens qui l'ont érodé, qui s'y sont heurtés sans regarder, qui y ont gravé des mots qui les font rire pour montrer le peu de cas qu'ils en font... Pourquoi font-ils cela ?

La confusion dans sa voix fit naître une boule dans ma gorge.

— Nous n'apprécions pas toujours notre histoire, dis-je. C'est plus difficile dans la mesure où nous ne vivons pas aussi longtemps que les ombres, tu sais. Pour les gens qui voient ça maintenant, la civilisation qui a utilisé cet endroit a disparu avant que n'importe lequel de nos arrière-arrière-arrière-je-ne-sais-combien-de-fois-grands-parents soient nés. Ça ne semble pas tout à fait réel.

— Je n'existais pas il y a si longtemps, et je trouve toujours cela fascinant.

Je donnai un petit coup de coude taquin à son bras.

— Eh bien, c'est en partie ce qui te rend si spécial.

Le compliment le raviva, mais seulement pour un temps. Les créatures qui rôdaient près du Panthéon et des grands musées ne nous apportèrent pas leur soutien. Les nuages s'amoncelaient dans le ciel alors que nous approchions de la fontaine de Trevi, et Snap frissonnait au fur et à mesure que la lumière du soleil diminuait.

— Quelqu'un a sculpté tout ça sans aucune magie, dis-je en entendant le bouillonnement de l'eau. C'est assez étonnant.

— En effet, admit Snap. Mais l'éclat de sa voix diminua aussi. Ils ont construit tant de choses... et tant d'entre eux souhaitent qu'aucun être comme moi ne puisse jamais les voir. Ils seraient contrariés que je profite de tous les fruits et du miel et... Il fronça les sourcils. La plupart des humains voudraient nous voir morts s'ils nous connaissaient, n'est-ce pas ? C'est pourquoi nous gardons notre existence secrète.

— Eh bien, peut-être pas *morts*, commençai-je, mais je ne savais pas vraiment comment poursuivre. Parce que, oui, il était possible que la majorité des humains souhaitent que des êtres comme mes amants monstrueux soient massacrés s'ils découvraient l'existence de l'humanité de l'ombre. Je ne voulais pas lui mentir. Mais la douleur dans ses yeux et la morosité qui s'insinuait dans ses paroles me firent mal au cœur.

La Compagnie n'avait pas tué Snap pendant qu'elle le gardait en captivité, mais à quel point était-il vraiment Snap s'ils avaient détruit son sens de l'émerveillement ?

Un jet de flamme me traversa les entrailles. Je toussai et parvins à peine à l'avaler pour qu'elle ne brûle rien d'autre que mon estomac. Pour le bien de mon dévoreur et le mien, je cherchai des paroles pour rendre cette conversation plus légère.

— Allez, c'est parti. Il faut encore qu'on trouve des ombres à qui faire appel. Je tirai sur son coude et chantai :

et si seulement je pouvais, je ferais faire un pillage à une anguille et je parierais dessus avec tous nos as.[1]

— Je ne pense pas qu'une anguille serait très utile contre Tempest, dit Snap, mais il le dit en souriant pour montrer qu'il ne m'avait pas vraiment prise au sérieux. Parfait. Entre deux ailés et peut-être deux autres en route, Omen aux prises avec un spectre très solide de son terrible passé, et moi qui brûlais des innocents à gauche et à droite, nous avions déjà assez de noirceur sur notre groupe.

Le fait d'avoir réveillé Snap ne nous aida pas à trouver de nouveaux alliés. Nous retournâmes à la Toutemobile juste avant minuit. Omen sortit de l'ombre avant que nous ayons atteint la porte et fit signe à Snap d'entrer.

— Je dois parler à notre mortelle, dit-il, sans même prendre la peine de nous demander comment s'était déroulée notre quête. Je suppose que notre échec était assez évident.

Snap se hérissa avec une brève lueur de vert fluo dans les yeux, mais sa loyauté envers l'homme de l'ombre qui l'avait appelé à cette cause était clairement en guerre avec sa dévotion envers moi. Il marqua une pause, puis dit, d'une voix prudente, mais ferme :

— Qu'est-ce que tu lui veux encore ?

Omen soupira.

— Je veux juste lui parler, franchement. Si quelqu'un doit l'emmener vers une fin funeste, ce ne sera pas moi. Tu n'en es pas encore convaincu ?

Le dévoreur eut l'air contrarié, mais seulement un peu.

— Je ne pensais pas que tu le ferais du tout, dit-il au métamorphe, mais après une dernière caresse sur mon bras, il disparut dans le camping-car.

Cette nuit de début d'automne était assez chaude, mais le visage solennel d'Omen me glaça le sang.

— C'est quoi le grand secret ?

Il me guida sur le côté du camping-car. Tout Rome n'était pas aussi pittoresque – la banlieue délabrée où nous nous cachions sentait le goudron plutôt que les *gelati*, et une porte mal fermée quelque part au loin grinçait sur ses gonds sous l'effet de la brise. La Toutemobile en ajoutait à l'atmosphère avec ces enjoliveurs rotatifs qu'elle avait récemment fabriqués et qui cliquetaient comme des roues de hamster alors qu'ils tournaient à l'infini.

— Ce n'est pas un secret, dit Omen. J'ai simplement pensé qu'il fallait que je te le dise d'abord pour qu'il n'y ait pas de malentendus. J'ai décidé d'approcher à nouveau les Très Hauts.

Même après ce qu'il venait de dire à Snap et tout ce qu'il m'avait dit ces derniers jours, mon pouls eut des ratés. Avant que je puisse dire quoi que ce soit, il leva les mains.

— Je ne parlerai même pas de toi. Je vais leur dire ce que j'ai découvert sur Tempest et voir s'ils changeront mon dernier ordre pour que je l'abatte plutôt que de trouver « Ruby ». Et qu'ils le fassent ou non, ils pourraient prêter main-forte à notre cause. Ils voulaient bien assez la détruire pour envoyer un de leurs laquais à ses trousses.

C'était logique – suffisamment logique pour qu'Omen n'ait pas pu s'empêcher de le faire, même si je voyais bien qu'il n'aimait pas l'idée de discuter avec les êtres qui l'avaient mis en laisse.

— Ce serait certainement utile, dis-je. Il est grand temps qu'ils donnent un coup de main au lieu de pousser des coups de gueule.

Omen sourit en coin.

— Nous verrons bien. Quoi qu'il en soit, qui ne tente rien n'a rien. Ils ne devraient avoir aucun moyen de savoir que j'ai été en contact avec l'hybride mortel-ombre qu'ils recherchent. Je ne voulais pas que tu passes du temps à t'inquiéter de cela, ne serait-ce que le temps de répondre à une demi-douzaine de questions de nos compagnons.

Je posai les mains sur mes hanches.

— Moi, m'inquiéter ? le taquinai-je. Est-ce que tu me connais un tant soit peu ? Mais la vérité, c'est qu'il me connaissait vraiment. Suffisamment pour que je doive ajouter : merci de t'être inquiété de savoir si je m'inquiétais !

Il ricana, mais il passa ensuite les doigts le long de ma mâchoire pour m'attirer à lui. Il m'embrassa passionnément, l'intensité de son baiser déclenchant toutes sortes de flammes sous ma peau, mais seulement les plus agréables.

Pourquoi mon feu intérieur ne pouvait-il pas toujours être aussi délicieux ?

Quand il me lâcha, une autre douleur se forma dans ma poitrine pour rejoindre celle que le désenchantement de Snap avait provoquée. Je ne pus m'empêcher d'enrouler mes doigts autour de ceux d'Omen avant qu'il ne lâche ma main.

— Fais en sorte de revenir.

Il me fit alors un grand sourire.

— Personne n'a encore réussi à m'écraser, même si beaucoup l'ont voulu. Tu ne te débarrasseras pas de moi aussi facilement, Miss Catastrophe.

J'éclatai de rire et je le suivis dans la Toutemobile pour qu'il puisse dire aux autres où il allait, mais sous ma réaction amusée, la douleur subsistait.

Comment en étais-je arrivée à ce point avec cet homme ? Au point où la simple idée que quelqu'un puisse se débarrasser de lui me donne envie de faire pleuvoir du feu du ciel ?

---

1. Paroles déformées de «Running up that hill (a deal with God) » de Kate Bush

QUINZE

Omen

Le fait que le gobelin barbouilleur qui m'avait arrêté à l'orée de leur vaste vallée soit revenu en trombe quelques minutes plus tard en parlant d'une voix rauque et essoufflée, et en ayant traversé les ténèbres coagulées autour de nous, en disait long sur l'impatience des Très Hauts à recevoir des nouvelles de la mission qu'ils m'avaient confiée.

— Ils veulent te voir tout de suite. Viens !

Cet accueil était bien loin de celui de ma dernière visite, lorsqu'ils m'avaient laissé attendre pendant plus d'une journée. Et cette fois-là, c'étaient eux qui m'avaient convoqué. Il ne me restait plus qu'à espérer qu'ils seraient trop distraits par les nouvelles que j'avais apportées pour bouder celles que je n'avais pas apportées.

En ce qui me concernait, je ne savais pas du tout où un être hybride nommé Ruby pouvait vivre. Le seul être hybride humain-ombre que je connaissais s'appelait Sorsha, et l'élite ne m'avait rien demandé à son sujet.

De plus, Tempest avait déjà anéanti les vies de royaumes entiers. On ne pouvait pas trouver de menace plus claire que celle-là.

Le gobelin me suivit jusqu'à la caverne béante, où les énergies puissantes, mais pesantes des Très Hauts m'envahirent avec des démangeaisons dans mon corps de créature de l'ombre et des élancements autour de mon cou. Ils ne me laissaient jamais oublier l'emprise qu'ils avaient sur moi. J'aurais préféré que leur laquais barbouilleur n'en soit pas témoin, mais ce n'était pas à moi de le renvoyer, ou de lui arracher la gorge, ce qui aurait été pratiquement la même chose, mais en produisant beaucoup plus de satisfaction.

Les hommes de l'ombre ne pouvaient pas mourir sous leur forme d'ombre, mais ils pouvaient certainement être mutilés au point d'être morts.

L'attention pénétrante des Très Hauts me pesait encore plus lourdement qu'auparavant. Le gobelin fit une sorte de révérence, comme s'il cherchait à se faire féliciter pour avoir réussi la tâche incroyable de me faire parcourir la courte distance qui me séparait de l'entrée. Le respect de soi n'était pas une qualité que les mastodontes recherchaient chez leurs sous-fifres.

Les Très Hauts l'ignorèrent.

— Quelle parole as-tu apportée, chien de l'enfer ? demanda l'un d'eux, son mugissement creux se répercutant dans chaque particule de mon être.

Oh, j'avais bien des mots en tête, mais j'avais intérêt à choisir avec soin ceux que j'allais dire. Je me ressaisis.

— Je n'ai pas rencontré d'être répondant au nom de Ruby, mais mes recherches ont révélé un danger encore plus grave pour les deux royaumes. La créature de l'ombre que vous pensiez avoir éliminée il y a bien longtemps, celle que j'admets avoir parfois aidée dans la réalisation de ses tours vicieux, a finalement survécu. Tempest, la sphinge, est vivante, et elle a mis en place un complot plus immense que jamais.

Je ne compris pas grand-chose aux marmonnements qui passèrent entre les Léviathan pompeux.

— Ce n'est pas possible, dit un autre. Nos guerriers l'ont mise en pièces. Ils l'ont dit, ils n'auraient pas menti.

— Je doute qu'ils aient su qu'ils mentaient, dis-je. J'imagine qu'elle leur a aussi joué un de ses tours, pour leur faire croire qu'elle était morte ou qu'ils l'avaient attrapée. Mais quoi qu'ils aient mis en pièces, soit cette créature a survécu malgré leurs ravages, soit ce n'était pas elle. Je lui ai parlé face à face. Et si quelqu'un doit reconnaître cette menace, c'est bien moi.

L'un des êtres immenses me toisa de plus près avec une poussée d'énergie plus épaisse et plus dure encore.

— Comment pouvons-nous savoir que ce n'est pas toi qui nous joues un tour ?

Malgré toute ma puissance, il me fallut contracter tous les muscles de mon corps pour résister à l'envie de grimacer. Autant j'aurais pu réduire le gobelin – qui regardait toujours tout cela, bouche bée, l'imbécile – en une pulpe si mutilée qu'il aurait fallu des siècles pour qu'il se reconstitue, autant les Très Hauts pouvaient me réduire en lambeaux encore plus vite. La seule raison pour laquelle ils ne l'avaient pas fait, il y a des années, lorsque nous avions conclu notre marché, était qu'ils pensaient que je leur étais plus utile en un seul morceau. Je devais m'assurer qu'ils continuent à le croire.

— Quelle raison pourrais-je avoir d'inventer cela ?

demandai-je en restant campé sur ma position. Je suis sur le point d'arriver aux termes de mon engagement envers vous. Il ne servirait à rien de vous rappeler mon ancienne association avec la sphinge si elle ne représentait pas une réelle menace aujourd'hui.

Le grondement qui suivit sembla au moins légèrement agréable. Mes poils s'aplatirent, mais je restai campé où j'étais.

— Quel est ce complot que la sphinge est en train de mener ? demanda le premier orateur. Quel danger peut-elle bien représenter alors qu'aucune nouvelle ne nous est parvenue depuis tout ce temps ?

— C'est probablement ce qu'elle veut que vous pensiez. Elle a voulu vous endormir dans la complaisance. Une atteinte à leur dignité ne pouvait pas faire de mal. Et si ce plan est si dangereux, c'est précisément parce qu'elle a passé tant de temps à mettre les pièces en place. Elle a l'intention de tuer autant de mortels qu'elle le peut – et la connaissant elle et ses méthodes, il pourrait y en avoir davantage qu'il n'en reste dans tout le royaume des mortels une fois qu'elle aura fini – et également de rendre malade et de tuer presque tous les hommes de l'ombre qui se sont aventurés du côté des mortels.

Un autre des Très Hauts prit la parole.

— Tu as déjà parlé de cette maladie. Tu as dit qu'il y avait des mortels qui étaient en train d'en inventer une.

— Apparemment, Tempest a manipulé ces mortels et s'est assurée que cela leur reviendrait en pleine figure, dis-je. Mais elle m'a dit clairement que les ombres mourraient aussi, et elle se moque de savoir combien d'entre elles mourront. J'imagine que si elle peut trouver un moyen de répandre la maladie jusqu'à votre porte, elle fera de son mieux pour que cela arrive. Elle est un peu rancunière depuis l'incident où elle a failli se faire massacrer par un ailé.

Le gobelin à la bouche bée eut un frisson. Il aurait vraiment dû s'inquiéter davantage pour lui-même. Je me doutais bien que sa constitution n'était pas en mesure de résister à la maladie fabriquée par Tempest.

Les grandioses goliaths marmonnèrent encore entre eux. J'eus du mal à faire la part des choses entre les offenser en suggérant qu'ils étaient vulnérables et insister autant que possible sur la menace que représentait Tempest. Ils avaient l'air de prendre mon rapport au moins un peu au sérieux.

— Tu as beaucoup communiqué avec la sphinge, dit finalement l'un d'eux. Nous supposons que tu nous transmets ces informations en ayant une idée de la manière de l'abattre.

Pour une fois, ils avaient joué le jeu. Je souris du mieux que je pus dans mon état brumeux et j'inclinai la tête.

— Bien sûr. Ce serait un honneur non seulement de vous présenter le problème, mais aussi de le résoudre pour vous. Je pense cependant que combattre un être d'une telle expérience et d'une telle puissance va bien au-delà d'une simple promenade de santé. J'ai pensé que vous voudriez peut-être ajuster vos ordres pour en tenir compte.

— De quelle manière ?

Ils allaient m'obliger à l'épeler, c'était ça ? Typique.

— Vos instructions initiales étaient que je vous informe de l'endroit où se trouvait Ruby – mais cette Ruby n'a pas causé d'ennuis notables à la connaissance de quiconque depuis des décennies. Tempest, en revanche, est à quelques jours de déclencher la pire catastrophe que l'humanité de l'ombre ait jamais provoquée dans les royaumes. Si vous préférez que je la poursuive, je prendrai volontiers la responsabilité de...

Un rire tonitruant me coupa la parole – et se répercuta jusqu'à mes os, transformant en eau ce qui me restait d'entrailles. Qu'est-ce que ma proposition pouvait bien avoir de drôle ? La question se posa avec une irritation lancinante, mais en même temps j'hésitai à la poser.

Je n'en avais pas besoin. Le même être qui avait ri tourna vers moi une vague d'attention encore plus épaisse et sombre qu'auparavant.

— Bien sûr que tu serais heureux de le faire. C'est ton plan depuis le début, n'est-ce pas ? Tu as dû inventer la résurrection du sphinx pour que nous prenions ta croisade au sérieux. Pensais-tu vraiment que nous n'allions pas voir clair dans cette supercherie ?

Eh bien, je ne l'aurais probablement pas fait s'il s'était agi d'une véritable tromperie. Maintenant qu'il l'avait formulé ainsi, il était difficile de ne pas voir qu'il s'agissait d'une ruse de ma part pour quelqu'un qui n'avait pas été confronté à Tempest ces derniers jours.

— Non, dis-je en m'efforçant de laisser transparaître le moins d'irritation possible dans ma voix. C'est bien pourquoi je n'aurais pas tenté de la tromper. Elle est vraiment vivante et tire les ficelles de la Compagnie de la Lumière. Je serais heureux d'emmener quelques-uns de vos serviteurs la rencontrer pour qu'ils confirment, même si je ne peux pas vous promettre qu'elle ne les mâchera pas et ne les recrachera pas dans un état bien pire que celui dans lequel ils se trouvaient à leur arrivée.

— Je ne vois pas pourquoi cela serait nécessaire, déclara un autre des Très Hauts. Tes intentions sont suffisamment transparentes. Tu vas recommencer à suivre les directives initiales, et tu retourneras dans le royaume des mortels pour les mettre en œuvre dès maintenant. Nous avons assez attendu.

Ils avaient peut-être attendu des décennies pour trouver « Ruby », mais ils ne m'avaient demandé de reprendre les recherches que depuis quelques semaines. Je supposai que je n'avais pas profité de leur patience.

Et je n'étais pas du genre à reculer sans combattre.

— Si rien n'est fait pour arrêter Tempest, il n'y aura peut-être plus rien dans les royaumes qui vaille la peine d'être sauvé, de ce que vous pensez que cette Ruby va anéantir. Voulez-vous vraiment me laisser dans la position de pouvoir dire que je vous avais prévenus ?

Le murmure qui passa entre eux semblait troublé, mais pas assez inquiet.

— Si la sphinge représente vraiment une telle menace, alors occupe-toi d'elle comme tu l'entends. Nous n'en avons vu aucune preuve.

Ils n'avaient pas non plus vu de preuve que Sorsha était une menace, à part ce qu'ils avaient inventé dans leur tête à propos des hybrides entre humains et ombres. Mais je me gardai bien de leur faire remarquer. Ce ne serait pas bon pour elle ni pour moi, de paraître trop investi à sa cause.

Ces maudits géants gonflés à bloc ! Qu'est-ce que je pouvais bien dire qui passerait au travers de leurs crânes incroyablement épais ?

Le gobelin minaudeur se précipitait déjà à mes côtés.

— Je peux éloigner le chien de l'enfer de vous pour qu'il ne vous dérange plus, votre grandeur, dit-il.

— Recule ! répliquai-je, bien moins inquiet de ce qu'il pensait de moi, et j'avançai un peu plus près des Très Hauts. Voulez-vous être connus comme ceux qui ont empêché une catastrophe de grande ampleur ou comme ceux qui l'ont laissée se produire ? Je vous donne la chance d'être les premiers. Et croyez-moi, si Tempest déverse toute sa rage sur le reste d'entre nous, je ne resterai pas silencieux sur votre complaisance.

C'était une menace en soi, et un pari que je faillis regretter. Une vague de fureur glaciale me frappa, me projetant en arrière comme un raz-de-marée, tête par-dessus pieds. Je me secouai, retrouvant mes repères et confirmant que j'avais gardé la possession de tous mes membres, et les imbéciles fanfarons me bousculèrent à nouveau. L'impression d'un collier d'étranglement autour de ma gorge me serra douloureusement.

Plusieurs de leurs voix résonnèrent en écho.

— Va-t'en, chien de l'enfer, et nous n'entendrons plus parler de cette chose ridicule.

J'aurais pu dire une chose ou deux sur qui était ridicule ici, mais je ne sauverais personne si je finissais en petits morceaux éparpillés dans tout le royaume des ombres. Je répondis en serrant les dents.

— Comme vous l'ordonnez, ô Très Hauts.

Je partis avec une seule chose que je ne possédais pas avant cette visite : la certitude que dans cette guerre, quoi qu'il en résulte, mes compagnons et moi étions totalement seuls.

SEIZE

Sorsha

— Bon, ce n'est pas vraiment une surprise, n'est-ce pas ? dis-je quand Omen eut fini de nous raconter sa conversation avec les Très Hauts. Nous savions déjà qu'ils étaient odieux et obsédés par moi.

— Oui, c'était idiot de ma part d'avoir pensé qu'ils auraient pu être concernés par des nouvelles sur la réémergence d'une créature qu'ils avaient déjà jugée tellement dangereuse qu'ils l'avaient mise à mort il y a des siècles. Omen roula des yeux vers le plafond de la Toutemobile, mais malgré le sarcasme dans son ton, je voyais bien à quel point il était agacé par les antiques créatures de l'ombre qui le tenaient sous leur emprise.

— Nous avons déjà affronté la Compagnie de la Lumière sans l'aide des Très Hauts, dit Snap en me caressant les cheveux, assis à côté de moi sur le canapé-lit. Ils n'ont pas l'air de savoir grand-chose de toute façon.

De son côté, Ruse fit un geste vaguement obscène dans la direction des seigneurs de l'ombre.

— Difficile pour eux d'avoir conscience d'un royaume dans lequel ils n'ont jamais pris la peine de s'aventurer.

— C'est vrai.

Tandis que Pickle se pelotonnait sur mes genoux, je lui grattai prudemment le ventre, faisant de mon mieux pour donner l'impression d'être tout à fait d'accord avec tout cela. L'idée que ces êtres dominateurs ignorent les avertissements tout à fait valables d'Omen – qu'ils me considèrent comme une menace bien plus urgente qu'une malade génocidaire vieille de plusieurs siècles et déjà responsable d'innombrables morts parmi les humains et les créatures de l'ombre – n'était certainement pas en train d'attiser le feu de la colère en moi à des hauteurs inconfortables. Et si je décidais que ce feu n'existait pas, alors il ne pouvait pas justifier leur insistance à m'exterminer.

Si faire semblant de ne pas voir la réalité fonctionnait pour les Très Hauts, pourquoi cela ne fonctionnerait-il pas pour moi ?

Mais la chaleur que je n'arrivais pas à chasser totalement de ma conscience me hérissait le poil. Je retirai ma main du flanc de Pickle lorsqu'une flamme particulièrement vive me brûla la paume. J'avais déjà brûlé le petit dragon une fois, et il avait fallu des jours pour qu'il me pardonne. Si même lui n'était pas en sécurité avec moi...

Il l'était. J'avais tout ça sous contrôle. Grâce à quelques respirations profondes et une image de l'océan que j'invoquai dans ma tête, les flammes se retirèrent.

— Personne n'a encore eu de nouvelles de Thorn ? demandai-je.

Omen secoua la tête.

— Je n'ai pas encore réussi à convaincre notre compagnon ailé des merveilles des téléphones portables. Il a dit qu'il devrait peut-être donner un coup de main à ses anciens camarades avant qu'ils n'acceptent de nous aider. Je suppose que nous verrons si le jeu en valait la chandelle lorsqu'ils se présenteront.

Il ne pouvait dissimuler son scepticisme, mais il était difficile de le contrarier alors que j'étais moi-même assez sceptique. Le guerrier pouvait encaisser des coups physiques sans sourciller, mais à en juger par la tête qu'il avait faite après sa première discussion avec ces deux ailés persistant, ils avaient malmené quelque chose dans son esprit. Il s'était senti si coupable de ne pas avoir assisté à la bataille finale, de ne pas y être mort... Jusqu'à quel point allaient-ils ébranler sa foi en lui-même cette fois-ci ?

— Une fois qu'il sera de retour, nous pourrions poursuivre une piste que mon hacker à Paris a trouvé utile, dit Ruse. Il a trouvé un modèle intéressant de...

Coupant la parole à l'incube, une houle de trombones triomphants retentit dans le camping-car, accompagnée d'un flash multicolore des plafonniers. Alors que les panneaux électriques clignotaient du rose à l'orange et au vert, comme si nous étions dans une boîte de nuit très étroite, ils attirèrent l'attention sur trois silhouettes qui venaient d'apparaître près de la porte d'entrée.

Antic se mit à sautiller en riant de l'accueil inattendu qui lui avait été réservé. Derrière elle, Gisèle et Bow regardaient autour d'eux, la délicate métamorphe licorne et le centaure costaud semblant tout aussi déconcertés.

Oh, oh. Malgré l'usage que nous faisions de la Toutemobile, elle appartenait en fait aux deux équidés, qui nous l'avaient généreusement prêtée pour poursuivre notre quête. Lorsqu'ils nous l'avaient prêtée, elle n'avait pas fait jaillir des instruments bizarres de son toit et n'avait pas produit de la musique à des moments aléatoires. Il semblait que le véhicule était heureux de les retrouver, mais je n'étais pas sûre que la manifestation de cette joie leur plaise.

Omen passa devant eux pour s'attaquer aux boutons du tableau de bord, avec une grimace plus prononcée lorsqu'il vit l'endroit fracassé où Thorn avait « désactivé » la radio peu de temps auparavant. Gisèle le suivit du regard, ses cheveux striés d'arc-en-ciel se balançant sur son épaule.

— Qu'avez-vous fait à la Toutemobile ? dit-elle, sa voix mélodieuse s'élevant au-dessus de la cacophonie. Je pensais que vous alliez l'emmener en voyage, pas la rénover.

Omen réussit à faire taire les trompettes, mais les lumières continuaient à clignoter comme des stroboscopes au-dessus de nous. Le chien de l'enfer avait exprimé beaucoup de dédain pour les équidés lorsqu'ils nous avaient rejoints pour la première fois, mais depuis, ils s'étaient révélés des combattants compétents et des alliés généreux. Ils méritaient bien une crispation coupable de son visage alors qu'il cherchait une explication.

Je réussis à réprimer un sourire en le voyant remis à sa place par des créatures de l'ombre dont il s'était autrefois moqué, mais je ne pus m'empêcher de lui lancer une remarque de mon cru.

— Ouais, Omen, pourquoi tu ne leur racontes pas tout sur ce que tu as fait subir à *Darlene* ?

Bow passa une main dans son épaisse crinière de cheveux châtains, regardant toujours avec perplexité son ancienne maison du côté des mortels.

— Qui est Darlene ?

Omen me jeta un regard noir. Il avait bien fait de nommer des choses qui ne lui appartenaient pas. Je me blottis contre Snap pour regarder le métamorphe chien de l'enfer redresser sa posture.

— Ne t'occupe pas de ça. Il agita la main vers l'intérieur du camping-car. Nous ne l'avons pas fait exprès. Nous avions du mal à lui faire traverser l'océan, et... elle n'a pas traversé les failles de la même façon que lorsqu'elle y est entrée.

— Je pense que le mot que tu cherches est « désolé », ajouta Ruse.

Omen lui jeta également un regard noir, mais une pointe de pudeur se glissa dans son expression, ce qui paraissait étrange, mais inexplicablement adorable sur le visage du puissant métamorphe. Il se retourna vers les équidés.

— Mes excuses. Je ne savais pas quel effet le royaume des ombres pouvait avoir sur votre véhicule. Il est un peu plus... unique qu'avant, mais je peux au moins dire qu'il semble fonctionner aussi bien.

— Je suppose que c'est le plus important. Gisèle leva les yeux vers les lumières, qui avaient finalement retrouvé leur éclat blanc habituel. Peut-être que certains changements sont même une amélioration. Je pourrais m'imprégner de l'ambiance de la boîte de nuit.

À cet instant, son partenaire lui saisit la main et la fit tourner sur elle-même. La métamorphe licorne gloussa en virevoltant, et la tension dans ma poitrine se relâcha. J'avais oublié l'ambiance que ces deux-là mettaient avec leur présence décontractée – et il y avait un soulagement à voir Gisèle complètement rétablie des blessures que les soldats de la Compagnie lui avaient infligées. On n'aurait jamais cru que la dernière fois qu'on l'avait vue, plusieurs semaines auparavant, elle ne pouvait pas se lever sans l'aide de Bow.

— Comment as-tu réussi à retrouver ces deux-là ? demandai-je à Antic. Le diablotin n'avait jamais rencontré les équidés, ayant rejoint notre joyeuse bande après qu'ils furent retournés dans le royaume des ombres pour accélérer la guérison de Gisèle.

Antic se leva d'un bond pour s'asseoir sur le bord de la table et me sourit par-dessus son épaule.

— C'était facile. Je suis allée rebondir un peu partout comme une balle de ping-pong, j'ai parlé de la cause et ils se sont mis à me suivre. Je me suis dit qu'il n'y avait pas de meilleurs alliés à ramener que ceux que tu connaissais déjà.

Bow ouvrit l'un des placards.

— Nous avons encore notre herbe et notre *herbe* ! Je me demande ce que le voyage dans le royaume des ombres a fait à ces choses.

Omen se racla la gorge.

— Ce n'est peut-être pas le meilleur moment pour le savoir.

— Il y a des fraises fraîches dans le frigo, proposa généreusement Snap. Elles sont très bonnes.

Bow alla chercher les friandises et, un instant plus tard, nous étions tous en train d'engloutir des baies acidulées – sauf Omen, qui regardait tout ce qui se passait, la bouche tordue. Le centaure leva le pouce à Snap tout en mâchant.

— Excellent choix. Qu'est-ce que la nourriture des mortels m'a manqué, mec.

Un sourire éclatant traversa le visage du dévoreur. Il enfourna une autre fraise et regarda avidement les équidés raconter à Antic l'une de leurs premières batailles contre les soldats de la Compagnie, avec des reconstitutions physiques des moments clés. Snap me jeta un coup d'œil, puis regarda Ruse.

— C'est bien qu'ils soient de retour, hein ?

— Le diablotin s'est bien débrouillé, dit Ruse avec amusement, et il donna un coup de coude à l'épaule de Snap. C'est bon de te voir aussi joyeux, mon ami. N'avons-nous pas été assez amusants ces derniers temps pour maintenir ton humeur aussi joyeuse que d'habitude ?

Snap le regarda avec une pointe d'amertume.

— Je ne m'attendais pas à ce que cette mission soit « amusante ». Est-ce que j'ai fait quelque chose qui t'a dérangé ?

— Non, non, pas du tout. Je me souviens juste du bon vieux temps où il me suffisait de faire des bulles dans l'évier pour obtenir ce genre de sourire de ta part.

Le dévoreur rayonna.

— J'aime toujours les bulles. Tu as juste arrêté d'en faire.

L'incube gloussa et serra à nouveau l'épaule de son camarade.

— D'accord, c'est quelque chose à ajouter à ma liste de tâches.

C'était effectivement bon de revoir Snap plus ensoleillé – et de voir Ruse l'apprécier aussi. L'incube s'était peut-être inquiété de sa capacité à s'impliquer par rapport aux autres, mais il s'était toujours senti comme un élément essentiel de ce groupe. Peut-être était-il en train de retrouver ce sentiment d'appartenance après son moment de doute.

J'appréciai la camaraderie qui régnait à mes côtés

pendant quelques secondes encore avant que les équidés ne ramènent la conversation sur notre situation actuelle.

— Nous aurions bien emmené Cori aussi, dit Gisèle, mais après tout ce temps passé dans sa cage, il hésitait à faire un autre voyage du côté des mortels. Dès que nous nous serons débarrassés de la Compagnie, nous lui dirons que la voie est libre.

Omen quitta l'endroit où il s'était appuyé contre le mur.

— Cela risque d'être plus difficile qu'un simple nettoyage. Nous avons découvert des informations malheureuses sur les puissances qui se cachent derrière la Compagnie.

Les sourcils de la métamorphe licorne s'élevèrent.

— De quelle manière ?

Je voyais bien qu'Omen était réticent à aborder ce sujet, mais ce n'était pas comme si nous pouvions amener nos alliés de retour à bord sans leur donner une image complète. Il inspira bruyamment.

— Il y a une de mes anciennes associées, une créature de l'ombre d'une grande force, qui tire les ficelles dans les coulisses. Nous avons failli les battre, mais elle est intervenue pour les défendre. Il semble qu'elle se soucie peu des ombres qui sont blessées en cours de route.

La fureur qui était montée en moi lorsqu'il avait parlé du mépris des Très Hauts se réveilla à nouveau. Alors qu'il poursuivait son récit de tout ce que nous avions entendu et vécu avec Tempest, les flammes dansaient plus fort malgré tous mes efforts.

Une sensation de brûlure se répandit dans le bas de mon dos. Était-ce une odeur de cuir brûlé ?

Je ne pouvais pas laisser la sphinge prendre le dessus

sur moi, surtout quand elle n'était même pas dans les parages. Je serrai les dents, mais à chaque fois que je parvenais à calmer mon feu intérieur, Omen mentionnait un autre détail qui le relançait violemment.

Il n'avait rien dit de mes difficultés avec mes pouvoirs ni de ce que j'étais pour les équidés. Je suppose qu'il allait garder les aspects les plus accablants sous silence, comme il l'avait fait avec Antic et Flint. Je préférais ne pas faire une démonstration éclatante de mon habitude de m'enflammer. Ce n'était pas comme si j'avais besoin d'entendre ce résumé de toute façon, étant donné que j'avais été là la plupart du temps.

J'embrassai Snap sur la joue pour qu'il ne s'inquiète pas et je me levai. La chambre que j'avais revendiquée comme la mienne me semblait être l'endroit le plus sûr pour l'instant. Si je quittais complètement le camping-car, cela soulèverait inévitablement des questions.

Je brûlerais peut-être un peu les couvertures en m'étalant sur le lit, mais sans la voix d'Omen et le nom de Tempest dans mes oreilles, la chaleur qui m'habitait commença à diminuer. Ce n'était guère plus que des braises incandescentes lorsqu'on frappa à la porte.

La voix de Ruse se fit entendre, légèrement cajoleuse.

— Mlle Blaze ?

Je pesai le pour et le contre et je décidai que ce serait mieux de l'inviter à entrer plutôt que le repousser. Malgré ses airs insouciants, l'incube avait prouvé qu'il pouvait aussi s'inquiéter, si on lui en donnait l'occasion.

— Qu'est-ce qu'il y a ? demandai-je en me mettant en position assise.

Il se glissa dans l'ombre sans autre forme de procès, comme je m'y attendais. Les hommes de l'ombre et leur conception très laxiste de la vie privée... Snap n'aurait même pas frappé.

Lorsqu'il me vit sur le lit, les mains vides, Ruse stoppa net.

— Tu te reposais ? Je ne voulais pas te réveiller. J'ai eu l'impression que tu étais partie parce que quelque chose t'avait contrariée. Pas parce que j'ai regardé dans tes pensées, ajouta-t-il rapidement, avec un sourire en coin. J'ai appris à te connaître de bien d'autres façons.

Je dus sourire à mon tour à cette remarque. Un élan d'affection envahit ma poitrine, étouffant les dernières flammes qui me piquaient. L'incube prenait très au sérieux certaines demandes concernant mon intimité, sachant à quel point elles étaient importantes pour moi, même si je lui avais déjà donné la permission de lire mon état mental une fois.

Il avait tellement voulu être là pour moi, pour me protéger. Je ne savais pas s'il était possible pour mes amants de l'ombre d'être vraiment là pour moi, mais peut-être que je devais lui donner la chance de le faire.

Je lui fis signe de s'asseoir à côté de moi.

— Je ne suis pas fâchée. Bon, d'accord, Tempest dans son ensemble est plutôt agaçante. Mais je suis tout à fait d'accord pour ressentir ça à son égard. C'est juste que quand je pense à ce qu'elle fait, à toutes les horreurs qu'elle a causées et qu'elle veut encore causer, mes pouvoirs s'enflamment.

Ruse écarta quelques mèches de cheveux sur ma joue, offrant tant de tendresse dans ce simple geste.

— J'aurais pensé que c'était une bonne chose. Il y aura plein de flammes à faire pleuvoir sur elle le moment venu.

— Oui, mais ce n'est pas le moment, et...

Quelque chose en moi m'empêcha d'admettre le reste.

Doux sycomores simplistes, depuis quand étais-je devenue lâche ? Je me forçai à dire :

— Les Très Hauts pensent que je pourrais détruire encore plus de choses que Tempest. Je sais qu'Omen a décidé que cela n'arriverait pas – je sais qu'aucun d'entre vous ne veut croire que je puisse en être capable – mais quand tout ce feu monte en moi, parfois je ne suis pas sûre qu'ils aient tort. Je n'ai pas le contrôle, pas complètement.

— Hmm. Je ferais bien un commentaire sur le fait que j'apprécie que tu te lâches, mais je ne pense pas que ce soit ce que tu cherches à entendre.

Je donnai un coup de coude à Ruse, qui s'esclaffa. Puis il passa son bras autour de ma taille et m'attira à lui, baissant la tête pour que ses lèvres effleurent ma tempe pendant qu'il parlait.

— Tu as accompli beaucoup de choses impossibles ces derniers mois, Mlle Blaze. Tu as fait naître l'amour chez un incube, le désir chez un dévoreur, la douceur chez un guerrier ailé et la miséricorde – ainsi que d'autres choses, c'est de plus en plus clair – chez un chien de l'enfer. Prouver qu'une sphinge et quelques Très Hauts guindés ont tort sera le moindre de tes accomplissements lorsque tu auras terminé.

Il parla avec tant d'assurance et d'affection que je le crus presque. Suffisamment pour que, même s'il n'avait pas fait fondre mes doutes, je puisse les écarter suffisamment pour taquiner ses cheveux de ma main.

— Soudain, je pense à plusieurs choses que j'aimerais accomplir tout de suite.

Comme pour ponctuer cette déclaration, un panneau s'ouvrit au plafond au-dessus de nous, et un oiseau en plastique monté sur un ressort en sortit.

— Coucou ! dit-il joyeusement, comme une horloge démente. Coucou !

Pauvre Darlene. Ruse et moi échangeâmes un regard et nous éclatâmes de rire. Le moral bizarrement gonflé à bloc, je l'entraînai avec moi sur le lit et je pris sa bouche.

J'espérais qu'en absorbant toute sa foi en moi, je pourrais faire mienne cette certitude.

DIX-SEPT

Sorsha

Ruse ne m'avait donné que quelques baisers, incroyablement délicieux, lorsque la voix de Bow se fit entendre à travers la porte de la chambre.

— Thorn ! Quel bonheur de te revoir toi aussi.

L'incube laissa échapper un gémissement étouffé, taquinant ma mâchoire et mon cou de ses lèvres avant de relever la tête.

— Je suis encore interrompu. J'attends avec impatience le jour où sphinx et compagnie auront été jetés à la poubelle pour pouvoir profiter de toi à ma guise, mais pour l'instant, je pense que nous ferions mieux d'aller voir ce que ce minable a ramené.

Tout en moi, sauf la chaleur qui s'accumulait entre mes cuisses, était d'accord. Je lui volai un dernier baiser pour faire bonne mesure, puis je marquai une pause.

— Tu sais, si jamais tu as besoin de te nourrir, tout ce que tu as à faire, c'est...

Ruse leva la main pour m'arrêter. Sa bouche prit un angle étrange pendant une seconde avant qu'il ne retrouve son sourire habituel.

— Je n'ai aucun problème à prendre la parole. Crois-moi, tu m'as satisfait, ma belle voleuse.

Mais le ferais-je toujours ? Une sensation étrange me traversa la poitrine, des élancements d'inquiétude et de jalousie s'entrechoquant. Je ravalai cette dernière. Ruse était ce qu'il était, et je l'acceptais. Je ne demanderais pas à cet homme de mourir de faim juste pour satisfaire mes notions humaines de fidélité. Et vraiment, qui étais-je pour me préoccuper de fidélité, alors que j'avais couché avec trois autres hommes ici même, dans ce camping-car ?

— Si jamais je ne le fais pas – je veux dire, si tu as besoin de l'énergie de plus d'une femme pour te rassasier – je comprendrai. Le genre cubi doit incuber et tout ça.

Peut-être que je n'avais pas assez repoussé cette jalousie. Malgré ma tentative de nonchalance, les yeux tendres de Ruse s'adoucirent lorsqu'il me prit dans ses bras. Il fit glisser ses doigts sur ma joue et m'embrassa si passionnément que j'en eus le souffle coupé.

— J'apprécie l'intention, murmura-t-il ensuite contre mes lèvres. Mais tu n'as pas à t'inquiéter de ça.

Parce que je lui suffisais vraiment ou parce qu'il serait suffisamment discret pour que je ne le sache jamais ? Je supposais que cela ne faisait pas de différence dans les deux cas.

— Bien, dis-je, et j'entrecroisai mes doigts avec les siens avant de sortir dans la pièce principale de la Toutemobile.

Je m'attendais à voir nos deux robustes ailés se profiler dans le couloir, mais ce n'était que la masse considérable de Thorn qui remplissait l'espace, sans aucun signe de Flint. Alors que l'expression de Thorn était souvent assez sinistre pour faire fuir les créatures inférieures, ses traits ciselés reflétaient maintenant des nuances de douleur et de honte. Mon estomac se tordit à cette vue.

— … j'ai décidé de rester avec eux et de continuer les recherches, disait-il à Omen. Mais ma première responsabilité est envers toi – je ne serais pas du côté des mortels sans ta mission.

Un crépitement de flammes me traversa. Je réussis à le contenir en marchant vers lui, mais je ne pus empêcher la brûlure d'être présente dans mon ton.

— Ces connards d'ailés ont essayé de te faire croire que tu leur devais davantage ?

La tête de Thorn s'affaissa comme je ne l'avais vu qu'une fois auparavant – après que nous avons sorti Omen de la prison de la Compagnie, quand le métamorphe lui avait reproché de ne pas avoir orchestré l'évasion plus tôt. *Oh, mon très cher guerrier.* Les têtes arrachées, c'était plus son style que le mien, mais à ce moment-là, je n'aurais pas été contre l'idée d'envoyer quelques crânes ailés dans la stratosphère. J'aimais sa loyauté et son sens de l'honneur, mais parfois ils ne lui servaient pas à grand-chose.

— La dépouille d'un de mes plus proches camarades a été volée par une meute de griffons. J'ai tenté de la retrouver à la demande de mes frères. J'ai rencontré plusieurs griffons et je me suis battu, mais je n'ai pas pu découvrir l'objet que je cherchais parmi eux. Il est toujours à la dérive.

Nul doute qu'il avait de nouvelles cicatrices à ajouter à celles qui marbraient son visage et son corps depuis cette bataille. Mes mains se crispèrent.

— Ils devraient être reconnaissants de ce que tu as fait

pour eux. En quoi est-ce ta faute s'ils n'ont pas assez bien pris soin des cendres ou je ne sais quoi de ce mec ? Pourquoi ne vont-ils pas se battre contre une horde de griffons si ça compte tant pour eux ?

La voix de Thorn se fit encore plus tendue.

— Comme je l'ai déjà dit, les guerres d'il y a longtemps ont causé des dommages permanents à leurs formes.

Omen laissa échapper un grognement dédaigneux.

— Cela ne leur donne pas carte blanche pour s'approprier le seul ailé que j'aime. J'espère que tu leur as dit d'aller se faire voir.

L'air crispé de Thorn m'indiqua qu'il n'avait pas exprimé son refus en des termes aussi flagrants.

— Je les ai informés que mon devoir m'obligeait à revenir te voir pour discuter de la situation.

Et puis éventuellement, partir pour retourner les voir ? L'émotion qui me traversa à cette idée n'était pas seulement de la colère, mais aussi un refus catégorique. Je ne voulais pas me lancer dans les batailles qui nous attendaient sans notre guerrier à mes côtés.

— Si ces ânes pompeux pensent qu'ils ont des droits... commença le métamorphe, se préparant manifestement à une diatribe à grand renfort de grognements de meute, mais son ton avait déjà rendu Thorn encore plus rigide. Dénoncer le peuple de Thorn ne le rassurerait pas, il aurait l'impression de le trahir encore plus s'il restait.

Je m'approchai de l'ailé, écartant Omen d'un coup de coude pour interrompre son discours avant qu'il ne puisse en dire plus.

— Tu viens te promener avec moi ? dis-je à Thorn. Je pense que tu as entendu assez de gens te dire quoi faire aujourd'hui. J'aimerais savoir ce que tu penses.

Omen marmonna quelque chose de désobligeant entre ses dents, mais ne protesta pas franchement. Thorn hésita, puis me fit un petit sourire tendu, mais au moins réel.

— Cela m'aiderait peut-être à mettre de l'ordre dans mes idées, Milady. Je serais heureux d'avoir ton écoute.

Je le suivis hors de la Toutemobile. Nous traversâmes une partie du parc envahi par les mauvaises herbes, où se trouvait une aire de jeux que personne ne pouvait utiliser à cause de l'échelle cassée du toboggan, de la balançoire qui avait basculé sur sa poutre de soutien et du tape-cul qui s'était renversé. La nuit était plus fraîche que les précédentes, les étoiles et la lune étaient cachées par les nuages. Je m'approchai de Thorn pour m'imprégner de la chaleur qui se dégageait de sa robuste carcasse.

— Il se peut que j'aie eu raison de remettre en question nos guerres du passé, dit le guerrier après un long silence. Mais cela ne m'exonère pas de la responsabilité de mes actes. Je suis parti à un moment où d'autres étaient tombés au combat ou avaient connu des destins aussi durs… mes doutes ont fait que je les ai laissés souffrir.

— Ils auraient peut-être connu le même sort même si tu avais été là, fis-je remarquer. Tu ne peux pas savoir à quel point tu aurais fait la différence. Ils étaient tous aussi forts et féroces que tu peux l'être, n'est-ce pas ? Peut-être que les choses se seraient passées exactement de la même manière, sauf que tu ne serais pas là pour te sentir coupable.

— C'est possible. Je ne le nie pas. La brise siffla de façon moqueuse à travers les feuilles d'un arbre voisin, et il fronça les sourcils en la regardant. Je ne peux pas non plus dire à quel point je fais une différence pour la cause d'Omen, n'est-ce pas ? Pourquoi mériterait-il plus mon aide que mes frères d'antan ?

— Ce n'est pas seulement pour lui, n'est-ce pas ? À quoi bon courir après les restes de quelqu'un qui est déjà *mort* ? S'attaquer à Tempest pourrait permettre de sauver des millions de vies de plus que celles perdues à l'époque.

— Mais si je prends le temps de rattraper mes échecs passés, je pourrai peut-être rallier de nouveaux alliés à cette cause.

— D'accord, quand tu le dis comme ça, je vois que ce n'est pas un dilemme facile. Je m'arrêtai dans une clairière entre les arbres épars et jetai un coup d'œil à Thorn. Dans la faible lumière qui provenait des lampadaires éloignés, ses cheveux blond-blanc semblaient plus proches de l'argent, sa peau bronzée plus sombre, ses yeux sombres tout à fait noirs. Un sillon s'était creusé sur son front. Une douleur me serra le cœur en le voyant se débattre avec lui-même.

Il me regarda du haut de toute sa stature.

— J'ai d'autres raisons de vouloir rester, bien sûr. Des raisons bien plus égoïstes.

Lorsqu'il prit ce ton grave et passionné, mon pouls s'emballa malgré l'inquiétude que j'éprouvais pour lui.

— Et je suis aussi très égoïste. Mais je ne voudrais pas que tu restes parce que je t'ai mis des bâtons dans les roues et que tu te sentes ensuite coupable.

— Donc tu ne vas pas argumenter en ta faveur ?

J'inspirai brusquement.

— Je veux que tu sois avec nous. Je veux que tu sois avec *moi*. Mais je me débrouillerai d'une manière ou d'une autre. Ce que j'aimerais vraiment, c'est que tu trouves ce que tu penses être la bonne ligne de conduite pour *toi*. Pas ce qui rendra quelqu'un d'autre heureux. Ce que tu pourras regarder par la suite et qui te permettra de savoir que tu as pris la meilleure décision possible. Je plantai doucement mon doigt au milieu de son torse.

Thorn attrapa ma main et l'entoura de ses doigts. Son contact et l'intensité de son regard firent monter la chaleur sur ma peau.

— Je suppose que je n'ai pas souvent pris en compte ce facteur par le passé. Ce que *je* pense être le mieux. Les ordres que je me donnerais à moi-même, si cela ne tenait qu'à moi.

— Cela dépend de toi, tu sais. Tu es toujours le patron de toi-même en fin de compte, même si je suis sûre qu'Omen – ou ces autres ailés – aimerait que tu penses le contraire.

— Mais comment démêler son sens de la responsabilité envers les autres de son propre jugement ?

— Là, tu entres dans le vif du sujet, le taquinai-je en levant mon autre main pour caresser sa mâchoire carrée. Je vois bien ce qui te différencie de l'ailé moyen. Peut-être qu'entrer en contact avec le côté le plus égoïste de toi-même t'aiderait à comprendre les choses ?

Thorn fit *hmm hmm* comme s'il était d'accord et se pencha pour m'embrasser. La passion de ses lèvres contre les miennes se répercuta dans tout mon corps. J'agrippai le col de sa tunique, me hissant sur la pointe des pieds pour l'embrasser avec tout l'enthousiasme dont j'étais capable en retour.

Il recula d'un centimètre, son haleine m'enveloppant de son parfum musqué.

— Si tu me demandais de rester pour toi, je le ferais, tu sais. Tu as prouvé que tu étais la camarade la plus loyale que je pouvais espérer, et tellement plus que ça aussi... Je ne pense pas que je pourrais me résoudre à te refuser quoi que ce soit, peu importe ce qui est en jeu.

Je déglutis difficilement, la véhémence de ses mots résonnant en moi et réveillant en retour une dévotion.

— Et si tu me disais que tu dois partir pour croire que tu as atteint ton but, je ne te le demanderais pas, même si j'en ai envie. Je préférerais que tu sois en paix ailleurs plutôt que déchiré par la culpabilité juste à côté de moi. Évidemment, si je peux avoir à la fois la paix et la proximité...

Il s'esclaffa et m'embrassa de nouveau. Puis il murmura :

— Je veux te montrer quelque chose, Milady.

Avant que je puisse demander quoi, son corps se métamorphosa contre le mien. Sa poitrine se développa, sa stature se déploya pour atteindre des sommets encore plus imposants. Ses yeux brillaient d'une lueur rougeâtre, comme les braises qui couvent encore dans une cheminée. Ses grandes ailes noires se déployèrent dans son dos, leurs plumes s'agitant dans la brise.

Il captura de nouveau ma bouche, une pointe de fumée sous sa saveur musquée, et en même temps il m'attrapa dans ses bras, une masse solide de muscles noueux sous mes omoplates et l'autre sous mes fesses, pour me soulever contre lui. D'un battement d'ailes majestueux, ses pieds quittèrent également le sol.

Entre le baiser et la sensation de monter en flèche contre son corps, le vertige m'envahit, mais j'étais plus qu'heureuse de l'accepter. Alors que le vent soufflait plus fort sur nous, j'embrassai Thorn avec force, malgré les battements de mon cœur.

Il me souleva encore plus haut contre lui, et mes jambes s'enroulèrent instinctivement autour de sa taille. Un renflement ferme, sans équivoque, appuya contre mon sexe. J'inspirai en tremblant de désir, agrippai les mèches épaisses de ses cheveux et laissai ma langue glisser de ma bouche pour s'emmêler à la sienne.

Nos corps se balançaient l'un contre l'autre à chaque battement d'ailes, créant une friction torturante qui me fit pousser un long soupir. Passant mes bras autour du cou de Thorn, j'osai jeter un coup d'œil vers le bas. Ce que je vis me fit perdre tout l'air de mes poumons.

Sainte mère des météores, nous volions vraiment ! La ville s'étalait au-dessous de moi dans une vaste étendue de lumières scintillantes, certaines parcourant les routes et d'autres s'éteignant alors même que j'observais les gens se coucher pour la nuit.

Qui avait besoin d'étoiles quand on pouvait avoir une telle vision en dessous de soi ?

Ma vie n'avait jamais été aussi littéralement entre les mains de Thorn. Si j'avais échappé à son emprise, aucun jet de puissance ardente n'aurait pu m'empêcher de faire une excellente imitation de la crêpe qui s'écrase sur le sol en contrebas. Mais même si mon pouls s'accélérait tandis que je contemplais la scène que nous survolions, pas un soupçon d'adrénaline n'était dans la panique. J'avais bien plus confiance en la force du guerrier qu'en mon *hocus pocus*.

— C'est spectaculaire. Je reposai les yeux sur mon amant, sur son visage d'ailé ardent qui m'émerveillait encore plus que les paysages sous nos pieds, et ma gorge se serra.

Je ne voulais pas qu'il nous quitte, même s'il en ressentait le besoin, maintenant ou jamais. Ce monstre brutal et valeureux ne ressemblait à aucune personne que j'avais rencontrée ou que je rencontrerais à nouveau. Et malgré la tourmente qu'il traversait, il avait offert ce moment rien que pour moi.

Je touchai son visage, traçai ses lèvres de mon pouce avant de croiser à nouveau son regard. Je n'essayais pas d'influencer son choix, mais il méritait de savoir exactement entre quoi et quoi il choisissait, n'est-ce pas ?

— Je t'aime, lui dis-je.

Les mots sortirent si doucement que j'eus peur qu'ils se perdent dans le vent. Mais l'éclat de la lueur dans les yeux de Thorn ne laissait aucun doute sur le fait qu'il les avait entendus. Même avec l'écho étrange qui surgit dans sa voix, sa réponse fut chargée d'émotion.

— Et moi, toi, Sorsha.

Il m'embrassa si fort que ma tête tourna – ou peut-être était-ce parce que nous tournions vraiment avec un autre battement d'ailes, spiralant encore plus haut dans le ciel. Une bouffée d'air frais me lécha le cou, mais elle ne fit que créer un contraste parfait avec la chaleur qui régnait entre nous.

Les lèvres de Thorn passaient de ma bouche à ma mâchoire et descendaient le long de mon cou, provoquant du plaisir partout où elles se posaient. Sa voix résonnante faisait frémir ma peau.

— Tu ne me détesterais pas si je partais ?

Je secouai la tête contre lui, absorbant tout ce que je pouvais de l'être qui me tenait.

— Le fait que tu ne laisses pas l'amour t'empêcher d'assumer tes responsabilités fait partie de ce qui te caractérise. C'est un honneur pour moi de compter autant pour toi que de jouer un rôle.

Il émit un grondement du fond de sa gorge et réussit à manœuvrer sa main pour caresser mon sein. Le plaisir fit frémir ma poitrine avec le pivotement de sa paume sur mon mamelon.

— Comment mon absence pourrait-elle ne pas te blesser ? C'est déjà assez difficile pour moi d'y penser.

— Ça me ferait mal, mais ce n'est pas grave. Je repensai à ce moment, dans la grotte d'Omen, où je m'étais interposée entre Thorn et lui et où j'avais risqué ma vie pour les sauver tous les deux. Parfois, ça fait mal de faire ce qu'il faut. C'est juste que ne pas le faire ferait encore plus mal. Et quoi que tu fasses, je sais que c'est une mesure de ce dont tu as besoin pour être l'homme que tu crois devoir être, et non pas à quel point tu tiens à moi. Tu as déjà prouvé tout ce que tu devais à ce sujet.

Je déposai un baiser sur le bord de sa mâchoire avec un petit sourire et je chantai :

— Parce que j'ai eu l'ascension de ma vie, non, je n'aurais jamais fondu de cette façon et plus encore.[1]

Thorn laissa échapper un soupir qui semblait plus amusé qu'autre chose.

— Toi et tes chansons ridicules, gronda-t-il, puis il m'embrassa de nouveau, m'attirant en même temps contre son corps musclé. Son érection épaisse se frottait contre moi à travers les couches de nos vêtements, et ce fut un miracle que je ne me consume spontanément à cause de ça.

Si je devais un jour disparaître dans les flammes, ce serait la meilleure façon de le faire.

Un gémissement de désir s'échappa de mes lèvres et mon guerrier sut comment y répondre. Sans hésiter, il arracha mon jean dans un râle de tissu déchiré. Je passai une main entre nous pour défaire à tâtons le laçage de son pantalon. Au diable l'air frais de la nuit contre mon cul soudain dénudé ou toute préoccupation quant à l'endroit où nous trouverions un nouveau pantalon pour éviter une marche de la honte très révélatrice à l'intérieur du camping-car – je voulais que mon amant soit en moi, et me remplisse de toute la puissance que son corps pouvait m'offrir.

Thorn nous fit à nouveau tournoyer dans les airs et me plaça au-dessus de lui avec une incroyable stabilité qui contrastait avec la tempête d'envie dans ses yeux. Lorsque je me couchai sur lui, nous gémîmes ensemble.

Son membre était encore plus énorme sous sa forme d'ombre, mais la brûlure qu'il provoquait en m'étirant me faisait un bien fou, comme s'il était à la fois en train de me séparer en deux et la seule force de l'univers qui me maintenait en place. Chaque particule en moi frémissait d'envie d'en avoir plus.

Nos bouches s'écrasèrent l'une contre l'autre, notre faim réciproque ne laissant plus de place à la tendresse. Je me balançais contre le guerrier, lentement lorsque mon sexe s'adaptait à sa taille, puis plus rapidement lorsque je pouvais en supporter davantage.

Chaque poussée et friction provoquait une bouffée de plaisir dans tout mon corps, ainsi que des bruits plus sauvages que je ne l'aurais cru. Thorn m'agrippa les fesses et l'arrière de la tête, se déplaçant avec moi, sa force rayonnant à travers chaque facette de notre union.

Il plongea en moi encore plus profondément, et un gémissement jaillit de ma bouche contre la sienne. Ses ailes nous propulsèrent plus haut. Je n'avais jamais rien ressenti de tel, me précipitant vers l'orgasme à l'intérieur tandis que mon corps s'élançait vers le haut à l'unisson.

Le picotement de l'extase me traversa, de l'entrejambe jusqu'au bout des doigts et des orteils, encore plus aigu et plus fort. D'un dernier coup de reins, Thorn explosa en moi avec une telle force que tout ce que je pus faire fut de m'accrocher à lui et trembler.

Il jouit à son tour, dans un mugissement retentissant

qui m'enveloppa de sa passion. Ses bras se resserrèrent, comme s'il n'avait jamais voulu me laisser partir. C'est à ce moment-là que je me fondis en lui, volant haut et pourtant parfaitement ancrée à cet homme monstrueux qui était encore le mien pour au moins un moment.

---

1. Paroles déformées de « (I've had) the time of my life».

DIX-HUIT

Sorsha

— **S**ouvlaki et moussaka, nous voilà ! annonça Ruse alors que nous quittions en trombe le poste-frontière entre l'Albanie et la Grèce. Il avait suffi de quelques mots pour amadouer les gardes-frontières et ils nous firent passer avec de larges sourires.

L'incube se détourna du volant pour adresser un sourire à Snap.

— Attends de voir combien de délices comestibles il y a à découvrir ici.

La langue fourchue du dévoreur passa sur ses lèvres. Il se pencha vers le siège conducteur pour vérifier le tableau de bord.

— Peut-être devrions-nous bientôt nous arrêter pour faire le plein ? Et Sorsha aura besoin de manger d'ici peu. Il croisa mon regard avec une lueur d'espièglerie.

— Oui, tout cela pour le bien de notre mortelle, j'en

suis sûr, plaisanta Ruse, mais je crus encore entendre dans sa voix un soupçon de tension, présent depuis qu'il nous avait informés hier que son charmant hacker avait trouvé une piste prometteuse qui nous menait en Crète. Quelque chose le dérangeait dans cette entreprise.

Les traces d'appels téléphoniques et de mails que le hacker avait extirpées suggéraient qu'il y avait peut-être quelqu'un sur l'île antique qui travaillait en étroite collaboration avec Tempest, mais, quel que soit le problème, il avait manifestement décidé qu'il ne valait pas la peine d'en parler. La prochaine fois que je serai seule avec lui, il faudrait que je le questionne à ce sujet.

Je commençais à comprendre à quel point la possibilité de jeter un coup d'œil dans la tête des gens pouvait être tentante.

— Quinte flush ! déclara Antic en abattant ses cartes sur la table autour de laquelle j'avais accepté de faire quelques parties de poker avec elle et les équidés pour passer le temps. Snap s'était brièvement joint à nous jusqu'à ce que nous ayons décidé d'enchérir avec des centimes plutôt qu'avec des fraises – ce qui était vraiment de sa faute puisqu'il les avait toutes mangées.

C'était peut-être mieux ainsi, car le diablotin s'avérait être une menace. Elle gloussa sous cape en ramassant d'autres pièces de cuivre pour ajouter à son tas déjà considérable, et Bow laissa échapper un grognement de frustration.

Omen sortit de l'ombre dans le couloir et nous jeta un regard mauvais, mais il réussit à ne pas faire une nouvelle remarque sur le fait que nous aurions pu arriver plus vite en Crète s'il m'avait mise dans un avion et avait ensuite fait passer le camping-car par quelques failles. Le tempérament habituellement pétillant de Gisèle ressemblait davantage à l'éclat d'un scalpel aiguisé la dernière fois qu'il en avait parlé.

— Vous ne lui en avez pas déjà fait assez subir ? avait-elle répondu d'un geste de la main en direction de l'évier qui, à ce moment-là, avait craché des gouttes de jus d'ananas et de lait aigre en alternance, et le métamorphe avait eu la sagesse de se taire.

Je dois dire que le jus d'ananas était plutôt agréable. Hé ! Ne me jugez pas ! Le thé glacé chaud qui avait jailli de la pomme de douche pendant quelques heures ce matin ? Pas vraiment.

— Effectivement, nous devrons refaire le plein d'essence avant d'atteindre notre destination, dit Omen à Ruse. Choisis l'arrêt à ta guise.

— Tu me laisses jouer les chefs ? Cela pourrait être dangereux. Ruse fit signe à Snap de se rapprocher. Prends mon téléphone et regardons les options qui s'offrent à nous pour une délicieuse satisfaction.

Omen dut faire un geste de son côté, car Thorn se matérialisa un instant plus tard en inclinant la tête avant de faire son rapport.

— Aucun signe d'activité inquiétante dans la région. Je ne crois pas que nous soyons suivis.

Le guerrier avait décidé de maintenir le cap pour cette étape potentiellement cruciale de notre mission, mais je savais qu'il se sentait toujours mal à l'aise face à la dette que ses compagnons ailés avaient suggéré qu'il avait envers eux. Son regard glissa sur le paysage qui défilait devant la fenêtre, et son visage se figea dans une expression pensive.

Je passai mes cartes à Gisèle pour qu'elle les mélange et je levai les yeux sur Omen.

— Si c'est une sorte de piège que Tempest a mis en

place, elle n'a pas besoin de nous faire suivre par quelqu'un, elle nous attendra là-bas.

Il grimaça.

— Je ne m'étonnerais pas qu'elle utilise plusieurs tactiques pour nous surveiller. Nous l'avons déjà surprise une fois.

— Je sais que Thorn et toi aimez vous inquiéter, répondit Ruse, mais je n'aurais pas suggéré que nous nous embarquions dans ce voyage s'il ressemblait à un piège. Les éléments qui relient la Compagnie à ce type datent pour la plupart de plusieurs mois, voire de plusieurs années. Nous n'avons découvert aucune communication entre eux et lui depuis qu'il a été envoyé en Crète le mois dernier. Tempest ne savait même pas que nous la recherchions à l'époque.

— Je n'aurais pas non plus accepté ta suggestion si j'avais pensé qu'il s'agissait probablement d'un piège, marmonna Omen. Je sais juste que lorsqu'il s'agit de la sphinge, lui donner plus d'attention est une bien meilleure stratégie que pas assez.

Antic rebondit sur le canapé.

— Trop de pessimisme et de morosité ici. On fait une autre partie ou quoi ?

Je me laissai volontiers tenter par une nouvelle partie de cette distraction, même si elle me coûta mes derniers centimes et quelques pièces de six cents. Le diablotin était en train de se féliciter de ses gains lorsque le véhicule récréatif ralentit.

Ruse s'arrêta à une station-service défraîchie avec seulement deux pompes d'aspect vieillot et un café tout aussi délabré à côté. Je n'arrivais pas à lire les lettres de l'enseigne crasseuse au-dessus de la porte. Les fausses colonnes qui couraient de part et d'autre de la façade du bâtiment, conçues pour ressembler à un temple grec, si ces temples avaient été peints avec des bandes rouges et bleues par-dessus le badigeon, s'étaient ternies avec le temps, et pas d'une manière qui leur conférait une grandeur historique.

— Ignorez les apparences, dit l'incube en ouvrant la porte. Cet endroit est censé proposer les meilleurs *dolmades* dans un rayon de 160 km.

Au lieu de saliver, Snap regardait la devanture du restaurant en fronçant légèrement les sourcils. Il s'était arrêté à quelques mètres du camping-car. Lorsque je lui touchai le bras, il secoua la tête comme pour la débarrasser de ses pensées m'adressa un de ses sourires éclatants.

— Devrions-nous chercher à savoir ce que sont ces dolmade S ?

Ruse prit sur lui de faire toutes les commandes, mais je faisais confiance à l'affinité de l'incube pour les plaisirs charnels. Alors que, Snap, lui et moi transportions les sacs bien remplis jusqu'au camping-car, où les équidés se prélassaient au soleil, un homme si maigre qu'il aurait pu passer pour un panneau de signalisation sembla sortir de l'ombre projetée par un vrai panneau et se dirigea vers Omen. Je m'arrêtai net.

— Quel est le but de cette excursion ? demanda l'homme de l'ombre inconnu d'une voix hautaine et nasillarde.

Omen se retint de se hérisser avec un effort visible.

— Mais enfin, qui veut savoir ?

Le maigrichon, quel que soit le genre de créature qu'il soit, croisa les bras sur sa poitrine.

— Les Très Hauts attendent de toi que tu prennes ton engagement envers eux beaucoup plus au sérieux. Tant que Ruby est en liberté, ce n'est pas le moment de prendre des vacances.

Maudites limaces visqueuses, ils suivaient Omen pour le harceler maintenant ? Et pour le harceler spécifiquement à propos de l'être dont il était censé faire un rapport... qui se tenait, euh, juste là, transportant un chargement de dips et de pitas. Mon pouls se mit à battre la chamade.

Le métamorphe roula des yeux avec une expression de souffrance, mais il parvint à me lancer un coup d'œil d'avertissement très rapide. Essayant de ne pas avoir l'air suspicieuse, je me précipitai vers la Toutemobile.

La voix d'Omen me parvenait toujours.

— Il se trouve que je suis venu ici pour suivre une piste très prometteuse. Les Très Hauts ont réussi à conserver une certaine patience pendant combien d'années déjà ? Mais s'ils préfèrent que tu prennes en charge les recherches, c'est possible. Moi, je retournerai à...

— Certainement pas ! dit le laquais d'un ton à la fois horrifié et profondément offensé, comme s'il ne pouvait s'imaginer assumer une responsabilité aussi énorme et qu'il trouvait en même temps humiliant qu'Omen essaie de la lui refiler. Puis la porte se referma, étouffant leur conversation.

Thorn apparut juste assez longtemps pour me rassurer :

— C'est juste celui qui rôde par ici, puis il disparut, sans doute pour s'assurer que c'était toujours le cas. Mon appétit s'était également évanoui.

Ruse posa son sac sur la table, la bouche tordue en un angle bizarre.

— S'ils savaient, murmura-t-il, ils ne viendraient pas juste pour embêter Omen au sujet de sa rapidité.

— Cela ne veut pas dire qu'ils ne pourraient pas le

savoir, dis-je, en gardant la voix tout aussi basse. Je résistai à l'envie de m'approcher de la fenêtre et d'observer le reste de la conversation.

Snap observait Omen et le panneau de signalisation en donnant des coups de langue anxieux. Ses épaules se redressèrent.

— Si cet être essaie de s'en prendre à toi…

— Je suis sûre que tout ira bien, dis-je, avec beaucoup plus de désinvolture que je n'en ressentais en réalité, et je m'effondrai sur le canapé.

Pickle se précipita sur mes genoux. Je passai distraitement mes doigts sur son dos, entre ses ailes. À quel point les sbires des Très Hauts nous surveillaient-ils ? Et s'ils s'arrêtaient juste au moment où je merdais à nouveau avec mes pouvoirs ?

La chaleur grésilla sous mes doigts et le petit dragon glapit.

— Pickle ! criai-je, forçant ma voix à devenir un chuchotement. Pickle, je suis désolée.

Il s'enfuit dans la chambre, les ailes plaquées contre ses flancs. Mon estomac se noua. Le fait de penser aux pires scénarios m'avait pratiquement poussée à en créer un.

— Je vais aller voir si Omen a besoin d'un peu d'aide pour se sortir de cette situation, proposa Ruse, car se lier d'amitié avec des étrangers n'est pas dans ses habitudes. Toi, Mlle Blaze, tu ne bouges pas. Il ne put cacher l'inquiétude dans ses yeux avant de s'éclipser dans l'ombre.

Snap s'assit à côté de moi et examina mes mains. Mes paumes n'étaient devenues que légèrement roses. Il se dépêcha d'aller chercher l'aloès, malgré mes protestations sur le fait que je guérirais probablement dans une heure ou deux de toute façon.

— Je m'occupe de toi de toutes les façons possibles, dit-il en jetant un nouveau coup d'œil vers la fenêtre, d'un air inquiet que je n'aurais pas soupçonné à propos de notre visiteur inattendu. Peu importe ce que je dois faire.

Quelque chose dans cette phrase me donna un indice. Je le fis s'asseoir à côté de moi.

— Je ne pense pas qu'on te demandera de dévorer ce laquais. Peux-tu même utiliser ce pouvoir sur les ombres ? Quoi qu'il en soit, s'il a besoin d'être éliminé, j'imagine qu'entre Omen et Thorn, toutes les parties vitales de son corps seront « éteintes » en cinq secondes environ.

Snap ne réussit qu'à esquisser un sourire à ma plaisanterie. Il soupira et plaça ma tête sous son menton, dans sa pose préférée.

— Je n'ai jamais essayé un être de l'ombre. Mais je le ferais, pour toi. Si c'est pour défendre ma bien-aimée, il n'y a rien de monstrueux à cela.

Je reculai pour le regarder.

— Tu t'inquiètes encore pour ça ? Tu n'as rien fait de mal. Tu es ce que tu es, et tu as utilisé ta nature quand il le fallait.

— Pas seulement. Il laissa échapper un souffle comme un frisson et me serra plus fort dans ses bras. Cet endroit – les couleurs et les colonnes alignées – ressemble un peu à l'endroit où j'ai dévoré pour la première fois.

Ah, cela expliquait bien des choses. Je passai mon bras par-dessus le sien et caressai le dos de sa main, des jointures jusqu'au poignet.

— Cette fois-là, c'était un accident, n'est-ce pas ?

— Est-ce que cela rend les choses moins horribles ou plus horribles ? C'était la première fois que je m'aventurais à travers une faille dans le royaume des mortels, je ne savais pas à quoi m'attendre. Il y avait un homme dans une allée qui criait et cassait des bouteilles. Cela m'a dérangé et troublé. Ça m'a déstabilisé. Je ne savais pas pourquoi il faisait ça, et je voulais qu'il arrête, et avant même de réaliser ce que je faisais, j'étais déjà en train d'avaler son âme. Je ressentais toute l'agonie que je lui faisais subir. J'en voulais plus.

— Et puis tu t'es puni pour cette erreur en te cachant dans le royaume des ombres pendant des siècles pour t'assurer que tu ne recommencerais jamais. Ce n'est pas comme si tu l'avais simplement balayée d'un revers de main.

— Je sais. Mais... Il pencha de nouveau la tête près de la mienne. La sphinge peut faire des choses maléfiques, mais elle est sage sur beaucoup de choses. Elle a dit que nous faisions seulement semblant de ne pas être des monstres, que nous ne pouvions pas ignorer ce que nous étions pour toujours. J'aurais aimé pouvoir le faire. J'aurais aimé ne pas aimer ça. J'aimerais ne plus ressentir la faim de temps en temps. J'aimerais juste être ton bien-aimé et celui qui peut goûter des impressions pour nous aider dans notre mission, et c'est tout. Même si tu peux accepter ce que je suis, je ne sais pas si j'en suis capable.

Était-ce pour cela qu'il était encore plus câlin que d'habitude ces derniers jours ? Je me retournai dans ses bras pour l'embrasser. Il me rendit mon baiser avec une telle tendresse qu'il était impossible d'imaginer cet homme comme une sorte de bête sauvage.

— Je viens de brûler mon dragon cent pour cent innocent parce que je ne maîtrise toujours pas mes pouvoirs, dis-je. Si tu peux me pardonner cela, alors j'espère que tu peux te pardonner à toi-même de ne pas contrôler toutes tes impulsions. Tu te débrouilles beaucoup mieux que moi pour le faire.

Snap laissa échapper un soupir.

— Tu as eu beaucoup moins de temps pour t'y habituer.

— Mais beaucoup plus d'entraînement pour les utiliser. Et je continue à faire des conneries. On fait juste... On fait de notre mieux, pas vrai ? Personne ne passe sa vie à ne jamais vouloir quelque chose qui pourrait blesser quelqu'un d'autre. On décide de ce qui est le plus important, on agit en conséquence du mieux qu'on peut, et cela montre qui on est vraiment. Je l'embrassai à nouveau. Et je pense que tu es sacrément merveilleux.

Il fit *hmm* et me blottit contre lui, son regard se tournant à nouveau vers les fenêtres avec méfiance. Les voix s'étaient tues. J'espérais que cela signifiait qu'Omen avait renvoyé le laquais maigrichon – avec ou sans l'aide de nos compagnons – et que l'andouille ne vérifiait plus que le chien de l'enfer avait tenu ses promesses.

Merde aux Très Hauts pour avoir harcelé Omen alors qu'ils ne voulaient pas l'aider à faire face à la catastrophe qui nous attendait. Et merde à Tempest pour avoir perturbé l'esprit de tous mes amants de l'ombre !

La colère grignotait mes nerfs, mais la chaleur adorable de Snap autour de moi l'empêchait de s'enflammer.

Les équidés montèrent à bord, d'abord d'un air de défi, suivis d'Antic sautillante, puis de Thorn et Ruse, et enfin d'Omen renfrogné, mais plus du tout entravé.

— Il est parti, dit le métamorphe chien de l'enfer avant que je n'aie à le demander. Mais je peux dire qu'ils vont en envoyer d'autres, ces crétins bouffis d'orgueil. Je ne sais pas combien de temps nous aurons d'avance.

Je me forçai à sourire.

— Je vais redoubler d'efforts pour contenir mes tendances à la flambée.

Pendant qu'Omen prenait le volant, l'atmosphère resta calme. Gisèle et Bow se retirèrent dans la chambre principale avec un joint de leur « autre type d'herbe ». Antic essaya de faire sortir Pickle de ma chambre et bouda comme il ne répondait pas. Les autres regardaient les sacs dodus qui contenaient notre déjeuner, mais aucun d'entre nous ne remua pour les ouvrir.

Ruse avait sorti son téléphone. Il tapota dessus, parcourut quelques pages et continua encore, son visage devenant de plus en plus crispé au fil des minutes.

— Tu t'es rendu compte que cet endroit n'avait que les *deuxièmes* meilleurs *dolmades* de cette moitié du pays ? dis-je au bout d'un moment, juste pour obtenir une réponse de sa part.

L'incube pouffa sans grande joie et rangea son téléphone dans sa poche. Son regard se porta sur la fenêtre, mais le flou dans ses yeux indiquait qu'il pensait à quelque chose qui allait bien au-delà de la vue extérieure.

— Je t'ai déjà parlé d'une mortelle avec laquelle je m'étais diverti à l'époque de la nuit des temps, dit-il d'un ton douloureusement drolatique. Il se trouve qu'elle vivait non loin d'Athènes. Comme bon nombre de ses descendants aujourd'hui.

Un picotement me parcourut l'échine. Il parlait de la première mortelle dont il avait cru tomber amoureux, celle qui l'avait rejeté.

— Tu as l'intention de faire quelque chose à ce sujet ? ne pus-je m'empêcher de demander.

Un sourire doux-amer se dessina sur ses lèvres.

— Je me disais que si le moment était propice, je pourrais faire un petit détour pour rendre visite à sa petite-fille.

DIX-NEUF

Ruse

En soulevant sa moto – ou, comme il aimait l'appeler, « Charlotte » – de l'arrière du camping-car, Omen ne put retenir un froncement de sourcils. Il la posa sur la route sombre où nous nous étions garés à la périphérie d'Athènes et me jeta un regard évaluateur, comme s'il pensait que je risquais d'endommager son précieux véhicule rien qu'en me tenant à côté.

— Ne vous attardez pas trop sur cette excursion, me dit-il d'un ton laconique, mais égal.

J'inclinai un peu la casquette qui cachait mes cornes.

— Le temps que tu trouves un bateau, je serai là pour nous convaincre d'y monter.

— Je te prends au mot.

Il remonta dans le camping-car, mais Sorsha n'était pas

aussi pressée de me voir partir. Mon amour mortel laissa traîner ses doigts sur l'un des guidons de la moto, puis tourna vers moi son regard inhabituellement pensif.

— Es-tu sûr d'avoir besoin de faire ça ? Es-tu sûr de vouloir le faire ?

Elle m'avait généreusement donné sa bénédiction pour satisfaire mes appétits en toute liberté, mais je crus déceler dans son comportement un côté possessif ou peut-être un malaise plus général, suffisamment puissant pour que je n'aie pas besoin d'étendre mes capacités surnaturelles pour le percevoir. Mais bon, on ne peut rien contre nos émotions, n'est-ce pas ?

Je lui touchai la joue, me délectant pour la centième fois peut-être, alors que j'espérais en voir des centaines d'autres, de l'illumination de ses yeux cuivrés à cette simple caresse.

— Il n'y a rien que cette femme puisse éveiller en moi que tu ne puisses faire mille fois mieux.

— Tu ne le sais pas encore. Tu n'as pas encore eu l'occasion de comparer. Sorsha laissa échapper une bouffée d'air. Ce n'est pas vraiment ça, de toute façon. C'est juste que... je sais à quel point elle t'a blessé. Enfin, la femme que cette femme te rappellera. Peu importe ce qui se passe, peu importe ce que tu vois, ou ce qu'elle dit si tu lui parles, ça ne change rien à ce que tu es.

— Peut-être que si, répondis-je.

La lueur dans ses yeux s'illumina et je sentis une bouffée de chaleur qu'elle avait dû réprimer avant que sa colère ne se condense en flammes.

— Elle te connaissait à peine. Elle n'a pas pris la peine de le faire. Et sa petite-fille n'a aucune idée de ce que...

— Je sais. Ce n'est pas ce que je voulais dire. Je fis glisser mon pouce sous le menton de Sorsha, juste en dessous de ses lèvres alléchantes. Ce qui s'est passé à l'époque m'est resté en travers de la gorge. Tu l'as vu, sinon tu ne prendrais pas ma défense – ce qui est très admirable de ta part, bien sûr. Ce fragment de mon histoire s'est maintenu comme une écharde sous la peau de mon âme, si tant est que j'aie une âme, et je pense que l'affronter pourrait être nécessaire pour enfin l'extraire. J'aimerais être qui je suis sans cela.

Sorsha me fit une grimace, mais son ton était léger.

— Bon, d'accord, donne-moi une raison parfaitement compréhensible pour que je ne puisse plus râler à ce sujet. Elle se pencha pour me voler un baiser aussi habilement qu'elle avait volé tant d'autres choses dans sa carrière, et mon cœur n'en était pas le moindre. Je laissai ma bouche s'attarder contre la sienne, absorbant un dernier morceau d'amour et de courage à emporter avec moi.

Lorsqu'elle me quitta, je fis passer ma jambe au-dessus de la moto. Ce n'était pas la première fois que j'empruntais la moto d'Omen, et mon corps s'installa assez facilement sur la selle. Mais malgré les assurances que j'avais données à Sorsha, mon esprit n'était pas du tout apaisé lorsque je fis tourner le moteur et que je pris la route dans le crépuscule méditerranéen à la température déjà élevée.

Les émotions de Sorsha n'étaient pas les seules impressions qui s'étaient emparées de mes sens d'incube. Tout autour de moi, de plus en plus au fil des jours, de légères vagues d'impatience parcouraient ma peau depuis des directions indistinctes. Des vagues à la limite du malsain.

Je ne saurais dire avec certitude de quoi il s'agissait. Peut-être simplement d'une épidémie mondiale d'indigestion émotionnelle ? Je soupçonnais cependant que je captais les espoirs violents de ceux qui connaissaient les objectifs de la Compagnie et qui n'étaient pas encore enfermés dans l'acier et l'argent. Ceux qui savaient que Tempest n'était qu'à quelques jours d'atteindre cet objectif.

Ce n'était pas seulement Sorsha qui avait besoin de moi. Il y avait aussi les compagnons que j'avais promis d'aider dans cette mission et tous les hommes de l'ombre qui allaient disparaître si la sphinge obtenait ce qu'elle voulait. Je n'aimais peut-être pas toutes ces créatures, mais je n'étais pas non plus du genre à souhaiter leur mort. Je préférais de loin qu'elles restent en vie et à une distance où elles ne pèseraient pas sur ma conscience limitée.

Et si je voulais m'en assurer, j'avais tout intérêt à me montrer sous mon meilleur jour. Pas de pointes de honte et de doute, pas de souvenirs tenaces que j'aurais dû oublier avant que Sorsha n'entre dans ma vie.

Danae avait vécu dans une villa au sommet d'une colline avec vue sur la mer au loin – le genre de maison que j'aurais dit plus crédible dans un décor de film que dans la réalité. Mais elle était toujours là, les murs en stuc pâle de la maison s'élevant au milieu des buissons qui n'étaient plus en fleurs. Quelques fissures et taches de réparation du plâtre apparaissaient ici et là, mais l'endroit était en bien meilleur état que Danae elle-même ne le serait aujourd'hui, où que ses os aient été déposés pour qu'elle repose en paix. Je laissai Charlotte à bonne distance et contournai les murs du jardin dans l'obscurité. Le vieil olivier noueux, à qui j'avais donné pour rire le nom de mon ancienne amante, avait disparu comme elle, mais je trouvai une saillie rocheuse à quelques mètres du mur qui me permettait d'avoir un aperçu presque aussi bon de la cour. En grimpant dessus, ma poitrine se serra.

Si mes souvenirs de Danae étaient une pointe, alors ce

morceau de bois nocif me creusait les tripes en ce moment même, faisant jaillir des filets d'embarras et de honte. La façon dont elle m'avait regardé lorsque j'avais proposé que notre relation aille au-delà du simple plaisir physique – ses rires moqueurs...

Qu'est-ce que cela pouvait bien faire maintenant ? J'étais là, et elle non. Ma capacité à aimer avait perduré après tout, malgré ma nature, malgré le fait qu'elle l'ait rejetée. Malgré tout, je pris sur moi en jetant un coup d'œil dans le jardin, me préparant à une vague de douleur plus déchirante.

Les propriétaires actuels avaient beaucoup modifié l'aménagement paysager. Le seul élément que je reconnaissais était la fontaine de marbre d'où l'eau dégoulinait au centre de l'espace. Le pauvre cupidon qui surplombait le bassin avait perdu sa tête, ce qui donnait à l'ensemble un aspect beaucoup plus macabre.

Un banc en fer forgé plus récent se trouvait à proximité, à l'ombre d'un citronnier, et les buissons étaient éparpillés sur le terrain, à l'abandon plutôt que dans leur ordre habituel. Les différentes nuances de vert de leurs feuilles étaient un régal de couleurs, même en l'absence de fleurs. Un parfum d'herbes aromatiques flottait dans la brise, suffisamment épais pour que je puisse le sentir même dans l'ombre.

L'indigo plus foncé de la nuit avait teinté le ciel, mais quelques fenêtres de la villa étaient encore éclairées de l'intérieur. J'allais me glisser par-dessus le mur pour espionner à travers les vitres quand la femme que j'étais venu voir m'épargna cette peine en sortant.

Ce devait être la petite-fille – Demi, m'avait appris le miraculeux Internet. Elle était un peu plus grande et un peu plus mince que sa grand-mère, mais ses cheveux brillaient du même brun miel, lâchés sur ses épaules. Ici et là, la lumière se reflétait sur une mèche grise – elle était plus âgée d'une dizaine d'années que Danae ne l'avait été lors de notre... rencontre. Mais cela signifiait seulement qu'il y avait quelques rides de plus autour de ses traits gracieux, qui faisaient écho à la femme qui l'avait précédée. J'aurais pu croire que je voyais Danae elle-même à l'âge mûr.

J'absorbai tout cela des yeux et mon pouls se mit à battre régulièrement. La honte s'était évanouie dans la tranquillité de la nuit. Aucun sentiment de perte ou de regret ne me traversait. Je ne peux même pas dire que je ressentis un pincement de colère à l'évocation de la femme qui m'avait considérée comme un sex-toy très animé et multifonctionnel.

Non, je ressentais surtout une légère curiosité. Jusqu'où la pomme était-elle tombée loin de l'arbre ?

Pas si loin que ça à certains égards, si l'on en croyait le livre qu'elle tenait. Elle souleva le volume recouvert de toile, le ruban effiloché servant de marque-page pendouillant du livre et elle parla d'une voix basse et douce. Elle récitait les répliques d'une pièce de théâtre – une pièce d'Aristophane, si mes souvenirs étaient bons.

Elle avait dû apprendre ce passe-temps de sa grand-mère. C'est ainsi que j'étais tombé amoureux de Danae, en la regardant arpenter son jardin, faire des discours passionnés et raconter les meilleures blagues grecques de l'Antiquité. Elle n'avait pas voulu jouer professionnellement, mais simplement vivre ces scènes à sa guise, en appréciant la poésie et le drame. Elle y trouvait plus de profondeur qu'elle n'avait jamais voulu en trouver en moi.

Est-ce que le fait de voir une femme si semblable à elle

faire les mêmes gestes aurait dû m'irriter ? Ce ne fut pas le cas. Au contraire, une certitude étrange et sereine m'envahit.

Demi ne faisait que suivre le mouvement, comme l'avait fait sa grand-mère. Ni l'une ni l'autre n'avait jamais déclaré avec passion un défi au combat, ni comploté la mort d'ennemis innommables, ni discuté avec d'ignobles voyous. Je m'étais laissé séduire par les rôles que Danae avait admirés, mais elle n'avait fait que les jouer.

Sorsha était tout à fait la femme sauvage et inébranlable contenue dans ces rôles – et plus encore. L'amour qui s'était développé en moi en sa présence s'étendait jusqu'à mon cœur, aussi vrai que n'importe quoi d'autre. Elle était aussi ancrée dans mon être que les racines de ce citronnier l'étaient dans la terre.

Et je n'aurais pas voulu qu'il en soit autrement.

Quelle que soit l'écharde qui m'était restée des folies du passé, elle s'effrita avec cette compréhension. Je m'éloignai du mur sans hésiter et je retournai à la moto.

Il ne fut pas difficile de retrouver mes compagnons, même s'ils avaient traversé Athènes jusqu'au port. Lorsque j'atteignis cette zone, j'offris mes sens surnaturels à l'énergie que j'avais reconnue comme étant celle de Sorsha – sans forcer pour en avoir plus qu'un avant-goût, juste assez pour me diriger.

Il y a longtemps, j'avais laissé les bribes de désir que j'avais lues dans l'esprit d'une femme me convaincre que si je lui disais combien j'en voulais davantage, elle trouverait le même désir en elle-même. Aujourd'hui, je n'avais plus besoin de fouiller l'âme de mon amour pour y trouver une réponse émotionnelle. J'avais une femme qui m'offrait son affection dans chaque mot et dans chaque geste.

La Toutemobile était garée devant une poissonnerie fermée. Son apparence de bus touristique était un peu troublée par les guirlandes qu'elle avait décidé de faire pousser le long des bords du toit, qui ondulaient de haut en bas, même sans brise pour les faire voler. Il valait mieux ne pas braver un autre voyage dans les failles. Nous aurions pu en ressortir avec un jeu complet de lumières de Noël.

Je laissai la moto là où je l'avais prise et voyageai à travers les ombres pour en ressortir devant la porte de Sorsha. Je savais bien qu'elle était dans la pièce, mais je pris un plaisir inexplicable à respecter son intimité en toquant tout de même à la porte.

— Je suis revenu intacte, Mlle Blaze.

— J'espère bien, dit-elle d'un ton sec, mais quand je me glissai dans la pièce je vis qu'elle souriait.

Elle me regarda de haut en bas, comme si elle confirmait elle-même cette affirmation, et ébouriffa mes cheveux avec tendresse. Sa main s'attarda sur l'une de mes cornes d'une manière qui ne manquait jamais de me faire frissonner, avant de retomber sur le côté.

— Tu as l'air heureux. Était-elle à la hauteur de tes espérances ?

— Elle était exactement ce qu'elle aurait dû être, c'est-à-dire rien qui ne m'intéresse plus. J'aurais finalement passé un moment terriblement ennuyeux si elle avait été ouverte à toute la gamme de mes charmes.

Je fis un clin d'œil à Sorsha, qui rit, mais la remarque frotta peut-être de trop près le fil de la jalousie. L'espace d'un instant, des flammes apparurent sur ses mains, presque translucides, mais brumeuses. Elles disparurent si vite, sans que son visage ne change, que je ne fus pas sûr qu'elle avait remarqué que son pouvoir s'était éclipsé.

Je saisis l'ourlet de sa chemise et l'attirai à moi, inclinant mon visage pour que mon front repose contre le sien. Notre mortelle dégageait tant de force et de feu qu'il était facile d'oublier qu'elle avait ses propres vulnérabilités. Elle ne m'avait rien demandé et elle ne devrait pas avoir besoin de le faire. C'était un plaisir et un honneur de le dire pour le plaisir :

— Au cas où je n'aurais pas été assez clair tout à l'heure, il n'y a personne d'autre que toi dont j'ai besoin ou envie.

Les coins de ses lèvres se retroussèrent à nouveau et elle répondit à mon baiser par un sourire. Mais je savais, alors même que j'appréciais ce moment, que ce n'était pas suffisant. Elle avait des soucis qui allaient bien au-delà de mon rôle dans sa vie.

Elle avait besoin d'autre chose en plus de moi... Peut-être plus que nous quatre, malgré tout ce que nous pouvions lui apporter. C'était une créature des deux mondes, aux capacités incertaines et au potentiel apocalyptique.

Nous ne pouvions parler que du point de vue de l'humanité de l'ombre. Je pouvais veiller à ce qu'elle obtienne l'autre point de vue dont elle avait besoin, n'est-ce pas ? Le genre d'aide qu'elle ne se serait jamais permis de demander.

Quoi que Tempest nous réserve dans les jours à venir, Sorsha devait être au mieux de sa forme pour y faire face.

Lorsque je la quittai, je sortis et pris mon téléphone, mais ce n'était pas pour fouiller davantage dans mon propre passé. C'était pour faire apparaître le numéro de la présence la plus vitale pour Sorsha.

— Allô ? dit la voix qui répondit, énergique et prudente à la fois.

Je m'appuyai sur le côté du camping-car, renversant la tête en arrière pour regarder les guirlandes qui s'agitaient dans la brise fabriquée.

— Bonjour, Vivi. C'est l'incube préféré de ta meilleure amie. Que dirais-tu de faire un petit voyage ?

VINGT

Sorsha

Je pris appui sur mes jambes pour garder l'équilibre sur le ponton qui se balançait et je regardai l'embarcation qu'Omen m'avait indiquée.

— C'est *ça* le bateau que tu nous as trouvé ?

Le bateau était assez grand – ce n'était pas le problème. Mais ce qui restait de la peinture blanche de la coque était davantage des écailles usées et rayées qu'autre chose, ce qui me fit me demander à quel point le bois était intact en dessous. Des poutres vieillies partaient dans tous les sens autour de la petite cabine, faisant ressembler le bateau à un narval mutant.

— C'est un vieux bateau de pêche, dit Omen en jetant un coup d'œil satisfait à sa trouvaille. Il a été équipé d'un moteur moderne, mais il a gardé tous ses attributs. J'ai pensé que nous devrions profiter du temps que nous passerons en mer pour nous entraîner un peu plus, et les accessoires sont toujours utiles pour cela. À moins que tu n'aies mieux à faire ?

J'aspirai l'air humide et salé. Je devinais que s'il y avait un endroit où je pouvais pratiquer mes talents de feu en toute sécurité, le milieu d'une immense étendue d'eau serait en tête de liste.

— Je suppose que tu lui as déjà donné un nom ?

Ses lèvres se retroussèrent et il fit un signe de la main en direction du bateau.

— Je n'ai pas eu besoin de le faire.

Des lignes bleues ondulantes traversaient la peinture blanche inégale, les lettres formant *Pénélope*. Je devais admettre que c'était un nom comme les aimaient Omen et ses présages, on ne pouvait en douter. Je le regardai en hochant la tête.

— Maintenant je comprends la vraie raison pour laquelle tu l'as acheté.

Il balaya ma remarque d'une main et me fit signe de monter à bord d'un seul geste.

— Allons-y, Miss Catastrophe, tant que tu laisses le port en un seul morceau.

Je lui tirai la langue et m'élançai sur la planche qui menait au navire. Ne voulant pas attirer l'attention au cas où les laquais de Tempest ou un autre membre de la Compagnie ne s'informent à la ronde, les trois autres membres de notre équipage avaient sauté à bord à l'abri des regards, dans les ombres.

Nous étions revenus à notre quatuor d'origine, laissant les équidés et Antic à Athènes avec la Toutemobile. Si nous n'étions pas revenus de Crète dans les trois jours, ils étaient censés lancer une mission de sauvetage. Je m'attendais à ce qu'Antic se plaigne d'être laissée de côté, mais elle avait dansé avec tant de joie à l'idée d'être une sauveteuse potentielle qu'elle espérait peut-être même que nous allions tomber dans un piège.

Le voyage allait être long, mais Omen avait refusé de parler d'avion pour cette dernière partie du voyage.

— Trop de traces, trop peu d'espace. Comme si nous avions beaucoup d'endroits où fuir au milieu de la mer… Je n'aurais certainement pas pu m'entraîner sur un vol, cependant, et peut-être que le rythme et le sifflement des vagues me calmeraient davantage avant l'affrontement à venir.

Omen largua les amarres, et je levai la main pour saluer les autres plaisanciers que nous croisions, afin de montrer que nous étions des gens tout à fait normaux en train de faire une croisière de plaisance, même si notre navire était quelque peu inhabituel pour cette activité.

Lorsque le port se réduisit à des taches au loin, Ruse, Snap et Thorn se matérialisèrent sur le pont. Snap se pencha sur la rambarde métallique installée le long de la plus grande partie du côté tribord et respira les odeurs de la mer avec une expression béate sur le visage. Thorn grimpa immédiatement au sommet du plus haut mât, autour duquel la voile était encore enroulée et d'où il aurait la vue la plus large pour la surveillance.

Ruse s'installa sur l'une des chaises longues, le visage légèrement verdâtre et la main posée sur le ventre.

— Je n'ai jamais été un grand fan des voyages sur l'eau, admit-il.

Je m'assis à côté de lui, renversant la tête en arrière pour profiter du soleil méditerranéen.

— Tu pourrais t'en tenir aux ombres. Il y en a beaucoup dans le coin.

— En fait, ça ne fait qu'empirer les choses. Ce qui n'est

pas rien quand on sait que je n'ai presque plus d'estomac sous la forme d'ombre.

— Je suppose que cela signifie que ce pique-nique est pour moi, alors.

Alors que je fouillais dans le grand sac de provisions comestibles que nous avions apporté pour y chercher une bouteille de limonade, Snap se précipita vers nous avec un air de fausse consternation.

— Je vais prendre la part de Ruse.

L'incube se sentit assez bien pour rire.

— Ce n'est pas une surprise.

Le dévoreur me lança le regard taquin qu'il commençait à perfectionner, rendu adorable par son sourire radieux.

— Tu te rendrais malade si tu essayais de tout manger, ma Pêche. Je ne fais que penser à ton intérêt.

— Bien sûr ! dis-je en lui donnant un coup de coude amusé. Mais ce n'est pas encore l'heure du déjeuner. On vient juste de prendre notre petit déjeuner.

Snap émit un bruit désapprobateur, en plaisantant moins cette fois, et il se contenta de prendre une prune dans le sac. Il se percha sur la balustrade, ses longues guibolles se balançant au-dessus de l'eau, et fredonna joyeusement en mordant dans le fruit.

— Moi, j'aime la mer.

— Grand bien te fasse, grommela Ruse, mais après un passage en eaux calmes et le grondement apaisant du moteur, il retrouva sa couleur habituelle.

Pendant les premières heures, Omen se concentra sur la navigation, dont il avait apparemment une certaine expérience, et laissa les autres se prélasser – ou, dans le cas de Thorn, regarder l'horizon en broyant du noir. Je savais que ce répit ne durerait pas. Peu après que nous ayons entamé notre pique-nique, le chien de l'enfer sortit de la cabine, observa la vaste étendue de bleu sans fin qui nous entourait et claqua des doigts à mon attention.

— Bon, Miss Catastrophe, voyons ce que nous pouvons faire pour atténuer ta nature catastrophique.

Je léchai sur mes doigts les dernières traces de sucre glace de mon *bougatsa* à la crème.

— Ce n'est pas moi le canidé, haleine de chien. Que dirais-tu d'un « s'il te plaît » ?

Il me lança un regard noir et s'inclina légèrement.

— Son Altesse me permettrait-elle de continuer à lui apprendre comment éviter de s'incinérer ?

— C'est déjà mieux. Je me levai, étirai mes bras puis fis craquer mes phalanges – et j'essayai de ne pas remarquer que trois autres regards s'étaient fixés sur moi avec plus ou moins d'inquiétude.

Snap se leva de la chaise longue où il s'était blotti contre moi.

— Si je peux vous aider d'une quelconque manière...

— Je m'en occupe, dit sèchement Omen. Tu ne la quitteras pas des yeux, alors tu peux être assuré que je la laisserai entière.

Le dévoreur s'inquiétait-il de ce qu'Omen pourrait me faire ou de ce que je pourrais me faire à moi-même ? À ce stade, il était difficile de dire lequel d'entre nous représentait la plus grande menace pour mon bien-être. Ruse s'était peut-être même redressé un peu, comme s'il se préparait à une intervention, et Thorn me regardait au lieu de regarder l'horizon.

Je croisai les bras sur ma poitrine. D'accord, j'avais laissé échapper un peu plus de flammes que d'habitude ces deux derniers jours, mais nous avions une psychopathe, une créature de l'ombre immensément puissante qui risquait de lancer un double génocide d'un moment à l'autre, alors qui aurait pu me reprocher d'être un peu énervée ?

À quel degré de génocide serions-nous confrontés si je ne parvenais pas à maîtriser complètement ces pouvoirs ?

Je mis cette question de côté et je fis un signe de tête à Omen.

— Tu as d'autres bouts de papier à faire griller ?

— J'ai pensé qu'on pourrait essayer quelque chose de différent pour changer. On va juste s'entraîner. Et par « juste », j'entends uniquement les poings et les pieds. Pas de pouvoirs surnaturels. Si tu laisses sortir ton feu, tu perds automatiquement, peu importe à quel point je t'ai énervée. Oh, et pour ajouter un peu de défi... Il bondit sur l'une des rambardes avec une agilité que je n'aurais pas attendue de sa carrure bien bâtie. Si tu touches le pont avec tes deux pieds, tu perds également. Est-ce qu'on compte le plus grand nombre de victoires sur cinq, ou as-tu besoin de plus de fois pour t'échauffer ?

Je haussai les sourcils en grimpant sur une poutre en bois qui traversait la poupe.

— Tu supposes que j'ai besoin de cinq essais ! C'est moi qui ai passé la plupart de ces dernières années à grimper sur les toits et à passer par les fenêtres.

Omen me sourit et ses dents brillèrent.

— Je suppose que nous verrons bien.

Il ne me laissa pas plus de temps, l'instant d'après il lançait déjà sa carcasse musclée droit sur moi.

Je m'élançai le long du mât qui dépassait de la poupe, j'oscillai et je me projetai vers le haut pour attraper l'une des cordes salées afin de me balancer au-dessus de la tête du chien de l'enfer. Ruse poussa un cri de satisfaction, mais je n'avais fait que fuir, sans porter de coups. Je tournai sur moi-même, esquivai le poing qui se dirigeait à toute vitesse vers moi et parvins à enfoncer mon talon dans le mollet d'Omen avant qu'il n'esquive.

Je le poursuivis le long du mât, étant tous les deux au-dessus de l'eau.

— Quelle est la règle pour les chiens mouillés ? Est-ce que ça compte aussi comme une perte ?

— Je pense que c'est mieux, dit Omen, et il se jeta sur moi.

Je faillis faire un spectaculaire saut périlleux. Mes doigts réussirent tout juste à s'accrocher à une arête de la coque supérieure, ce qui me donna assez d'élan pour repousser ma jambe par-dessus la rambarde.

Alors que je remontais à toute vitesse, le chien de l'enfer fonçait déjà sur moi. Je m'élançai le long de la rambarde et me hissai à une corde près de la proue.

Mon pied frôla le visage d'Omen, manquant de peu de le frapper, et il m'attrapa la cheville. D'un coup sec, il m'envoya valser sur le pont. Je heurtai les planches de bois usées, les fesses en premier.

Je m'étalai sur le dos et agitai les jambes en l'air.

— Techniquement, mes pieds n'ont pas touché le sol.

Omen ricana.

— Et moi qui pensais que l'idée des règles était claire. Mais si tu es déterminée à être une tricheuse aussi bien qu'une voleuse...

Les mots auraient dû me passer au-dessus de la tête. Ce n'est pas comme si je n'avais jamais été traitée de pire – bien au contraire, il l'avait fait plusieurs fois. Mais quelque chose dans cette accusation fit jaillir une étincelle en moi, et je dus serrer les poings pour retenir la chaleur avant qu'elle ne jaillisse de ma peau.

Raison de plus pour jouer le jeu de cet entraînement.

Ce feu intérieur avait tout intérêt à apprendre à se taire jusqu'à ce que je le sollicite à bon escient.

— D'accord, dis-je. Je vais devoir te botter le cul les quatre autres fois.

Les yeux glacés d'Omen étincelèrent.

— Allez, viens, essaie un peu !

Je dois dire que je ne trouvais pas les règles très justes. Omen ne faisait peut-être pas sortir son propre feu infernal, mais sa vitesse et sa dextérité étaient plusieurs fois supérieures à celles d'un mortel. Je n'allais certainement pas me plaindre ouvertement de ne pas pouvoir le suivre. Une fille doit avoir un peu de respect pour elle-même.

Il fallait juste que je sois plus rusée.

Nous échangeâmes d'autres feintes et parades autour du bord du bateau jusqu'à ce que je voie ma chance arriver. Je me baissai, passai mon bras autour de la rambarde et j'envoyai mes deux pieds dans les jambes d'Omen.

Il chercha l'équilibre, mais pas assez vite. Cette fois, le choc de la chair contre le bois ne venait pas de moi. Je me redressai, en lui souriant, tandis qu'il s'époussetait.

— Nous ne faisons que commencer, promit-il. Tu devras être capable de te maîtriser et de faire plier ces flammes sous ta volonté lorsque tu seras face à Tempest, et elle ne sera pas aussi gentille avec toi.

— Envoie ! répliquai-je, mais quelque chose – peut-être le fait qu'il ait mentionné Tempest – provoqua une nouvelle bouffée de chaleur en moi. Cette fois-ci, elle traversa mes côtes et s'infiltra sous ma chemise avant que je ne parvienne à la maîtriser. Le pouls battant, je plaquai mes bras contre mes flancs pour l'étouffer.

Omen ne fit aucun commentaire, mais une tension

passa dans l'expression de son visage et sa bouche se crispa en une brève contrariété. Avant que je ne puisse faire davantage que reprendre mon souffle, il s'élança à nouveau sur moi.

La perte momentanée de contrôle avait dû m'ébranler. Omen projeta ses coups de poing avec une fureur brutale, et à chaque fois qu'ils me heurtaient, une nouvelle bouffée de colère menaçait de briser la surface de mon sang-froid.

Arrête ! pensai-je devant le feu qui me brûlait les entrailles jusqu'à la poitrine. *Il veut t'énerver. Il n'est pas vraiment une menace. Calme-toi.*

Mes ordres mentaux n'eurent pas beaucoup d'effet. Je cognai mon genou contre une planche en esquivant un coup de poing, et une gerbe de flammes s'abattit sur ma main, brûlant mes doigts.

Omen n'avait rien vu, mon torse bombé avait caché l'erreur. *Oh, non pas encore ça. Restez en moi, putain,* ordonnai-je aux énergies en ébullition.

Pour me distraire et pour agacer mon adversaire, je dansai à reculons avec un petit accompagnement musical.

— *Et si tu te contentes de gronder et de t'en prendre à moi, nous tiendrons éternellement. Mais nous ne ferons que simuler un combat...*

Omen grogna et me fonça dessus, me coupant la route alors que je devais me jeter dans les cordes pour m'échapper. Mes pieds frôlèrent le pont de quelques centimètres, mais je me relevai et me retournai assez vite pour le frapper à l'arrière de la tête.

Il vacilla, mais se rattrapa et tournoya sur lui-même pour bondir à ma poursuite. La chanson ne m'avait pas remonté le moral autant que je l'espérais, ni même vraiment du tout. Serrant les dents pour lutter contre une autre bouffée de flamme, je m'élançai à travers le filet. Je donnai un coup de pied dans l'épaule d'Omen, et laissai échapper un cri étouffé lorsqu'il tira si fort sur ma jambe qu'il me disloqua presque la hanche et je réussis finalement presque à sauter jusqu'à la balustrade opposée.

— Allez, Miss Catastrophe, dit le métamorphe chien de l'enfer en s'élançant sur moi. Sa voix était tendue, son visage affichait une expression aussi désagréable que féroce. C'est comme ça que tu vas combattre tous ces salauds de la Compagnie et le sphinx qui les encourage à s'enfuir ? N'ont-ils pas tué ta tutrice ? Combien d'autres vas-tu les laisser assassiner ?

— Je ne m'enfuis pas, dis-je, agacée, et je fis marche arrière pour lui envoyer un uppercut qu'il évita de justesse. Mes baskets crissèrent sur la barre métallique. N'est-ce pas ce qu'on appelle se battre intelligemment ?

— Ça ne m'a pas l'air si intelligent que ça. Nous n'avons pas le temps de tourner autour du pot, n'est-ce pas ?

— Je le sais, bien. Nom d'une harpie vénère, il me mettait hors de moi. Le feu crépita encore plus en moi. Tous les muscles de mon corps se rigidifièrent. Je suis prête.

— Tu es sûre ? Il faut que tu prennes les choses à bras-le-corps, avant qu'on en arrive au bout. Peut-être que je ne devrais pas attendre plus d'un être qui n'est qu'à moitié...

Avant même qu'il n'ait pu terminer sa phrase, le feu s'embrasa si brutalement que ma vision se brouilla. Tout ce que je voyais c'était l'éclat des flammes, tout ce que je sentais c'était chaque centimètre de ma peau qui grésillait et se carbonisait. La douleur chassa l'air de mes poumons.

Une force solide s'abattit sur moi. Je plongeai dans l'océan placide, la tête la première, l'eau salée bouillonnant autour de moi pendant un instant avant d'éteindre les flammes.

Je relevai la tête en crachotant et en sentant le picotement des plaques à vif sur toute ma peau. Ma queue de cheval passa par-dessus mon épaule, son extrémité brûlée et noire. La nausée m'envahit l'estomac.

Omen se jeta à l'eau en même temps que moi. Il secoua l'humidité de ses cheveux d'un geste indéniablement canin et me jeta un regard tout à fait humain, éclairé par sa propre chaleur orangée. Sa bouche se tordit.

— C'était un coup bas, dit-il. Cela aurait dû être en dessous de moi.

Il me fallut une seconde pour comprendre qu'il s'excusait et une autre pour réaliser que ses excuses concernaient le commentaire qui avait provoqué mon brasier, et non la baignade inattendue. Je jetai un coup d'œil sur le bateau, observant les marques de brûlure sur la peinture écaillée, et mon estomac se retourna à nouveau.

J'avais presque brûlé notre seul moyen de transport, sans aucune terre en vue, et Omen s'excusait auprès de moi.

Ma langue devint comme du plomb dans ma bouche. J'avais échoué. J'avais été une putain de Miss Catastrophe.

Mais quel était l'intérêt d'en parler alors qu'Omen le savait aussi bien que moi ?

Après avoir cherché mes mots, ce qui sortit de ma bouche fut :

— Eh bien, maintenant, nous sommes tous les deux sous le bateau. Peut-être devrions-nous arranger ça ?

Thorn était descendu du mât. Alors qu'il se penchait sur la rambarde, les ténèbres fumantes s'éclaircirent dans ses yeux et ses ailes disparurent. Un instant plus tard, Ruse et Snap le rejoignirent, l'air tout aussi inquiets.

Maintenant, nous avions un groupe complet pour célébrer mon incompétence. Formidable !

Omen nagea plus près de moi. L'humidité assombrissait ses cils, rendant son regard encore plus perçant, mais il ne faisait pas froid à cet instant. En avançant dans l'eau, il examina l'un de mes avant-bras, puis l'autre.

Les taches rouges reprenaient déjà leur couleur rose habituelle.

— Tes capacités de guérison augmentent aussi vite que ton feu, remarqua-t-il.

— Oh, joie. Plus de temps pour brûler vive, s'il n'y a pas d'océan où me jeter.

Ses yeux rencontrèrent les miens, chargés d'une émotion que je ne savais pas décrypter.

— Peut-être que je m'y suis mal pris.

— Qu'est-ce que tu veux dire ?

Qu'est-ce qu'il me réservait encore ?

Mais il passa le bout de ses doigts dans mes cheveux trempés, déclenchant une chaleur bien plus bienvenue, et il me vint à l'esprit qu'il s'inquiétait peut-être aussi pour moi, quelle que soit la difficulté qu'il avait à le montrer.

— J'ai essayé de te pousser au bord du gouffre, dit-il. Je voulais t'habituer à cette sensation pour que tu puisses la contrôler. Mais peut-être que ce pouvoir n'est pas quelque chose que tu peux contrôler de cette façon. Peut-être que la solution n'est pas de supprimer ta colère, mais de t'assurer qu'elle se concentre sur la bonne cible.

Je haussai un sourcil.

— Tu essaies de la laisser en dehors de toi, hmm ?

Cette fois, il ne mordit pas à l'hameçon.

— Non, dit-il, très sérieux. J'essaie de la laisser en dehors de *toi*. Quoi qu'en disent les Très Hauts, Tempest ou n'importe qui d'autre, tu n'as rien de mauvais. Tu ne mérites pas les emmerdes qu'ils essaient de te faire subir, alors tu ne devrais pas t'en faire subir encore plus. Tu es incroyable.

— Je soutiens cette proposition, dit Ruse depuis le pont.

— Fantastique, murmura Snap en guise d'approbation enthousiaste.

Un sourire étira les lèvres de Thorn.

— Je n'aurais pas pu l'exprimer de façon plus éloquente.

Face à ce déluge d'admiration – provoqué par l'être qui avait été mon plus grand critique, rien de moins – je ne sus pas où me mettre. Ma bouche s'ouvrit, se referma et s'ouvrit de nouveau pour recracher de l'eau de mer. Il y avait une chose que je devais absolument continuer à faire : marcher sur cette foutue eau. Peu importe à quel point mon métamorphe chien de l'enfer était devenu distraitement tendre.

Omen jeta un coup d'œil à notre public, puis revint vers moi, sa main s'attardant sur ma mâchoire.

— Je ne suis pas sûr qu'il suffise de le dire. Il se pourrait que tu n'évites pas la destruction en ignorant tout ce qui est contre toi – tu le fais en te souvenant de ceux qui sont pour toi. Et si, au lieu de te secouer, on essayait plutôt de t'ancrer au sol ?

Je le regardai en clignant des yeux, et une réponse acerbe sortit avant que je ne puisse l'attraper.

— Ça risque d'être un peu difficile vu qu'il n'y a littéralement aucune terre ferme en vue.

Un côté de la bouche d'Omen se retroussa.

— Alors c'est une bonne chose que me soit venu à l'esprit un ancrage plus métaphorique. Il fit un geste au-dessus de sa tête. Thorn, peux-tu jeter un filet en bas – un qui soit bien fixé au navire. Ensuite, les autres pourront se jeter à l'eau. Notre mortelle mérite un effort collectif.

Était-ce la première fois qu'il faisait référence à moi comme l'une des « leurs » ?

Je n'eus pas le temps de réfléchir à ses compliments inattendus ou à ses intentions avant que le guerrier ne lance une lourde longueur de filet par-dessus le bord du bateau. Tandis qu'Omen m'entraînait dans l'eau fraîche jusqu'à lui, les autres sautèrent autour de nous. Ce n'était pas grave pour eux qu'ils gardent leurs vêtements – ils pouvaient les rematérialiser à partir des ombres sèches à la seconde où ils sortiraient de l'eau. Cependant, en regardant Snap, je compris qu'il avait décidé de se débarrasser de tous ses vêtements depuis le début.

Omen détourna mon attention de la lueur pâle de son corps nu, en pressant avec insistance ses doigts sous mon menton. Il passa un bras dans le filet.

— Pour s'assurer que Pénélope ne s'égare pas, dit-il avec le même sourire tordu, et il guida ma bouche jusqu'à la sienne.

Je me sentais toute nue, mon corps s'appuyant sur celui du métamorphe dans l'eau, nos vêtements collés à notre peau, ses lèvres frôlant les miennes. Les traces de sel marin qui persistaient sur ses lèvres donnèrent au baiser une saveur supplémentaire, tout comme le fait de savoir que c'était la première fois qu'il affichait publiquement son affection devant ses compagnons.

Ruse laissa échapper un petit rire. Trois autres corps dérivèrent autour du mien, leur chaleur m'enveloppant dans l'eau fraîche. Omen relâcha ma bouche, gardant sa tête penchée près de la mienne.

— Tu es à nous. Nous ne te laisserons pas te perdre, Phénix.

À nous. Le mot me fit vibrer, trop doux pour que je m'embête à protester sur le fait que j'appartienne ou non à quelqu'un. Je le connaissais suffisamment pour être sûre que ce n'était pas ce qu'il voulait dire. Je leur appartenais et je n'avais rien contre ça.

Et ils étaient tous là avec moi, les hommes que j'aimais.

Naturellement, l'incube prit l'initiative de faire avancer les choses en premier. Alors qu'Omen posait sa bouche dans le creux de mon cou, Ruse se pencha pour s'emparer de mes lèvres. Le métamorphe se décala sur le côté pour lui laisser plus d'espace.

La forme imposante de Thorn était arrivée derrière moi. Il entoura ma taille de ses mains et en remonta une jusqu'à ma poitrine. Ses doigts effleurèrent mon mamelon l'un après l'autre, l'amenant à se raidir à travers l'étoffe humide, frémissements de plaisir après frémissements de plaisir.

Une autre main, fine et légère, suivit la courbe de ma cuisse. Snap appuya sa bouche sur mon épaule, en tirant un peu avec les dents sur le col de ma chemise pour l'écarter et avoir accès à davantage de peau.

Je ne savais pas si cela allait m'immobiliser comme Omen l'avait espéré, si cela allait faire quoi que ce soit pour calmer mes flammes intérieures quand j'avais besoin de les contrôler, mais je n'aurais pas pu imaginer une stratégie plus agréable. Tous mes amants s'étaient réunis pour me partager et m'adorer. Le feu qui me traversait ne contenait plus que de la félicité.

Ils restèrent groupés autour de moi, leurs bouches marquant ma peau de leur propre chaleur, leurs doigts en taquinant chaque centimètre avec des vagues de plaisir vertigineuses qui faisaient écho au balancement de la mer. Thorn m'arracha ma chemise et mon soutien-gorge et les jeta par-dessus la coque sur le pont ; Snap me souleva plus haut dans l'eau pour faire glisser sa langue fourchue sur mon sein. Tandis qu'Omen aspirait mon autre mamelon entre ses lèvres, la main de Ruse glissait entre mes jambes pour attiser le feu le plus vif dont mon corps était capable lorsqu'ils me prenaient ainsi.

Mes hanches ondulaient sous l'effet de ses caresses, le plaisir pulsant en moi. Omen étouffa mon gémissement en m'embrassant à nouveau. Thorn fit courir ses doigts le long de ma colonne vertébrale et mordilla mon omoplate avec une délicatesse surprenante.

Je passai les doigts sur la chemise de Ruse, me refamiliarisant en même temps avec le torse mince de Snap. L'incube s'arrêta juste un instant, et ses vêtements disparurent comme ceux du dévoreur. Lorsqu'il ouvrit ma braguette, Omen l'aida à enlever mon pantalon.

Trop de désir circulait en moi et autour de moi pour laisser place à la patience. Je passai les jambes autour de celles de Ruse pour le rapprocher de moi. Alors qu'il taquinait mon clitoris du bout de son membre puis s'enfonçait un peu en moi, un gémissement d'envie s'échappa de ma bouche. Snap m'embrassa, et l'incube plongea en moi, produisant une bouffée de plaisir des plus capiteuses.

Thorn me caressait à nouveau les seins par-derrière, me maintenant en place pour répondre aux assauts de Ruse. Omen effleura la peau sensible de ma gorge du bout de ses crocs de chien. Je descendis la main le long de son corps, désormais nu lui aussi, et enroulai celle-ci autour de son érection. Le métamorphe gémit dans mon cou.

Je donnai des ruades contre le bassin de Ruse, mon

esprit s'embrasant sous l'effet du plaisir – si intense – qu'ils faisaient naître dans tout mon être. Alors que l'incube atteignait le point parfait en moi, Snap plongea sa main entre nous. Ses doigts trouvèrent mon clitoris. Le dévoreur m'embrassa à nouveau, tournant autour de ce nœud innervé au rythme du martèlement délicieux du sexe de l'incube.

Thorn me pinça les tétons. Mes doigts se resserrèrent autour du membre d'Omen, le caressant plus rapidement tandis que je m'enfonçais dans la vague haletante de mon orgasme. Un cri s'échappa de ma gorge sous la force du plaisir intense qui crépita en moi avec un éclat qu'aucune flamme ne pouvait égaler.

Le métamorphe chien de l'enfer faisait glisser son sexe dans ma main à coup de reins, sa propre respiration devenant haletante. Ruse éjacula en moi avec un gémissement. Je flottais encore sur le plaisir de ce premier orgasme lorsqu'il se retira et que Snap se plaça devant moi avec toute sa détermination possessive.

— Ma Pêche ? murmura-t-il d'un ton qui ne laissait aucun doute sur ce qu'il demandait.

Je lui pressai l'épaule.

— S'il te plaît.

Il me pénétra si rapidement et si profondément qu'un nouveau cri s'échappa de mes lèvres. Une soudaine chaleur contre mon poignet et l'écrasement de la bouche d'Omen sur la mienne m'indiquèrent qu'un autre de mes amants avait atteint son propre orgasme. Je tendis la main derrière moi et Ruse guida ma main à travers l'eau jusqu'à l'aine de Thorn avec un murmure complice.

— Sorsha, grogna Thorn tandis que je m'agrippais à son épaisse érection. Sa bouche brûlait ma joue. Je tournai la tête pour recevoir son baiser là où je le désirais le plus.

Non, je ne me sentais pas du tout ancrée. Je m'envolais comme je l'avais fait cette nuit-là avec l'ailé, portée maintenant par les quatre hommes monstrueux qui m'offraient leur affection de manières si différentes, mais si délectables.

Mon corps se cambrait et se balançait entre eux au gré des courants changeants, Snap s'enfonça encore plus profondément en haletant, affamé qu'il était, la longue queue d'Omen me frôla le cul, et je jouis à nouveau, mon orgasme ricochant vers le ciel limpide et bleu.

Snap enfouit son visage dans mon cou et frémit alors qu'il atteignait lui aussi l'orgasme. Thorn suivit avec un gémissement quelques instants plus tard. Nous dérivâmes là, enlacés et rassasiés, formant notre propre cercle d'extase dans ce qui aurait pu être un monde vide.

Cette rencontre extraordinaire allait-elle apprivoiser mon feu ? Je l'ignorais, mais à ce moment-là, les liens qui nous unissaient semblaient trop puissants pour qu'une sphinge ou un mortel meurtrier puisse les déchirer.

* * *

Le soir tombait lorsque nous accostâmes le bateau et commençâmes à gravir le terrain rocailleux jusqu'à l'endroit que le hacker de Ruse avait repéré. Lorsqu'il nous indiqua la cabane miteuse dans laquelle le laquais humain de Tempest avait fait son travail, la nuit était déjà bien avancée.

— D'après ce que nous avons compris, chuchota l'incube tandis que nous nous approchions du bâtiment, elle a demandé à ce type d'enquêter sur des ruines qui ont été construites avec des protections pour repousser l'humanité de l'ombre. Elle cherche à découvrir les secrets que les anciens auraient voulu cacher aux yeux des monstres.

J'étudiai la mince lueur qui s'échappait de l'unique fenêtre minuscule de la cabane.

— Elle doit penser que ce qu'il a pu trouver sera important pour mener à bien son plan, sinon elle ne l'aurait pas laissé fouiner ici plutôt que derrière les murs du bâtiment de la Compagnie.

Thorn réapparut à côté de nous, après un rapide repérage.

— Il y a des plaques d'argent et de fer dans le mur, mais elles sont assez fragiles pour que je puisse les casser sans trop d'inconfort.

— Pas vraiment subtil, dit Ruse.

— Nous n'avons pas de temps pour la subtilité – et si ce mortel est aussi impliqué dans les affaires de Tempest qu'il semble l'être, il pourrait la contacter au moindre signe d'interférence avant que nous ayons une chance de mettre en œuvre un plan plus long. Omen s'essuya les mains. Allons-y pour un peu de démolition, alors.

Thorn nous adressa un sourire sinistre, redressa ses larges épaules et s'élança vers la cabane. Je l'avais déjà vu traverser des murs de béton, ce n'était donc pas un exploit surprenant. L'adrénaline me parcourut tout de même les veines.

Le guerrier percuta le côté de la cabane, poings en premier. Le bois usé par les intempéries craqua et se froissa. La mâchoire serrée contre les effets toxiques des métaux qui l'entouraient, Thorn empoigna l'homme d'âge moyen qui se tenait à l'intérieur et l'arracha de la cabane avant que le toit qui vacillait ne lui tombe dessus.

Nous nous précipitions déjà sur le flanc de la colline pour les rejoindre. Je repérai l'éclat d'un mince anneau d'argent et de fer à l'index de l'homme et j'accélérai le pas. Dès que je l'eus atteint, je saisis sa main et j'arrachai l'anneau.

L'homme sursauta en poussant un cri étrangement faible. Une seconde plus tard, Ruse était à ses côtés. L'incube reprit son ton cajoleur.

— Bonjour, mon ami. Nous sommes ici pour t'aider à échapper au démon qui te tient sous son emprise.

Les yeux gris de l'homme ne prirent pas l'éclat habituel des personnes sous le charme. Il tenta de s'écarter, mais Thorn lui serra fermement les épaules.

Un froncement de sourcils traversa momentanément le visage de Ruse, mais il persévéra.

— Nous ne voulons que ton bien. Nous allons régler tout ça, tu n'as pas à t'inquiéter.

L'homme s'agita de nouveau entre les mains de Thorn, totalement insensible. Puis il fit un geste désespéré en direction de Snap, comme s'il supposait que la figure la plus douce parmi nous était la plus susceptible d'être de son côté.

Quelque chose dans le mouvement de ses mains me rappela quelque chose. Un déclic se produisit dans ma tête.

Un petit rire rauque s'échappa de mes lèvres.

— Tempest n'a pas pris la peine de le cacher pour une bonne raison. Elle savait qu'aucun être de l'ombre ne pourrait le charmer avec un peu d'amabilité.

Omen me lança un regard acéré.

— Qu'est-ce que tu racontes ?

Je fis un geste vers l'homme.

— Je suis presque sûre que le geste qu'il vient de faire était en langage des signes. Il ne peut rien entendre de ce que dit Ruse, il est sourd.

VINGT-ET-UN

Snap

— Regarde, dit Ruse en agitant son téléphone sous le nez du mortel. La lueur de l'écran montrait un message que l'incube avait tapé. Ça ne te donne pas envie de suivre tous mes ordres ?

L'homme qui travaillait pour Tempest tourna brusquement la tête sur le côté, incapable d'aller plus loin grâce aux mains puissantes de Thorn qui le maintenaient en place.

Nous étions entrés dans la cabane partiellement détruite, nous installant autour d'une table en bois brut maintenant parsemée d'éclats du mur que le guerrier avait défoncé. Thorn avait installé l'homme sur une chaise et le surveillait de derrière. Ruse était assis en face de lui. Sorsha et moi nous tenions de part et d'autre de l'incube, observant les débats, tandis qu'Omen faisait les cent pas dans le petit espace de la cuisine de la cabane. Sans même le regarder, je voyais bien que le métamorphe était tout aussi mécontent de la situation que notre captif.

— Est-ce que ça marcherait au moins si tu pouvais le lui faire lire ? demandai-je.

Ruse grimaça.

— Je n'en sais rien. Je n'ai jamais essayé de charmer par l'image. Persuader avec ma voix, c'est ce qui me vient naturellement. Ce serait plus facile à dire si nous pouvions le forcer à lire déjà. Même si notre robuste gaillard tient les paupières de ce connard ouvertes, on ne peut pas l'obliger à se concentrer sur les mots.

— Essaie ceci. Omen jeta une feuille de papier et un stylo sur la table. Ton écriture pourrait contenir plus de pouvoir que des mots tapés sur un appareil de mortel.

— S'il veut bien lire ça. Sorsha se pencha sur l'épaule de l'incube. Écris les lettres en très gros pour qu'il ne puisse pas s'empêcher de les voir.

Ruse rit sous cape.

— Comme si j'essayais d'apprendre à lire à un enfant ! Mais il griffonna sur la feuille de papier des lettres aussi larges que possible. CONTINUE À LIRE CE QUE J'ÉCRIS. Autant franchir cet obstacle d'abord.

Thorn saisit la tête de l'homme pour la tourner vers la table, et Ruse brandit son message comme un drapeau. L'homme sembla y jeter un coup d'œil, mais tout ce qu'il fit, fut une grimace si amère que j'en tordis ma langue. Il brandit les mains en l'air en faisant un autre de ces gestes qui étaient sa propre façon de parler. Je ne comprenais pas le langage physique, mais j'avais la nette impression qu'il avait dit à Ruse de s'enfoncer son papier – et peut-être d'autres choses – dans l'anus.

Si le charme de l'incube avait un effet, il ne rendait certainement pas l'homme plus amical. Je me penchai sur la table, tirant la langue pour recueillir des impressions plus précises. Peut-être n'avions-nous pas besoin de l'aide de cet homme. Je pourrais peut-être glaner quelque chose d'utile sur ses enquêtes pour Tempest sans qu'il offre la moindre coopération.

L'homme ne semblait pas avoir utilisé la table pour travailler. Je perçus des doigts qui s'étaient refermés sur un mug chaud qui sentait le café, un couteau et une fourchette posés pour un simple repas de viande grillée, un livre posé ouvert alors qu'il y regardait des histoires de cow-boys à larges chapeaux en train de se tirer dessus depuis leurs chevaux.

En m'éloignant de la table, je testai l'armoire à côté, le lit étroit avec sa couverture qui grattait, et je fis finalement le tour d'Omen pour vérifier la cuisine. À chaque sensation qui s'élevait, les fragments que j'avais rassemblés formaient une image parcellaire de la vie de l'homme ici – ni vivante ni complète, mais quelque chose.

— Il est ici depuis un certain temps, rapportai-je, goûtant les murs entre les commentaires. Suffisamment longtemps pour qu'il se soit ennuyé. Il imagine une femme qui vit dans un autre endroit – elle sourit beaucoup et il la trouve très jolie. Il est agacé quand il la voit avec un homme qui lui passe le bras autour de la taille.

Je fronçai les sourcils, faisant le tri des émotions que j'avais captées dans les souvenirs de notre prisonnier.

— Je pense qu'elle est peut-être en couple avec quelqu'un d'autre, mais il voudrait qu'elle soit à lui. Il continue à travailler pour la sphinge parce qu'il pense qu'elle l'aidera à y parvenir.

Sorsha fronça le nez et lança un regard noir à l'homme.

— Il aide Tempest pour pouvoir forcer une femme à se

mettre avec lui ? Quel piège ! Et la Compagnie vous traite tous de « monstres » ?!

Ces impressions m'avaient également mis mal à l'aise. Mais elles ne nous aidaient pas à vaincre Tempest.

— Je n'arrive pas à me faire une idée de son travail. Il part tôt et rentre tard, fatigué. Il marche beaucoup et il creuse. Peut-être qu'il cherche quelque chose ?

Je m'agenouillai près d'un panier d'osier dans le coin, où une chemise froissée pendait du rebord. Ma langue parcourut l'air au-dessus d'elle, et un picotement d'excitation passée me traversa, stimulant la mienne.

— Il l'a trouvé. Je ne peux pas dire ce que c'était, mais il était impatient d'en parler à Tempest pour pouvoir enfin partir.

Omen tourna la tête.

— Lui a-t-il déjà dit ?

— Je pense qu'il lui a dit certaines choses, mais il devait encore y retourner et découvrir plus de choses sur ce je ne sais quoi qu'il cherchait. Je penchai la tête sur le côté, comme si cela pouvait transformer les impressions confuses en une histoire plus cohérente. Cela ne fonctionna pas.

À la table, Ruse avait retourné le papier et l'avait poussé, ainsi que le stylo, vers l'homme. Il fit un geste énergique. La lèvre du gars se retroussa. Il saisit le papier, le froissa en quelques tours de main et le lança au visage de l'incube.

— Très bien, dit Ruse en se levant. Je pense que nous avons déterminé que mon charme ne s'étendait pas à l'écrit ou à la pantomime. Qu'est-ce qu'on fait maintenant ?

Peut-être que si j'essayais les vêtements que l'homme portait en ce moment ? Je m'approchai de Thorn et penchai la tête. Un grondement de faim glaçant me grignota les tripes. Je l'expulsai de mon cerveau et j'aspirai davantage d'impressions.

— C'est trop présent, dis-je avec une pointe de regret. Le flot d'émotions que l'homme ressentait en ce moment même noyait toute information plus subtile. Il est en colère, frustré et un peu effrayé. Mais c'est surtout quand il pense à la sphinge en train de découvrir que nous l'avons trouvé, pas tellement à ce que nous allons faire.

Omen grogna dans sa barbe.

— Nous n'avons aucun moyen de pression. Il n'y a rien d'autre qui l'intéresse ici que sa propre vie, et tu peux être sûr qu'il sait que Tempest le massacrerait de façon affreusement douloureuse s'il la trahissait, alors menacer de le tuer ne servira pas à grand-chose.

Sorsha tordit la bouche.

— Il doit savoir quelque chose d'utile s'il travaille autant pour Tempest. Ce qu'il a découvert ici pourrait être ce qui lui permettra enfin de répandre la maladie créée par la Compagnie.

Le regard d'Omen se dirigea vers moi, puis s'éloigna à nouveau. Il hésita, ce qui ne ressemblait pas du tout à notre chef, et je me retournai pour l'étudier.

— Il y a un moyen, commença-t-il en mesurant ses mots.

D'un seul coup, notre captif fit un bond en avant. Notre attention se portant sur le chien de l'enfer, l'emprise de Thorn sur notre homme dut se relâcher légèrement. Ses genoux heurtèrent le dessous de la table et il brandit un petit pistolet qui devait être fixé là.

Le guerrier le plaqua au sol. Le coup partit dans un boum qui brisa le calme de la nuit et heurta le bord du mur derrière Sorsha.

Il avait failli la tuer. La balle l'aurait touchée en plein front si elle avait volé quelques centimètres vers la droite. Sans réfléchir, sans ressentir autre chose que la houle de l'horreur vengeresse, je me jetai entre ma bien-aimée et son agresseur.

Alors que je surplombais l'homme affalé, ma rage se réduisit à une colère plus sourde en l'espace de quelques instants. Il ne pouvait plus lancer d'attaque tant qu'il était coincé sous la masse de Thorn.

Omen donna un coup de pied dans l'arme pour l'envoyer dans l'obscurité dehors, le tout sans ménagement. Il lança un regard noir à l'homme.

— Non, tu ne tiens pas tant que ça à ta vie, n'est-ce pas ?

Même si mon instinct protecteur s'estompait, une boule de faim restait à la base de ma gorge, me rongeant désormais plutôt que me grignotant. Ma mâchoire démangeait de produire les dents semblables à des aiguilles qui auraient pu percer le crâne de cet homme et siphonner son âme, lambeau par lambeau.

Je retins un soupir rauque et Omen me jeta un coup d'œil. Quelque chose dans son expression me fit comprendre tout d'un coup.

Il ne voulait pas que je maîtrise ma faim. Quand il avait dit qu'il y avait un moyen, il allait suggérer que j'utilise mon pouvoir. Que j'écorche l'âme de notre captif jusqu'à sa plus simple essence, pour tous les tourments que cela lui ferait subir, pour voir tout ce qu'il avait été, et fait.

Si l'homme refusait de communiquer avec nous et que Ruse ne parvenait pas à l'amener à le faire, le dévorer était la solution la plus évidente. En quelques minutes, il nous en dirait plus que ce que nous ne pourrions jamais obtenir de lui ou de sa maison. Et ce que ce laquais savait pourrait faire la différence entre sauver des centaines de millions d'autres êtres, mortels ou non, d'une souffrance incalculable.

Pourtant, mon corps hésitait. Ma langue tremblait sur mes lèvres et la faim remontait dans mon gosier. Comment savoir si je prenais cette décision par justice ou par monstruosité ?

Ma voix ne fut qu'un croassement.

— Dis-lui. Fais-lui comprendre qu'il mourra s'il n'accepte pas de partager ce qu'il sait. Il doit avoir le choix. Même si nous étions déjà sûrs de celui qu'il ferait.

— Snap ? dit doucement Sorsha. Sa main se glissa autour de mon avant-bras, une douce chaleur. Il y avait tant de douceur que ma bien-aimée pouvait offrir malgré tout le feu et la force qu'elle avait en elle.

Elle ne se préoccupait pas d'elle-même. Elle m'avait montré qu'elle m'aimait, que je me tourne ou non vers ce pouvoir. Elle ne s'inquiétait que de mon propre bien-être, de ce que je ressentais à l'idée de passer à l'acte.

— Je ne vais pas te donner d'ordre, dit Omen. C'est aussi ton choix. Je te ferai juste remarquer qu'il y a beaucoup de choses en jeu. Parfois, il n'y a pas de réponse qui ne soit pas au moins un peu monstrueuse.

La vérité de ces paroles s'installa dans ma poitrine. Sorsha serra mon bras, et la résistance en moi commença à fondre.

Oui. Éviter de dévorer cet homme condamnerait probablement tous ces autres êtres à une mort atroce. Laisser cette dévastation se produire serait-il en quelque sorte plus humain de ma part, simplement parce que je n'avais pas procédé à la destruction par mes propres mâchoires ?

C'était ce que ma bien-aimée et mes amis voyaient en

moi : non pas un monstre cédant à la méchanceté, mais un être de l'ombre doté d'une capacité capable d'inverser une immense catastrophe. Je pouvais le faire. J'étais censé le faire. Et j'avais découvert que je pouvais penser cela sans grimacer pour la première fois depuis cette nuit, il y avait longtemps, où j'avais enfoncé mes dents dans le crâne de mon premier repas sans le savoir.

Pourquoi avais-je rejoint la cause d'Omen si je n'avais pas l'intention de donner à cette mission tout ce qui était en mon pouvoir ?

Pendant que je me débattais avec moi-même, Ruse et Thorn avaient transmis la situation à notre captif aussi bien qu'ils le pouvaient avec des mouvements et des mots griffonnés. Il secoua la tête contre le sol avec un air de défi. Inspirant lentement, je m'accroupis à côté de lui.

— Tu contribues à blesser beaucoup de gens qui n'ont rien fait de mal, lui dis-je, au cas où une partie de mon message se propagerait en lui, même s'il n'entendait pas ma voix. Je dois te faire du mal pour m'assurer que ces horreurs cessent. Je suis fait pour ça, je ne le nie pas. Parfois, il faut un monstre pour combattre les monstres.

À cet instant, je sus par tout mon corps que tant que je me soucierais de ce royaume, du mien et de tous les êtres qui s'y trouvaient, je ne me laisserais jamais envahir par ma monstruosité.

Une lumière verdâtre scintilla dans mon champ de vision. Je m'abandonnai à la transformation en dévoreur. L'étirement de mes membres et l'apparition de dents plus acérées m'envahirent comme si je me libérais d'une couverture qui m'enveloppait de façon étouffante. Une brûlure presque agréable se répandit dans mes muscles.

Une part de moi allait apprécier cet acte, aussi horrible soit-il. Ce n'était pas grave non plus. Le plaisir pouvait appartenir au bien que je savais faire, même si je pleurais l'agonie qui l'accompagnait. Ma mâchoire s'ouvrit. Poussé par un mélange de détermination, de justice et de faim, je serrai les dents autour de la tête de l'homme.

J'avais oublié à quel point les images pouvaient être intenses. Les images, les sons et, oh, les goûts m'envahissaient, si vifs qu'ils auraient pu m'ôter toute raison d'être si je ne m'y étais pas accroché.

Oui, la course d'un jeune garçon à travers un champ jusqu'à un camion de crème glacée – et la douceur crémeuse qui inondait sa bouche par la suite – était faite pour être savourée. Oui, je pouvais me satisfaire un instant de son cri intérieur tandis que je fouillais dans le souvenir de l'adolescent en train de briser le précieux violon de quelqu'un d'autre pour en faire les plus petits morceaux que ses talons pouvaient produire. Mais plus loin, plus profondément, il y aurait les réponses dont nous avions besoin.

Il y aurait une sphinge, de terribles promesses et des mystères élucidés. Et je pourrais le dévorer jusqu'à ce que je les trouve.

Les moments que j'avais cherchés me frappèrent à l'improviste : un éclair d'yeux ambrés, des mouvements gracieux de mains ornées de bijoux que je ne pus pas suivre, un sentiment caustique d'accord qui traversa l'homme en retour. De hautes tours, des cavernes profondes, une chaleur sèche et une obscurité humide, des chambres éclairées par une lueur artificielle. Des reflets de métaux qu'il pouvait passer, mais que son maître ne pouvait tolérer. Des écritures, gravées ou peintes, qu'il prenait en photo ou copiait avec une précision minutieuse.

Des élans de triomphe. Peut-être que cette fois-ci serait suffisante. Peut-être cette fois-ci.

Je m'attardai sur chaque bouchée aussi longtemps que possible, inhalant chaque détail et le marquant dans ma propre mémoire. Le cri d'agonie silencieux de l'homme traversait les images de plus en plus fort, jusqu'à ce que... clac !

Ma faim trancha le dernier fil. Il ne restait plus rien à l'intérieur de son enveloppe corporelle.

Je me hissai en arrière, retombant dans mon corps de mortel. Des émotions me traversaient encore, certaines étant les miennes et d'autres celles de ma victime, mais la sensation la plus forte qui se développait dans ma poitrine était le soulagement.

Les mots jaillirent de ma personne.

— Il a trouvé des écrits, des histoires sur les faiblesses des ombres. Des rumeurs sur les poisons et autres toxines. Ce n'était pas suffisant. Elle en voulait plus. Il y avait des histoires de mortels qui rendaient malades les hommes de l'ombre et qui se rendaient malades à leur tour. Il y avait aussi des moyens de s'en protéger. Il y a un jour ou deux, il a vu : *pour se protéger des faiblesses de l'un ou de l'autre, il fallait contenir les forces de l'un et de l'autre.* Je ne sais pas ce que ça veut dire, mais Tempest était contente quand il le lui a dit. Et... quelque chose à propos d'un endroit avec beaucoup de gros rochers. Il en a trouvé une peinture. Les énergies peuvent résonner à partir de là. Je pense qu'elle a décidé de répandre sa maladie à partir de cet endroit.

— De gros rochers ? répéta Sorsha. Une montagne ?

Je me replongeai dans les visions de mon esprit.

— Non. Un rocher par-ci, un rocher par-là, beaucoup, en cercle. Un grand cercle, avec un anneau plus petit à l'intérieur. Certains étaient empilés les uns sur les autres comme... des tables.

Les sourcils de Ruse se soulevèrent. Il tapota sur son téléphone et le tendit vers moi, une photo à l'écran.

— Comme ça ?

J'eus le souffle coupé.

— Oui, c'est cette forme.

— Stonehenge, murmura Omen. Si c'est de là qu'elle prévoit de lancer sa catastrophe, elle doit être en train de régler les derniers détails là-bas. Nous devrons juste...

Dans un boum qui résonna jusqu'à mes oreilles, le toit au-dessus de nos têtes explosa dans une pluie de bardeaux.

Thorn poussa un mugissement et se leva d'un bond. Une lumière orange se répandit sur le corps d'Omen. Des cris fusèrent tout autour de nous, un filet scintillant s'éleva dans les airs, des fouets semblables à des lasers traversèrent les ténèbres.

Le guerrier ailé esquiva et frappa de ses poings le visage de deux des assaillants qui semblaient dévaler le flanc de la colline en une vague. Je tournai sur moi-même, cherchant une arme quelconque...

Mais nous n'étions pas leur cible principale après tout – pas nous quatre, les ombres. Deux silhouettes s'élancèrent vers Sorsha par-derrière. L'un d'eux lui planta quelque chose à la base du cou avec un crépitement d'électricité qui fit faire des spasmes à son corps avant qu'elle n'ait pu donner son premier coup de poing.

Je bondis sur eux, sans me soucier du fait que je n'avais pour la défendre que mes mains nues, qui n'étaient pas aussi bien adaptées que celles de Thorn. Les brutes étaient déjà en train de propulser son corps affaissé sur le terrain rocailleux. Je repoussai l'un d'entre eux, mais il était trop tard. Au moment où je m'approchais de ma bien-aimée, une créature féline descendit en piqué sur de vastes ailes pour saisir Sorsha dans ses pattes.

Un fouet s'abattit sur mon épaule. Ruse fit tomber le casque de mon agresseur avec le fracas d'une marmite. Omen nous dépassa tous, ses griffes de chien de l'enfer déchirant l'estomac de l'homme au moment où il s'élançait.

Elle avait déjà disparu. Autour de nous, des corps gisaient, brisés et ensanglantés. Quelques silhouettes qui avaient vu le vent tourner s'enfuirent dans la nuit. Et la sphinge s'était envolée dans le noir du ciel, sans que l'on puisse voir la moindre trace d'elle ou de sa précieuse cargaison.

Elle avait pris Sorsha ! Mes doigts se recroquevillèrent sur mes paumes tandis que chaque particule de mon corps poussait un cri d'horreur. Qu'est-ce que Tempest voulait faire d'elle ?

Je dévorerais tous les membres de la Compagnie s'il le fallait pour la sauver.

VINGT-DEUX

Sorsha

J e me réveillai en boule, les genoux serrés contre le front, chaque muscle encore tendu par le souvenir de la décharge électrique qui m'avait assommée, comme si elle s'était produite il y a quelques secondes à peine. Même mes poings étaient serrés et blottis contre ma poitrine...

Des bruits de pas claquèrent dans ma direction. Je levai la main pour la passer sur ma bouche et je relevai timidement la tête.

J'étais enfermé dans une cage comme celles que j'avais déjà vues dans les installations de la Compagnie : un plancher métallique solide, rigide contre mon épaule et ma hanche, des barreaux luisant tout autour de moi dans la lumière crue. Mais ils ne devaient pas être en argent ou en fer, ce qui ne m'aurait pas affectée de toute façon, car

Tempest avait les mains autour de ces barreaux et me regardait entre eux avec ses yeux de chat.

Elle si près, le froid tranchant de son pouvoir inné me frappa plus fort qu'il ne l'avait fait lors de nos rencontres précédentes. Mon pouls eut des à-coups et mon feu intérieur s'enflamma en retour.

Je dirigeai cette première décharge de flammes vers ma joue. La peau sensible me piqua, mais la sphinge ne donna aucun signe qu'elle avait remarqué quoi que ce soit d'anormal. Ses lèvres pulpeuses s'étaient incurvées en un sourire narquois.

Je n'avais pas beaucoup de place pour me redresser. Le toit de la cage ne se trouvait qu'à trente centimètres au-dessus de mon corps allongé, et je n'aurais pas pu tendre mes jambes vers les murs sans me cogner les pieds sur les barreaux. Tempest et ses laquais de la Compagnie avaient dû s'amuser à me coincer ici.

Le feu se réveilla dans ma poitrine. Si elle pensait que j'allais simplement rester couchée ici…

— Balance tes pouvoirs si tu le dois, dit la femme léonine. Cela ne te mènera nulle part. Je disparaîtrai dans l'ombre avant d'avoir autre chose qu'un coup de soleil, et rien d'autre ici ne brûlera.

Mon regard glissa au-delà d'elle, vers l'ensemble de la pièce. Saintes poubelles scintillantes, elle ne plaisantait pas. Tout l'espace semblait avoir été construit en acier, du plafond au sol, en passant par tous les meubles. Il n'y en avait pas beaucoup d'ailleurs : une table de laboratoire derrière Tempest et une autre table plus petite avec des instruments tout aussi étincelants à côté.

Je n'aimais *vraiment pas* leur aspect.

Les flammes sur ma joue avaient réduit la boule qui s'y trouvait en une masse plus fine qui s'écrasait contre mes gencives. Je serrai la mâchoire et décidai qu'il était prudent de parler.

— Où as-tu trouvé cet endroit ? Sur le plateau d'un film d'horreur d'extra-terrestres à petit budget ? Je ne m'attarderai pas sur les détails, si cela ne te dérange pas. À ta manière de traiter tes invités, il est étonnant que tu ne sois pas plus populaire.

Tempest gloussa à mon sarcasme, sa voix langoureuse rendant son rire sulfureux.

— Tu aurais pu être une invitée digne de ce nom si tu n'avais pas tenté de m'incinérer lors de notre deuxième rencontre. Mais regarde tout ce que j'ai fait pour toi malgré tout ! J'ai fait construire tout cet espace rien que pour toi, mon phénix chéri.

Eh bien, ça sentait le certain niveau d'obsession ! Je changeai de position, mes bras commençant déjà à souffrir de mon inconfortable station allongée.

— Y a-t-il une raison particulière pour laquelle j'ai droit à ce traitement de star ? Je suppose que ce n'est pas juste pour que tu puisses te moquer de moi.

Si elle avait voulu me tuer, je serais déjà morte. Elle m'avait laissée sans défense pendant que j'étais assommée. Au lieu de cela, j'étais ici, donc elle avait manifestement besoin de mon aide... Comment pensait-elle l'obtenir exactement ?

Avec un peu de chance, pas avec cette panoplie d'outils de torture, mais connaissant le fonctionnement de sa Compagnie, je soupçonnais que ces espoirs valaient autant que les cendres dans lesquelles j'aurais aimé quitter cet endroit. La question n'était pas tant de savoir *si* j'allais être confrontée à une version de ces recherches de corps extra-terrestres que *quand* le serais-je.

— Tu as rencontré l'un de mes « instruments », dit la

sphinge. Je suppose qu'il ne t'a pas suffisamment appris pour que tu puisses faire le lien. Ce n'est pas grave. Moins tu en sais, plus il sera facile de te le reprendre. Son sourire se fit encore plus acerbe.

Satanée folle dingue. Une nouvelle poussée de colère éclata dans mes côtes et des flammes crépitèrent dans mon dos. Je serrai les dents, réprimant un feulement et refoulant le feu à l'intérieur du mieux que je pouvais.

Tempest pencha la tête, les yeux brillants, comme si elle trouvait mes pouvoirs imprévisibles très amusants.

— Juste pour info, au cas où tu aurais l'idée de te martyriser : si tu commences à dégager trop de fumée, ta cage est équipée pour t'asperger d'une bonne quantité d'eau. Tu ne m'échapperas pas non plus par cette voie.

Je n'avais aucun espoir d'atteindre cette malade dans mon état actuel, mais je ne pouvais pas m'empêcher d'aiguillonner sa conscience inexistante.

— Ça ne te dérange vraiment pas d'aider des gens qui te détestent et qui détestent tous les autres êtres comme toi ? Comment peux-tu gagner alors que ce que tu veux dépend d'années et d'années passées à leur donner ce qu'ils voulaient ?

— Ah, mais une fois que j'aurai ça, il y aura tellement plus de mortels qui tomberont malades et mourront que ceux qui ont pris plaisir à mener à bien mes affaires. Ce royaume ne s'en remettra *jamais*. L'éternité a pas mal de valeur à mes yeux.

— Et alors ? Tu pourras te pavaner en jubilant sur l'éternité des choses horribles ?

Ses yeux brillèrent d'un éclat perçant.

— Je suis sûre que je trouverai plein de façons de m'occuper.

L'agacement m'envahit de plus en plus, et les flammes augmentèrent avec.

— Ils pensent que vous êtes tous des monstres, et tu leur donnes raison.

— Qui dit qu'ils ont tort ? Je *suis* un monstre. Je l'assume. Et personne ne m'empêchera d'être aussi monstrueuse que je le souhaite.

Elle recula d'un pas en se déhanchant. Le tailleur qu'elle portait aujourd'hui n'était pas aussi extravagant que les robes qu'elle avait portées lors de nos précédentes rencontres, mais elle avait tout de même réussi à en trouver ou à en fabriquer un dont le col de la veste et l'ourlet de la jupe étaient ornés de diamants cousus en motifs. Ils étincelaient sur la soie d'un violet profond. Elle agita une main tout aussi étincelante avec toutes les bagues dont elle était chargée.

— Il est temps que tu me donnes la dernière pièce dont j'ai besoin pour que ce plan se mette en place. N'est-ce pas charmant que ce soit toi qui rendes mon apocalypse possible ? Je laisse mes laquais s'en occuper. Oh, et avant que tu ne te fasses des idées à leur sujet, je te signale qu'il n'y a pas que ta cage qui est équipée de tuyaux d'eau.

Elle disparut dans l'ombre, sous la grande table, au moment où une bonne douzaine de pulvérisateurs s'enclenchaient au-dessus de sa tête. En un instant, un déluge remplit la pièce, comme si un orage s'était abattu sur elle. Les lourdes gouttes s'entrechoquaient sur les tables et s'écoulaient en gargouillant dans une bouche d'égout que je n'avais pas remarquée dans le coin le plus éloigné du sol.

En raison de l'angle du jet, une bonne partie de l'eau sauta entre les barreaux pour éclabousser ma peau et mes vêtements, mais être trempée était le cadet de mes soucis.

La porte s'ouvrit juste assez longtemps pour laisser entrer cinq personnes portant des visières en plastique pour protéger leurs yeux du plus gros du jet. En quelques secondes, l'averse trempa les autres, de leurs cheveux à leurs uniformes brun clair.

Les trois plus costauds de la bande s'avancèrent vers ma cage. Je m'arc-boutai, ignorant les élancements croissants de mes muscles endoloris. Au moment où l'un d'eux déverrouilla l'avant de la cage, je tendis les jambes vers l'avant et je découvris que mes chevilles étaient attachées l'une à l'autre avec seulement quinze centimètres de chaîne entre elles.

Je donnai quand même un coup de pied, mais il ne fut pas aussi si fort que je l'aurais voulu. L'un des autres gars costauds attrapa mes jambes avant que je ne puisse les replier. Je me débattis en donnant des coups de poing, ne pensant pas vraiment empêcher ce qu'ils allaient faire, mais ayant l'intention d'extraire toute la gêne possible quant à l'indignité et la douleur qu'ils étaient sans aucun doute sur le point de m'infliger.

Mon feu intérieur ne m'était d'aucun secours. Alors que les voyous me poussaient vers la table qui m'attendait, une pluie d'eau s'abattit sur moi. Toute la chaleur furieuse qui voulait jaillir de mon corps grésillait contre ma peau, m'ébouillantant brièvement avant que d'autres jets n'éliminent le liquide bouillant. Quelques éclaboussures firent peut-être une ou deux cloques à mes ravisseurs, mais rien qui ne les fit grimacer.

Ils me poussèrent sur la table, sur le dos, en me serrant les bras le long du corps. Des menottes d'acier s'enclenchèrent sur mes poignets, mes chevilles, ma taille et enfin mon cou. Le bord de la dernière menotte s'enfonça dans la peau tendre du haut de ma gorge, et une douleur s'y forma lorsque je déglutis.

Le déluge continuait de s'abattre sur moi, brouillant ma vision et emplissant mes oreilles. Je laissai mes lèvres s'écarter légèrement pour boire un peu à petites gorgées. Je n'allais pas pouvoir me battre contre qui que ce soit si je me laissais déshydrater et emprisonner. Dieu seul savait quand Tempest déciderait de me nourrir…

Les deux personnes moins costaudes se placèrent de part et d'autre de la table, des gouttes d'eau coulant le long de leurs visières. L'une d'elles tenait un scalpel provenant de la plus petite table, l'autre une seringue.

— Nous nous préparons à prélever des échantillons pendant que le sujet est conscient, dit la première, sa voix se mêlant à l'eau qui tombait. Sacs étiquetés A.

Lorsqu'elle appuya le scalpel sur mon avant-bras, je retins un cri. Une sensation de piqûre parcourut ma peau. J'eus l'impression qu'elle m'avait arraché un morceau de chair – elle avait déposé un morceau rouge dans un sac. Puis elle tira sur ma chemise pour trancher les muscles de mes côtes.

Mon cœur battit plus fort. Elle enfonça la lame entre deux côtes et la douleur me traversa la poitrine. Je ne pus retenir un gémissement.

Je n'avais pas réussi à ébranler la détermination de Tempest, mais ces gens – ça n'était pas des monstres anciens sans aucune notion de moralité, c'étaient mes putains de semblables.

Je penchai la tête pour ne pas me noyer en ouvrant complètement la bouche et je crachai ces mots :

— Je suis une personne comme vous. Je pense et je ressens les mêmes choses que vous. Je ne suis pas une bête sans cervelle qui met des innocents en pièces. Comment pouvez-vous penser qu'il est normal de me torturer ainsi ?

Les techniciens de labo continuèrent à travailler sans même cligner des yeux. On aurait pu croire qu'ils étaient sourds comme l'homme en Crète, s'ils n'avaient pas parlé entre eux.

— Le tibia, rappela l'homme à sa collègue, et elle tendit la main pour remonter la jambe de mon pantalon. Ma cheville se heurta à la machette quand je voulus me dégager instinctivement. Une douleur encore plus vive me traversa la jambe.

— Je suis née à Austin, au Texas, dis-je sous la pluie artificielle. Quand j'étais petite, j'adorais les glaces et regarder les chauves-souris voler au-dessus du pont. Je suis allée à l'école – j'ai appris le nom de tous les présidents, comment rédiger une dissertation et que nous sommes censés nous traiter les uns les autres avec respect, même si nous avons des différences personnelles. Je suis tombée amoureuse. J'ai eu le cœur brisé. Je suis *un être humain*, merde ! Vous êtes en train de découper une personne.

Non pas que ce fut plus acceptable quand ils faisaient ce genre de conneries à un être de l'ombre. Mais mes ravisseurs n'en avaient visiblement rien à foutre de savoir à quel point je leur ressemblais. Ils seraient heureux de me détruire comme ils avaient détruit tant d'autres créatures – et même leur propre peuple, lorsqu'ils estimaient que leurs adversaires s'approchaient trop de la vérité – juste pour avoir l'occasion d'exterminer tout un royaume d'êtres dont la plupart n'avaient pas fait plus de dégâts qu'un humain moyen.

Comment pouvaient-ils avoir tant de haine ? Comment

pouvaient-ils laisser brûler la moindre parcelle de compassion en eux ?

Ou peut-être que les êtres humains n'étaient pas si compatissants que cela à la base. Je n'en étais pas tout à fait un moi-même, n'est-ce pas ? Tous les mortels étaient-ils capables de devenir aussi dingues si on les poussait un peu ?

— Écoutez-moi ! hurlai-je, ma voix se brisant en un cri lorsque le scalpel entailla le bout de mon petit orteil. La rage monta en moi et jaillit de mon corps – pour rencontrer l'eau qui tombait avec un sifflement de vapeur qui se dissipa. Mes bourreaux reculèrent une seconde lorsque les gouttelettes brûlantes disparurent, mais pour tout l'intérêt qu'ils me portaient, j'aurais tout aussi bien pu être un radiateur défectueux plutôt qu'un être vivant et pensant.

Pensant pour l'instant. Alors qu'ils se rapprochaient à nouveau de moi, l'homme leva sa seringue.

— Maintenant, prélevons les échantillons inconscients. Sacs étiquetés B.

— Non ! dis-je, réussissant à étouffer un sanglot.

Il enfonça l'aiguille dans mon cou, juste sous la manchette. Les ténèbres envahirent mon esprit. Ma conscience se rétrécit et s'enfonça dans une noirceur glaciale, mais pas assez vite pour que je n'entende pas la dernière remarque que la femme fit en soupirant, comme si le fait de me découper en tranches et en morceaux la gênait.

— Il vaudrait mieux que ce soit suffisant pour obtenir ce remède.

VINGT-TROIS

Thorn

Le diablotin nous observa alors que nous sortions de l'ombre et entrions dans l'habitacle de la Toutemobile.

— C'était rapide, comme voyage. Elle eut l'impudence de se fendre d'une légère moue, comme si elle était vraiment vexée que nous ne soyons pas tombés entre les mains de l'ennemi.

En tout cas, la plupart d'entre nous ne l'avaient pas fait. Ma mâchoire se crispa sous l'effet d'une nouvelle vague de rage et de perte.

— Nous sommes revenus par une brèche, dit sèchement Omen. Comme nous devions agir rapidement – pour la même raison que nous avons pu utiliser une faille sans nous soucier des Très Hauts.

Le regard de Gisèle s'était déjà posé sur nous quatre.

Elle se leva d'un bond et une férocité qui semblait incongrue avec sa petite taille étincela dans ses yeux.

— Qu'est-il arrivé à Sorsha ?

Ces mots firent sortir le petit dragon de la salle de bain. Pickle nous regarda, les ailes en berne, et laissa échapper un grognement qui ressemblait à la fois à de la consternation et à de l'anxiété.

— Tempest l'a enlevée, dit Snap, sa voix habituellement joyeuse était devenue tranchante comme un poignard. Une fureur passionnée émanait du dévoreur depuis que nous nous étions regroupés. La sphinge était trop rapide, nous avons été submergés par les attaquants de la Compagnie, nous devons la récupérer avant qu'ils ne lui fassent du mal !

Je ne voulais pas voir dans quel état il se mettrait si je reconnaissais que la sphinge et sa troupe meurtrière avaient probablement déjà fait du mal à notre mortelle d'une manière ou d'une autre. J'espérais surtout la retrouver vivante.

Lorsqu'ils avaient capturé Omen, ils l'avaient gardé pendant des mois pour mener à bien leurs expériences de tortures. Mais c'était à l'époque où ils étaient encore en train de déterminer la forme de leurs projets. Tempest avait indiqué qu'elle avait l'intention de mettre ses plans à exécution dans quelques jours seulement. Avait-elle même voulu prendre Sorsha pour une raison quelconque, ou simplement pour nous priver de tout ce que notre mortelle avait à offrir ?

Mes poings se serrèrent de leur propre chef. Si Tempest avait suivi le second raisonnement, elle aurait été motivée pour mettre fin à la vie de ma dame dès qu'elle l'aurait pu. Si elle avait fait cela, si elle avait éloigné Sorsha de nous de la manière la plus irrévocable qui soit... Je verrais les morceaux du corps de cette créature vénéneuse se déchirer petit à petit et s'éparpiller au bout du monde avant d'en avoir fini. J'arracherais les ailes de son dos et les lui enfoncerais dans la gorge. Je...

Notre commandant reprit la parole.

— Nous ne pouvons pas savoir avec certitude où Tempest l'a emmenée, mais d'après ce que Snap a appris de l'homme en Crète, il semble que la sphinge avait l'intention d'aller près de Stonehenge dans un avenir proche. Si elle pense que notre mortelle peut jouer un rôle dans son plan, il est fort probable qu'elle soit au sud de l'Angleterre. Omen fit la grimace. Ce qui ne réduit pas nos recherches.

Les doigts de Ruse parcoururent le touches de son téléphone à toute vitesse.

— C'est mieux que de parcourir toute l'Europe. J'ai déjà mis mon hacker au travail, pour obtenir plus de détails sur les activités suspectes qu'il a déjà repérées dans cette région. Il devrait pouvoir nous aider à obtenir une localisation plus précise.

Snap se dandinait sur ses pieds, le vert fluo de sa forme d'homme de l'ombre tourbillonnant dans ses yeux.

— Nous ne pouvons pas rester ici à attendre. Nous devons commencer nos propres recherches aussi vite que possible.

Bow se leva également.

— Nous serons à vos côtés. Le centaure jeta un coup d'œil à Gisèle. Penses-tu qu'il soit prudent de laisser la Toutemobile ici pour la durée de notre absence ?

Les mortels avaient l'habitude de faire la fine bouche lorsqu'un véhicule restait au même endroit pendant une durée qu'ils jugeaient inappropriée, ce qui, d'après ce que j'avais compris, n'était souvent pas très long.

Gisèle fronça les sourcils, puis rejeta ses cheveux en arrière.

— Ne prenons pas de risque. De toute façon, nous aurons besoin d'un bon véhicule pour nous enfuir une fois sur place. Et ce sera bien de donner à Sorsha un endroit familier où elle pourra se rétablir dès que nous l'aurons sauvée. La Toutemobile a survécu à un voyage dans le royaume des ombres, je suis sûre qu'elle peut en supporter un autre pour quelque chose d'aussi important.

Les lèvres d'Omen se fendirent avec un soupçon d'amusement forcé.

— Nous ferons de notre mieux pour que le voyage soit court et que les effets secondaires soient minimes. Peut-être que toutes ses nouvelles fonctionnalités reviendront à la normale lors du deuxième voyage. Il fit un signe vers le siège du conducteur. Est-ce que l'un d'entre de vous veut avoir la primeur ? La faille la plus proche n'est pas très loin.

Gisèle s'installa au volant. D'un air résolu, elle appuya sur l'accélérateur et fit tourner le camping-car dans la direction qu'il indiquait.

Le portail entre le royaume des mortels et notre demeure naturelle était invisible aux sens humains, mais je supposai que nous pouvions tous percevoir la légère vibration qui se propageait dans nos corps et qui s'intensifiait à mesure que nous nous approchions. Celui-ci s'étendait au-dessus des eaux libres, juste au-delà du rivage, autour d'une péninsule du port. Le calme de la nuit nous permit d'emprunter une route secondaire assez sombre et de faire passer le véhicule du monde physique à l'ombre, chacun d'entre nous s'agrippant à ses parois pour accélérer la transition.

Nous le propulsâmes vers la faille, le bruit de

l'ouverture nous aspirant comme un vide. Nous venions de passer dans le monde amorphe de l'autre côté, un froid épais se condensant autour de mon être, lorsqu'une voix familière se fit entendre dans les ténèbres.

— Thorn ! Je venais justement te chercher.

C'était le ton profondément mélancolique de Flint. Nous nous arrêtâmes tous, et je me retournai pour faire face à mon compagnon de guerre. Sa présence se faisait grande et pesante dans l'atmosphère trouble.

— Qu'est-ce qu'il y a ? demandai-je avec une lueur d'espoir. Avait-il décidé de nous rejoindre ? Était-il possible que l'autre ailé de Rome nous aide dans cette bataille, après tout ?

Mais à mesure qu'il s'approchait de nous, mes espoirs s'éteignirent avec l'impression qu'il se préparait à quelque chose. Il n'était pas satisfait de ce qu'il s'apprêtait à dire.

— Nos frères souhaitent que vous vous occupiez d'eux. Ils en ont grand besoin.

L'irritation me traversa avant que je ne puisse la retenir. Je ne devais pas en vouloir à ceux qui avaient tant donné d'eux-mêmes alors que je m'étais sorti indemne de notre passé. Et pourtant, si j'acceptais ce retard, à quel point ma dame serait-elle écorchée lorsque je la rejoindrais ?

Omen prit la décision pour moi avant que je n'aie à me débattre avec mes responsabilités contradictoires.

— Vas-y. Vois si tu peux les inciter à se bouger le cul et à participer avant que Tempest n'envoie le monde entier en enfer. Il nous faudra du temps pour savoir où Sorsha est détenue de toute façon. Tu pourras te frayer un chemin jusqu'à elle à ton retour.

Oui, je pouvais assumer mes deux responsabilités – et peut-être faire de l'une d'elles une partie de la solution pour l'autre. Je saluai Omen d'un signe de tête et partis dans une direction différente de celle de mes compagnons.

Il m'aurait été difficile d'expliquer à un mortel comment nous avions déterminé quelle faille menait où et comment nous avions atteint ces failles dans notre propre royaume. Les portails flottaient ici et là, laissant entrevoir les sensations qui nous attendaient de l'autre côté. On pouvait s'y engouffrer au hasard pour un voyage inattendu ou se concentrer sur l'endroit que l'on souhaitait le plus découvrir et, d'une manière ou d'une autre, arriver au portail approprié sans que le temps s'écoule trop.

Flint avait déjà une idée précise de la route à suivre, puisqu'il venait tout juste d'arriver à notre destination. Alors que nous traversions les ténèbres, je sentis son attention se fixer sur moi.

— Votre compagne mortelle, ou quasi mortelle. Il lui est arrivé quelque chose de fâcheux ?

— Elle a été enlevée par notre plus grande ennemie, celle qui a l'intention de mettre fin à l'existence de la plupart des mortels et des ombres si elle y arrive, dis-je. Il est possible que la capture de notre dame puisse même contribuer à la réalisation de cette catastrophe. Tout porte à croire que la destruction que la sphinge a l'intention d'infliger aux deux mondes est imminente.

L'autre ailé ne demanda rien de plus, mais sa présence à mes côtés laissait transparaître un malaise plus palpable.

— Quelle est cette affaire urgente pour laquelle nos frères t'ont envoyé vers moi ? demandai-je.

— Je pense qu'il vaut mieux qu'ils s'expliquent. Ils ne m'ont pas donné tous les détails, ils m'ont seulement dit que c'était à toi de supporter l'épreuve.

Cette formulation n'était pas très prometteuse. Je parvins à retenir un soupir éthéré. Ceux qui s'étaient battus vaillamment méritaient mieux que mon dédain, quelle que soit mon impatience.

Nous débouchâmes sur une route située à environ un kilomètre du palais que les mortels considéraient comme sacré et où mes frères avaient élu domicile. Comme s'ils voulaient se considérer comme des sortes « d'anges ». Cette idée me chiffonnait tandis que nous nous hâtions à travers les ombres qui commençaient à se fendre avec l'aube naissante.

Les deux êtres aux corps mutilés étaient postés sur le toit, comme s'ils attendaient mon retour depuis le moment où j'étais parti. Leurs expressions étaient encore plus sinistres que dans mon souvenir. Et moi qui avais trouvé que Flint était à cran. Chaque fois que je rencontrais un membre de mon espèce, je découvrais de nouvelles profondeurs de tristesse.

— Tu as mis tellement de temps à raconter tes aventures que j'ai commencé à douter que tu aies encore le sens du devoir, dit Viscera d'une voix sifflante avant même que je ne puisse les saluer.

L'atteinte à mon honneur me fit dresser les cheveux sur la tête. Je me maîtrisai.

— J'avais des affaires urgentes à régler, comme nous en avons discuté. Ce n'était pas pour m'amuser. Et une question encore plus cruciale se pose à nous maintenant.

— À *toi*, dit Lance. Ne nous mêle pas à tes bêtises.

— Ce ne sont pas des bêtises. Nos destins communs pourront dépendre de l'issue des prochains jours. J'inspirai et redressai les épaules. Qu'attendez-vous de moi ? Je vous aiderai dans la mesure de mes moyens.

Viscera leva son menton cassé.

— Nous pensons que l'un des griffons est passé par ici et a laissé tomber la boîte qu'ils avaient volée, laissant le peu de son contenu s'éparpiller. Je peux sentir les fragments de l'être de mon frère tout autour. Mais nous n'osons pas nous aventurer sous nos formes physiques pour les recueillir. Les mortels s'enfuiraient, horrifiés.

Un frisson me parcourut à l'idée des restes de mon ancien camarade ainsi abandonnés, mais je ne pus retenir la question qui s'éleva.

— Flint ne pouvait-il pas...

— Tu as combattu aux côtés de mon frère. Tu reconnaîtras les bribes de son essence. Nous nous occuperons du reste plus tard. Tu iras dans la ville et tu recueilleras tout ce que tu pourras de lui.

Je jetai un coup d'œil à la cour en contrebas, avec son encadrement de colonnes décolorées.

— Où se trouvent exactement ces fragments ? Je vais les rassembler immédiatement.

— Le vent les a fait voler dans les rues, loin à la ronde. Il faudra du temps, mais nous rassemblerons ce qui existe encore.

Ils attendaient de moi que je traverse l'une des plus grandes villes du monde à la recherche de minuscules particules de l'essence de notre camarade décédé depuis longtemps, alors qu'une créature de l'ombre diabolique et menaçante préparait l'apocalypse.

Je regardai ma sœur ailée, me demandant soudain si cette histoire était vraie. Il serait honteux de mentir à une camarade... mais elle avait déjà prouvé le peu d'estime qu'elle avait pour moi. Comment se faisait-il que ces griffons soient passés exactement au même moment ?

— Alors, qu'est-ce que tu attends ? demanda-t-elle.

Le fil de la loyauté qui m'avait amené ici se rompit avec une douleur qui me transperça la poitrine. Alors que je me hissais au maximum de ma taille, le souvenir des bras de

Sorsha autour de moi me revint – sa voix chaude dans mes oreilles, me disant que je pouvais la quitter si j'en ressentais vraiment le besoin, si cela satisfaisait ma conscience.

C'est ainsi que des frères dévoués devaient se traiter les uns les autres. Faire confiance à leur jugement sur leurs propres besoins. Leur donner la possibilité de faire des choix. Ne pas les gronder comme des enfants pour des erreurs commises il y a des siècles et qui n'en étaient peut-être même pas.

— J'ai lutté de toutes mes forces avec ton frère, il y a bien longtemps, dis-je. Et j'ai quitté la bataille pour son bien et celui des autres, autant que pour le mien. Il n'y avait ni trahison ni honte, et je n'en revendiquerai aucune aujourd'hui. Mon premier devoir est envers les êtres vivants qui risquent de souffrir et de mourir si je n'agis pas, et cela inclut vous deux et tant d'autres – et ce n'est pas en retrouvant les restes d'un être éteint depuis longtemps que je sauverai l'un d'entre vous.

Ils me regardaient tous les deux, bouche bée. Lance essayait de se draper dans une posture de droiture qui me paraissait plus que ridicule.

— Alors tu abandonnes toutes tes...

Je l'interrompis d'un coup de tête.

— Je n'abandonne rien. Je vais maintenant me battre pour bien plus que ceux qui sont morts à l'époque, et si tu avais un peu d'honneur, tu ferais de même. Il ne tient qu'à vous de montrer ce que les ailés sont censés être ou de vous complaire dans la douleur du passé. J'ai pris ma décision.

J'attendis, le cœur battant. Ils hésitèrent, puis se recroquevillèrent sur leurs corps blessés, et je sus que c'était sans espoir.

Ils étaient sans espoir. Je le voyais bien maintenant. Ils n'étaient pas les derniers bastions de notre espèce, mais une pâle ombre de ce que nous étions, de ce que nous nous étions toujours efforcés d'être, et cela n'avait rien à voir avec les morceaux abîmés de leur corps, mais avec les failles qu'ils avaient laissées s'installer dans leur âme. J'avais l'intention de faire mieux que cela.

— Très bien. Vous m'avez suffisamment distrait avec vos exigences.

Je pivotai sur mes talons et croisai le regard de Flint. Son visage sévère avait blanchi sous le choc.

— Est-ce tu vas rester à te vautrer avec eux, ou me soutiendras-tu, moi et le reste de notre espèce, quand ce sera le moment le plus important ?

L'autre ailé vacilla lui aussi, mais seulement pendant un instant. Il baissa la tête pour cacher une grimace d'humiliation.

— J'aurais dû rester dans ce combat pour commencer. Tu as raison, comme tu avais raison avant. Nous devons faire ce que nous pouvons pour tous les autres êtres qui sont maintenant confrontés à un tel danger. Je m'excuse...

— Cela n'a pas d'importance, dis-je. Tu as choisi ce que tu pensais être juste, puis tu as changé d'avis. C'est un atout que possèdent toutes les créatures pensantes... même ces deux-là.

Je jetai un dernier coup d'œil par-dessus mon épaule, mais l'ailé en lambeaux n'avait pas bougé. Qu'à cela ne tienne. Après un signe de tête à Flint, je me précipitai dans les ombres.

Il y a longtemps de ça, je n'avais pas trouvé le moyen d'être ce dont mes compagnons avaient besoin. Cette fois, je refusais de les laisser tomber, ni Sorsha, ni Omen, ni aucun des autres que j'avais l'intention de sauver.

VINGT-QUATRE

Sorsha

La fois suivante, lorsque je me réveillai, j'étais toujours clouée à la table de laboratoire. La position inconfortable dans laquelle j'étais allongée me faisait ressentir des douleurs dans tout le dos et les membres, plus vives aux endroits où les outils des testeurs avaient entaillé mon corps. Les lumières avaient baissé, donnant à la pièce un aspect brumeux et onirique.

Le déluge des asperseurs s'était arrêté, même si les vêtements qui restaient encore humides sur mon corps prouvaient que je ne l'avais pas imaginé. Les expérimentateurs étaient partis. Avaient-ils remarqué... ? Le pouls hoquetant, je sondai la base de mes gencives avec ma langue et je me détendis légèrement. Remercions les hippopotames handicapés pour ce minuscule petit bonheur.

M'avaient-ils laissée sur la table parce qu'ils n'avaient

pas fini de me découper ? Au moins, cela signifierait que Tempest n'avait pas encore obtenu ce qu'elle voulait. Je préférerais me blottir contre un cocatrix plutôt que de lui faciliter la tâche dans sa quête.

Les dernières paroles que j'avais entendues de la part des scientifiques de la Compagnie me trottaient dans la tête. *Obtenir ce remède.* Je n'aurais pas compris pourquoi la sphinge pensait que j'avais quelque chose à voir avec la guérison de quoi que ce soit si Snap n'avait pas dévoré son laquais en Crète. Qu'est-ce qu'il avait dit exactement que le mec avait trouvé... ?

Un faible son me parvint à travers ma réflexion : une voix tremblotante, à peine plus qu'un gémissement qui ressemblait davantage à celle d'un animal qu'à celle d'un être humain, arriva de la porte. Puis un soupir de douleur et un appel rauque : « Tu n'as pas à... Je suis venu ici parce que je... »

C'était la voix de Snap, mais son éclat habituel était terni. Mes membres s'activèrent automatiquement contre les entraves et la menotte d'acier autour de ma main gauche s'ouvrit.

Je la regardai pendant l'espace de quelques battements de cœur, c'était à peine croyable. Comment les gens de Tempest avaient-ils pu être moins que parfaitement prudents ? Mais ils étaient mortels, et comme j'imagine qu'elle l'avait répété des centaines de fois, les mortels sont infiniment faillibles.

Heureusement pour moi, les hommes de l'ombre étaient loin d'être parfaits eux aussi.

Je levai le bras en grimaçant et je tâtonnai l'entrave autour de mon cou. Il ne fallut que quelques secondes à mes doigts hésitants pour saisir le loquet et l'ouvrir. Un instant plus tard, j'avais libéré la menotte de mon autre poignet, puis celle autour de ma taille.

Je me redressai si vite que la tête me tourna, à la fois sous l'effet du vertige provoqué par le sédatif que mes bourreaux m'avaient injecté et sous l'effet de la douleur qui me traversait la colonne vertébrale. Ma respiration se bloqua juste avant un sanglot. Je serrai les dents et m'agrippai aux menottes qui m'enserraient les chevilles.

La voix de Snap se faisait plus lointaine, mais pas plus joyeuse. Les autres étaient-ils venus pour me faire sortir et s'étaient-ils fait piéger ? Bon sang de bonsoir. Mais peut-être que je pouvais retourner la situation contre ces connards de la Compagnie une fois de plus.

Je me retournai et posai les pieds au sol. Lorsque je commençai à peser sur eux, mes jambes vacillèrent, puis reprirent leur solidité grâce au raidissement des muscles de mes mollets et de mes cuisses. Mon regard se posa sur la plus petite table, mais les instruments de torture qui s'y trouvaient avaient été enlevés.

De toute façon, couper en tranches et en dés n'était pas mon style habituel. C'était l'heure du barbecue.

Ma main venait de se poser sur la poignée de la porte lorsque le gémissement qui s'estompait se transforma en cri. Je tressaillis, les poils de mes bras se hérissèrent. Le cri continuait, hésitant et tremblant. Ils n'avaient pas l'air de simplement tourmenter mon dévoreur. On aurait dit qu'ils étaient en train de *le tuer*.

Ma gorge se contracta. J'actionnai la poignée de la porte, mais elle ne bougea pas. Bien sûr qu'ils l'avaient fermée à clé.

Je fermai les yeux, cherchant à me calmer malgré le bruit de mon pouls en folie dans mes oreilles. Je connaissais le fonctionnement d'une serrure. Si je faisais fondre les bons morceaux, si les asperseurs au-dessus de ma tête ne se déclenchaient pas à cause de la chaleur concentrée...

Un cri encore plus perçant me fit un autre choc, m'enjoignant d'agir. Je passai ma main sur la zone de la serrure et laissai la colère se mêler à ma panique. Comment osaient-ils faire du mal à mon amant ? Ils allaient payer – tous les connards ici présents allaient payer de toutes les manières possibles.

La chaleur s'étendit sur ma clavicule, assez vive pour me brûler, mais mon vaudou enflammé se dirigea également vers la cible que je visais. Je poussai plus fort dans cette direction, voulant réduire en bouillie chaque mécanisme.

Le cri se transforma en un gargouillis spasmodique. Arriverais-je à temps ?

Je serrai les dents et tirai sur la porte. Elle s'ouvrit sur deux scientifiques trempés qui se tenaient de l'autre côté.

Mon estomac s'emballa, mais je n'eus pas le temps de bouger d'un pouce. L'un des pseudoscientifiques était déjà en train de me passer un scalpel sur l'avant-bras, tandis que l'autre faisait claquer un récipient sur la coupure. Un récipient qui capta la fumée qui s'échappait de la plaie sous l'effet de l'adrénaline.

La fureur me traversa en même temps que la surprise. Mon feu intérieur s'enflamma, mais avant qu'il n'ait fait plus que grésiller sur l'humidité qui mouchetait le visage de mes agresseurs, une nouvelle averse jaillit des asperseurs de la pièce derrière moi et du couloir, cette fois-ci glacée.

J'eus le souffle coupé par le choc soudain de l'eau glacée. Les scientifiques s'enfuyaient déjà avec leur butin mal acquis, et les gardes costauds de tout à l'heure firent irruption pour les remplacer. Je ne réussis à porter que deux coups avant de me retrouver empêtrée dans un de ces filets étincelants, au point de pouvoir à peine remuer l'auriculaire. Je ne pouvais même pas me féliciter du sang qui coulait du nez que j'avais apparemment cassé.

La voix de Snap avait cessé de se faire entendre. Mais ça n'avait jamais vraiment été lui, n'est-ce pas ? Ou du moins plus maintenant. Alors que les gardes me faisaient rouler hors du filet et me ramenaient dans ma cage, les dernières pièces s'emboîtèrent.

La Compagnie avait déjà capturé mon dévoreur une fois. Les bribes que j'avais entendues de lui en train de parler avaient dû être enregistrées pendant qu'ils le tenaient captif dans leurs installations. Les cris et les hurlements pouvaient également provenir de cette époque ou n'être que des effets sonores qu'ils avaient choisis pour correspondre raisonnablement à sa voix. Ce n'était pas comme si j'avais pu identifier quelqu'un avec précision à partir de cette cacophonie d'agonie.

Ils m'avaient piégée. Tempest avait dû décider qu'elle avait besoin pour fabriquer son remède, de l'essence de l'ombre que je ne saignais que lorsque j'étais particulièrement énervée. Avait-elle su avec certitude qu'elle sortirait quand j'étais en panique, ou n'avait-elle fait des expériences qu'après que j'eus saigné comme une mortelle pendant la torture initiale ? Peut-être qu'un des connards de la Compagnie avait remarqué que je laissais échapper de la fumée lors d'une de nos batailles. Merde.

Ce n'était peut-être pas suffisant. Elle n'avait manifestement pas compris comment transformer ce qu'elle obtenait de moi en ce qu'elle voulait exactement.

Le remède...

Tempest n'était peut-être pas aussi imperméable qu'elle voulait le faire croire.

Pendant ce qui me sembla être un millénaire ou deux, je restai couchée dans ma cage. Lorsque je tentai de faire fondre la serrure à sa base, les asperseurs se déclenchèrent en un instant et je n'eus droit qu'à une nouvelle douche glacée. Après cela, je ramenai les genoux contre ma poitrine pour me réchauffer et je serrai les dents pour qu'elles ne claquent pas.

Si Tempest avait obtenu ce qu'elle voulait de moi cette fois-ci, qu'est-ce que cela signifiait pour mes chances de survivre le lendemain ? Ou même l'heure suivante ?

Elle ne pouvait pas être sûre de son « remède » alors qu'elle ne l'avait jamais fait auparavant – ou qu'elle n'avait jamais déclenché cette maladie avant –, n'est-ce pas ? Je ne pensais pas qu'elle prendrait le risque de me tuer avant d'être convaincue à cent pour cent qu'elle n'avait plus besoin de moi. Bien sûr, si cela signifiait que je devais passer le reste de mes jours dans cette boîte exiguë, la mort n'avait pas l'air si terrible. Surtout si Tempest tombait avec moi.

Mes réflexions glaciales s'interrompirent lorsqu'une silhouette apparut derrière les barreaux. La sphinge elle-même était revenue. Pour se réjouir, semblait-il, à en juger par l'inclinaison timide de sa tête et le sourire qui ourlait ses lèvres. Je fis jaillir une petite flamme le long de mes gencives, ignorant la sensation de brûlure sur la chair à cet endroit.

— Tu pensais vraiment que je te laisserais une chance de t'échapper, dit-elle, la voix alanguie par l'amusement.

Je n'étais pas d'humeur à ménager son ego.

— Aussi difficile à croire que cela puisse être, tu n'es pas si intelligente que ça.

Tempest haussa les épaules, mais le frémissement de sa paupière indiqua que je l'avais au moins un peu irritée. Ce n'est pas la plus grande victoire qui soit, mais laissez-moi respirer ! À ce stade, je ne pouvais pas vraiment choisir.

Malheureusement, elle savait comment me piquer en retour.

— Quel effet cela fait-il de savoir que tu as fourni l'étape finale du projet que tu as essayé d'interrompre avec tant d'acharnement ?

— Plutôt merdique, répondis-je avec désinvolture. Comment te sens-tu de savoir que tu n'as pas été assez furtive pour m'empêcher de comprendre ce qui se passait ici ? *Pour se protéger de la faiblesse de l'un ou de l'autre, il faut contenir les deux forces.* Tu essaies de trouver une partie de mon essence pour te protéger de ta propre maladie, parce que tu n'es pas assez forte toute seule.

Une étincelle brilla dans ses yeux. Elle réussit à garder un ton égal.

— Je n'essaie pas. J'ai réussi. Il n'y a plus rien qui nous empêche d'avancer. Mon peuple est prêt à libérer notre maladie dès demain, et je vais pouvoir regarder et rire pendant qu'eux et ceux qu'ils voulaient tant détruire s'effondrent dans ses affres.

L'utilisation de mon essence de fumée avait donc fonctionné ? Ou bien essayait-elle simplement de me tromper pour me préparer à un nouveau tour ?

— Tu sembles être très fière d'être une traîtresse prête à la boucherie, lui fis-je remarquer. Et moi qui pensais que tu n'étais que cervelle et plans malins, pas capable de massacres aléatoires. Je laissai ma voix partir en rythme sur des paroles détournées. « Montrer tes mensonges, vivre de manière si grandiose, chérie. Tu veux commencer à tricher ? Ton pillage est-il planifié ? »

Une autre victoire : les chansons déformées semblaient agacer Tempest autant qu'elles agaçaient Omen.

— Tais-toi, dit-elle avec un geste de la main qui se voulait clairement désinvolte. Le plissement momentané de ses yeux montrait la vérité. Je n'arrive pas à imaginer comment Omen et les siens ont pu te supporter aussi longtemps. Je pense qu'ils seront heureux de savoir que tu n'es plus leur fardeau.

Si elle pensait que j'allais croire cela après tout ce que j'avais vécu avec mes hommes de l'ombre, elle était encore plus à côté de la plaque que je ne l'avais imaginé. Je roulai des yeux en la regardant.

— Je pense que tu verras que c'est le contraire. Mais pourquoi ne pas les inviter pour voir qui a raison ? J'aimerais bien voir comment se déroulerait cette visite.

Elle rit.

— Peut-être que tu le feras. Comme je détiens la seule protection contre cette maladie, je détiens tout le pouvoir. Crois-tu qu'ils ne se plieront pas à ma volonté si leur survie est en jeu ?

Bien sûr. Si même *elle* ne pouvait pas résister à la maladie, aucun autre être de l'ombre ne le pourrait.

Mes amants compromettraient-ils leurs principes pour sauver leur propre vie ? Je ne leur reprocherais pas d'avoir apaisé Tempest assez longtemps pour garantir leur immunité s'ils l'éviscéraient par la suite. Mais je savais déjà que Snap ne reculerait jamais volontairement, pas une fois que cette femme serait devenue ma meurtrière, et je ne pouvais pas imaginer Thorn faire passer sa survie avant son sens de la justice. Il avait déjà passé des siècles à se reprocher d'être resté en vie après la dernière guerre qu'il avait menée.

Elle ne me détruirait pas seulement moi, mais peut-être

aussi tous les êtres que j'aimais. La nonchalance que j'essayais d'afficher fut traversée par une forte bouffée de feu. Je serrai la mâchoire, mais la chaleur crépita sous ma peau avec une cuisante vague de douleur.

— Tu vois, dit la sphinge, la voix dégoulinant d'une douceur mauvaise. Tu aurais vraiment pu devenir quelqu'un, mon phénix, mais ton côté mortel n'a pas eu le pouvoir d'utiliser ces talents à bon escient. C'est dommage.

— Ou peut-être que la seule honte sera la rapidité avec laquelle nous t'éteindrons, rétorquai-je. Tu ne peux pas tout voir. Nous avons déjà fait échouer tes plans au moins une douzaine de fois.

— Mais pas au point de m'empêcher d'en arriver là où nous en sommes. Son sourire revint, mais plus timide. Elle fit un geste vers son large front. Ce n'est pas seulement avec ces deux yeux de mortels que je vois, mais aussi avec mon œil intérieur. Et un sphinx entrevoit toujours les réponses d'une manière ou d'une autre.

Mon regard s'arrêta sur la surface lisse de sa peau, sous la chute de ses cheveux d'un bronze étincelant. C'était de là que venait sa sagesse surnaturelle, un troisième œil dans son esprit ?

Un frémissement d'excitation me parcourut. Tempest se retourna d'un coup de robe et disparut, me laissant à nouveau seule, mais avec une détermination que je n'avais pas trouvée jusqu'à présent.

Omen m'avait dit de la combattre en l'aveuglant. Je pouvais encore le faire. J'avais les outils ici même, et maintenant je savais sur quel œil elle comptait vraiment.

La seule question était de savoir si j'aurais l'occasion d'utiliser ce savoir avant qu'elle ne mette les deux royaumes à genoux.

VINGT-CINQ

Omen

Le grondement d'un gros porteur en partance m'agaçait. Je lançai un regard acéré à Ruse, qui observait le flot de voyageurs sortant de la zone de sécurité de l'aéroport.

— Rappelle-moi pourquoi tu as pensé que cette diversion était une bonne idée. En quoi le fait d'avoir une mortelle à nos côtés va-t-il nous aider à sauver Sorsha plus rapidement ?

L'incube fit « tss tss » en voyant mon impatience, mais je vis à la tension de sa mâchoire qu'il n'était pas insensible aux mêmes inquiétudes.

— Je lui ai dit qu'elle devrait se joindre à nous. Peut-être qu'elle ne sera pas d'une grande aide pour faire sortir Sorsha de l'établissement, mais quoi que notre mortelle ait traversé, avoir un soutien moral supplémentaire ne peut pas être une mauvaise chose.

— Tu ne penses pas que nous sommes assez nombreux pour elle ?

Ruse croisa mon regard, brusquement plus sérieux que je ne me souvenais l'avoir jamais vu.

— Elle s'est battue. Je sais que tu l'as vu aussi. C'est le but de notre petite escapade sur le bateau, n'est-ce pas ? Je suis sûr qu'elle dirait qu'elle est parfaitement satisfaite de toutes les merveilles que nous, les ombres, pouvons offrir... mais elle est aussi à moitié mortelle. Il y a des choses qu'elle pense et ressent que nous ne pouvons pas comprendre, même si j'aimerais devenir sa raison d'être.

Il exprima ce désir avec tant de facilité, comme s'il n'y avait rien de gênant à ce qu'un incube – ou n'importe quelle ombre – veuille se consacrer à un mortel. Ce qui, je le supposais, n'était pas le cas. Mais je n'arrivais pas à imaginer que le même sentiment puisse sortir de ma bouche aussi facilement.

Après tout, je n'étais pas encore tout à fait certain que ma présence dans la vie de Sorsha ne serait pas ce qui causerait sa ruine plutôt que ce qui l'élèverait. C'était mon ancienne collègue qui l'avait peut-être déjà attaquée de je ne sais combien de façons.

J'espérais simplement que je connaissais encore assez bien Tempest pour avoir deviné avec précision d'où elle travaillait, compte tenu des données que l'informaticien de Ruse avait consultées – et de la probabilité qu'elle ait gardé Sorsha en vie. Elle n'aurait sûrement pas pris la peine d'assommer Sorsha et de l'emporter si un cadavre était tout ce dont elle avait besoin.

Mais on ne savait jamais avec la sphinge, ni maintenant ni après.

J'inspirai lentement et redressai les épaules, gardant le sang-froid que j'avais mis tant de temps à cultiver. Nous ne perdions pas vraiment de temps. Les autres enquêtaient sur l'installation sur laquelle nous avions jeté notre dévolu – une supposée fabrique de manteaux dans la banlieue ouest de Londres, à moins de deux heures des pierres dressées – tandis que nous allions chercher le meilleur ami de notre mortelle à Heathrow, à quelques kilomètres de là.

Et je n'allais certainement pas me laisser aller à redouter de savoir ce que cette femme allait avoir à dire lorsqu'elle se retrouverait face aux êtres qui avaient perdu la trace de son amie autrefois proche.

Ruse se réveilla. Un instant plus tard, j'aperçus une silhouette aux boucles noires bien reconnaissables qui surmontaient un chemisier et un pantalon blancs élégants. Elle sourit même à l'incube lorsque son regard se posa sur lui. Elle se précipita vers nous, faisant rouler son bagage à main derrière elle, et elle ralentit en me voyant.

J'avais à peine échangé cinq mots avec cette mortelle lors de notre unique rencontre, mais apparemment ces derniers, et ce que Sorsha avait rapporté à mon sujet avaient fait une certaine impression. Et pas des meilleures.

Elle continua pourtant d'avancer et s'arrêta devant nous avec une expression déterminée qui me donna un indice sur ce qu'elle et Sorsha avaient en commun.

— C'est tout ce que je reçois comme accueil ? dit-elle en penchant la tête. Où est le reste de l'équipe ?

— J'essaie de confirmer la position de Sorsha pour être sûr que lorsque nous irons la secourir, elle sera bien là pour que nous puissions le faire, dis-je.

— Ou bien, si vous avez de la chance, elle se sauvera elle-même avant que vous n'ayez le temps de le faire.

Connaissant aussi bien ma récente maîtresse, je devais admettre que c'était une possibilité, même si la sphinge était une adversaire redoutable.

— Nous verrons bien. Je regardai Vivi avec attention. Elle avait beau être la meilleure amie de Sorsha, elle n'en restait pas moins une mortelle, avec toutes les faiblesses potentielles que cela pouvait comporter. Tu comprends bien la situation, n'est-ce pas ? dis-je en baissant le ton. Que Sorsha est autant une ombre qu'une humaine ?

Si cette nouvelle avait effrayé la femme la première fois qu'elle l'avait entendue, elle ne donnait aucun signe de peur désormais. Elle se contenta de hausser les épaules, me lançant un regard qui me mettait au défi de la contredire.

— J'aurais aimé qu'elle sente qu'elle pouvait s'ouvrir à moi de son propre chef. J'espère qu'après ça... Elle releva le menton d'un air de défi. Peut-être que je ne le savais pas exactement pendant tout ce temps, mais j'ai toujours pensé qu'elle avait quelque chose de spécial. Pourquoi crois-tu que j'ai fait tout ce chemin ? Humaine, monstre, grillon à pois, c'est toujours Sorsha, et je suis là pour elle, quoi que je puisse faire.

Sa véhémence me convainquit que cette question, au moins, ne poserait pas de problème. Je lui fis signe de nous suivre.

— Viens, alors. Nous allons retrouver les autres et voir ce qu'ils ont à dire.

Lorsque nous rejoignîmes Darlene dans son état actuel, Vivi haussa les sourcils, mais eut la politesse de ne pas faire de remarque sur l'apparence du camping-car. J'avais l'impression qu'un voyage de plus dans le royaume des ombres rendrait le véhicule complètement inutile sous un déguisement. Son apparence de bus de tourisme était désormais plus proche de celle d'un bus de tournée pour star du rock... des rockstars qui l'auraient réaménagé sous l'emprise de l'acide. Des banderoles jaune fluo flottaient autour de toutes les vitres – nous avions essayé de les couper, mais elles avaient repoussé – et le tuyau d'échappement avait pris la taille et la forme d'un trombone. Malheureusement, il sonnait aussi comme un trombone lorsque le moteur démarrait.

L'intérieur avait subi une transformation similaire. L'ancien canapé en cuir blanc était désormais orné de lanières dorées – une mise à jour que les équidés avaient d'ailleurs approuvée. Le robinet n'émettait plus aucun liquide, mais seulement un son de guitare électrique strident. Et le réfrigérateur faisait cuire tout ce qu'on y mettait comme dans un four.

En gros, c'était mort pour avoir une boisson fraîche.

Pickle se précipita vers nous en nous entendant arriver et il renifla de manière indignée quand il vit que sa maîtresse n'était pas à nos côtés. Vivi fixa le petit dragon, puis secoua la tête.

— OK. Mais ce n'est pas la chose la plus bizarre que j'ai vue ces deux dernières semaines. Cela fait-il aussi partie de l'équipe ?

— C'est l'animal de compagnie de Sorsha. Ruse claqua des doigts pour appeler Pickle, mais la créature lui envoya une bouffée de fumée et tourna la queue. Je pense qu'elle savait que tu désapprouverais.

— D'avoir une créature de l'ombre à la place d'un chat ? C'est... un peu inhabituel. Mais je suis sûre qu'elle avait ses raisons. La mortelle s'installa sur le canapé, en enroulant ses doigts autour des lanières à côté d'elle. Quelle est exactement cette espèce d'ombre qui l'a capturée ?

Comme c'était l'incube qui avait insisté pour faire venir la mortelle, je lui laissai le soin de faire toutes les explications nécessaires et je me glissai sur le siège conducteur. J'éprouvai un certain réconfort à manœuvrer l'énorme véhicule avec la puissance de mes mains sur le volant. Jusqu'à ce que je remarque que mes nouveaux compagnons de route étaient toujours, eh bien, accrochés à mes basques.

Le gobelin maigre qui m'avait harcelé à la station-service en Grèce était appuyé contre un lampadaire, lorgnant Darlene alors que nous passâmes. Plus loin, j'aperçus une gargouille au sommet d'un immeuble, qui s'était légèrement déplacée pour nous garder en vue.

Les Très Hauts pensaient-ils vraiment que je leur livrerais Ruby plus rapidement s'ils m'énervaient suffisamment ? Peut-être pourrions-nous déguster des kebabs au gobelin une fois que nous aurions anéanti Tempest et ses manigances.

Si je vivais assez longtemps pour avoir un dernier repas. Vu l'insistance de ces cons à me suivre, il y avait des chances qu'ils découvrent ce qu'était Sorsha pendant cette bataille et qu'ils rapportent mes transgressions aux Très Hauts en un clin d'œil. Et seules les ténèbres savaient quel genre d'armée ils enverraient après elle pendant qu'ils m'anéantissaient.

Je me garai derrière un hôtel d'apparence triste, pour les voyages d'affaires, où nous avions convenu de nous retrouver et tentai d'écouter Ruse régaler Vivi de ses récits extravagants de nos aventures – les passages les plus intimes ayant été supprimés. L'incube avait un certain sens des convenances. Je n'étais pas sûr que Sorsha apprécierait qu'il raconte tout à sa meilleure amie avec autant de détails, mais elle pourrait en discuter avec lui si nous la retrouvions.

Quand nous la retrouverions, pas *si*. Même s'il fallait que j'y passe.

Il s'écoula moins d'une heure avant que nos compagnons ne sortent de l'ombre autour des meubles. Antic donna le coup d'envoi en criant, tout en sautant sur la table devant Vivi.

— L'autre humaine est là ! J'adore tes cheveux. Est-ce qu'ils poussent naturellement en torsades comme ça ?

La femme parut un peu décontenancée avant de retrouver sa voix en riant.

— Les parties tressées, non, mais ça ? Elle ébouriffa la touffe à l'arrière de son crâne. C'est ce que Dieu m'a donné.

— C'est bien que tu te joignes à nous, dit Thorn, fronçant les sourcils en regardant le diablotin, ce qui suggérait qu'il n'approuvait pas ses questions frivoles, et il se tourna vers moi. Tout ce que nous avons observé correspond aux informations que le contact de Ruse nous a transmises. Le bâtiment a été récemment équipé de protections en fer et en argent sur l'ensemble des murs extérieurs – à tel point que nous n'avons pas pu nous en approcher suffisamment pour les toucher lorsque nous étions dans l'ombre. Snap a pu relever les empreintes de la porte et de quelques détritus.

Le dévoreur acquiesça.

— J'ai aussi entendu l'un des ouvriers parler de leur chef qui aurait fait venir un monstre capable de créer du feu. Ce doit être Sorsha.

Entre cela et les systèmes d'arrosage à grande échelle dont nous savions qu'ils avaient été commandés pour être installés dans le bâtiment, j'étais enclin à être d'accord avec son évaluation. Je joignis les doigts devant moi.

— D'accord. Alors, comment on entre ? Y a-t-il des employés qui gardent l'endroit ou qui vont et viennent et que Ruse peut surveiller ?

Bow secoua la tête.

— Nous n'avons vu personne entrer ou sortir pendant que nous surveillions l'entrée. Il y a eu une livraison qui ressemblait à de la nourriture, mais elle était placée dans une boîte de stockage encastrée dans le mur. Nous pensons qu'il doit y avoir une ouverture à l'intérieur pour qu'ils puissent faire entrer les provisions.

Je grimaçai.

— Et je suppose qu'il y a ces métaux nocifs tout autour.

— Naturellement. Gisèle se tapota les lèvres. Tu crois que le sphinx donne tous les ordres de l'extérieur ? Comment pourrait-elle supporter d'être entourée de tout cet argent et ce fer ?

— C'est un grand bâtiment. S'il ne s'agit que des murs extérieurs, elle peut peut-être travailler au centre de l'espace avec une légère gêne. Il y a peut-être une entrée sur le toit ou sous terre qui lui permet d'accéder sans passer trop près des protections. Je jetai un coup d'œil à Thorn. Je suppose que tu n'as pas pu examiner le toit parce que tu n'avais pas pu t'approcher suffisamment pour utiliser les ombres en montant.

— Et je pouvais difficilement voler là-haut de manière visible, reconnut le guerrier. Mais on peut supposer qu'il y ait un endroit moins protégé, et baser notre plan d'attaque à partir de ça.

— Non. Je n'aime pas me fier à une hypothèse. Il se peut qu'elle n'utilise pas du tout le toit – il lui plairait de choisir l'option qui convient le moins à sa forme, juste pour nous embrouiller. Et il ne fait aucun doute que, peu importe l'entrée qu'elle utilise, elle sera lourdement gardée, ceux qui sont à l'intérieur ayant l'avantage. Tu as déjà franchi des murs renforcés. Je ne pense pas que...

Thorn secoua la tête avant que je ne termine ma question.

— J'y ai songé moi-même, mais je ne pense pas que je pourrais rassembler assez de force pour briser une telle quantité de ces métaux à l'effet affaiblissant, sans parler de l'acier renforçant les murs. Une armée de guerriers pourrait se frayer un chemin, sans aucun doute, mais même avec toi, Flint et Bow... je ne pense pas que la force brute soit la solution avec notre nombre actuel.

— C'est pas grave, répondis-je rapidement, ne voulant pas qu'il s'en veuille plus qu'il ne l'avait déjà fait pour n'avoir pas réussi à convaincre les deux autres ailés de se joindre à notre mission. Nous avions déjà réussi à nous passer de la force brute. Notre mortelle elle-même avait élaboré tous ces plans pacifiques – enfin, pacifiques selon nos critères habituels.

Mais il n'y avait pas d'employés à charmer pour Ruse, et même si nous avions le temps de dénicher un ou deux proches au-delà des murs de l'usine, que pourraient-ils nous dire qui nous permettrait d'entrer ?

Une armée, avait dit Thorn. Les mots résonnèrent dans mes pensées et se mirent en place. Ma bouche s'ouvrit automatiquement, mue par une inspiration soudaine et un plaisir presque furieux.

— Et si nous...

Je m'interrompis en serrant les dents. Non. C'était le genre de plan vicieusement audacieux qui m'aurait procuré le même plaisir des siècles auparavant – le genre qui avait suscité la rage chez mes victimes et fait tomber la souffrance sur la tête d'innocents. J'en avais fini avec cette version passée de moi-même depuis si longtemps. Qu'est-ce qui me prenait de m'y abandonner sur un coup de tête ?

Les autres me regardaient maintenant. J'aurais dû me taire.

Vivi croisa les bras sur sa poitrine.

— Quelle que soit l'idée que tu as, dis-la. Elle doit être meilleure que la *non* cerise sur le *non* gâteau que vous avez tous trouvée jusqu'à présent. Et je n'ai pas fait tout ce chemin pour vous voir *ne pas sortir* ma meilleure amie des griffes de cette folle.

— Je préfère qu'on s'en tienne à des plans qui n'ont pas la même chance de sceller le destin de Sorsha.

— On dirait que son « destin » est garanti si tu ne fais rien, alors cinquante pour cent de chances, ça me va.

Je me retins de lui montrer les dents, sentant mes cheveux se hérisser sous l'effet de l'énervement.

— Peut-être que ceux qui ne participeront pas à la tentative de sauvetage ne devraient pas s'exprimer à ce sujet.

— Peut-être que tu n'aurais pas dû m'inviter ici si tu ne voulais pas entendre mon opinion, rétorqua Vivi. Est-ce que tu te soucies vraiment de Sorsha ou est-ce que tu veux seulement t'assurer que tu n'auras pas l'air d'un idiot si ton plan a quelques ratés ?

Quelques ratés ? Elle ne savait pas du tout de quoi elle parlait. Mais même en sachant cela, quelque chose dans ses paroles me transperça.

Même après tout ce que nous avions traversé, une part de moi voulait nier que je tenais à notre mortelle. Non pas parce qu'elle ne méritait pas cette attention, mais parce que lorsque je m'intéressais à elle... c'était là que tous mes penchants infernaux se manifestaient, et le résultat n'était généralement pas beau à voir. C'était en étouffant toutes les émotions que j'avais en moi et en me concentrant sur une stratégie pure et froide que je m'en sortais et que je m'assurais de ne pas entraîner quiconque dans le merdier que j'avais moi-même créé.

C'est à ce moment-là que je compris, comme jamais auparavant, que Tempest s'était trompée à mon sujet. Je n'avais jamais oublié que j'étais un monstre. J'avais passé les derniers siècles à garder cette donnée à l'esprit et à faire tout ce que je pouvais pour enchaîner la bête qui était en moi.

Mais Sorsha n'avait pas vu ma bête comme un monstre – ou si elle l'avait vue, elle l'avait embrassée autant qu'elle avait embrassé la faim cruelle de Snap et la force brutale de Thorn. Elle s'était allongée sous moi sur un lit, à moins de trois mètres, avec mes mâchoires serrées autour de sa gorge, et m'avait dit qu'elle n'avait pas peur. Combien de fois avait-elle demandé à me voir sauvage et passionné plutôt qu'en « salaud glacial », comme elle aimait à le dire ?

J'avais changé tellement de choses en moi depuis mes jours avec Tempest, mais d'une manière ou d'une autre, je n'avais pas réussi à changer cette chose la plus fondamentale : la conviction que, quoi que je fasse et avec qui que ce soit, si je cédais d'un pouce à ma nature la plus basse, tout tournerait à l'enfer et très probablement plus tôt que plus tard.

J'avais l'impression de savoir exactement comment Sorsha réagirait à cela. *Qui peut dire qu'un peu d'enfer est une mauvaise chose ?*

Je tenais à elle, et les réserves de rage et de pouvoir que j'avais retenues dépassaient même l'imagination de Tempest. N'était-il pas temps de faire bon usage de tout cet enfer, pour le bien de la femme que je...

Oui.

Je fis demi-tour sur mes talons.

— Je dois appâter l'hameçon. Attendez ici. Les autres, faites ce qu'il faut pour être prêts à prendre d'assaut cette usine à la seconde où nous aurons notre ouverture. Je doute que ça prenne beaucoup de temps.

— Omen ? dit Snap, les yeux écarquillés, mais je ne restai pas dans les parages pour répondre aux questions. Si je devais faire ça, je devais le faire maintenant, avant que le jugement du salaud glacial ne me ramène à la raison.

Faire venir de nouveaux alliés. C'était exactement le genre de plan que Sorsha aurait aimé. Un plan auquel je pouvais admettre que je n'aurais jamais pensé si elle n'avait pas réussi à s'immiscer aussi profondément dans mon esprit.

Mes lèvres se retroussèrent en un sourire ironique. Je doutais qu'elle se soit attendue à ce que je réussisse un tour de magie aussi spectaculaire.

Je me faufilai dans les ombres sur une courte distance, puis j'émergeai pour descendre la rue, scrutant les bâtiments autour de moi. M'arrêter pour sentir les fleurs. M'acheter une barre de chocolat. Donner l'impression de n'avoir aucun souci, si ce n'était celui de me faire plaisir à ma guise. Ouais, ça les énerverait assez vite.

Des pas claquèrent sur le trottoir pour me rattraper. Une *banshee*[1] se posta à mes côtés, le menton en l'air.

— Ce n'est pas ce que les Très Hauts t'ont ordonné de faire. Poursuis ta quête.

Je lui tendis la barre chocolatée.

— Qu'est-ce qui te fait croire que ma quête ne nécessite pas beaucoup de chocolat ?

Comme elle me jetait un regard noir, j'en pris la dernière bouchée, m'accordai quelques secondes pour savourer la douceur collante, et jetai l'emballage dans une poubelle voisine. En fait, j'espérais attirer ton attention. Je me suis dit que ce serait plus rapide que d'aller jusqu'à la faille la plus proche. J'ai trouvé où se trouve Ruby, mais ce ne sera pas facile de l'atteindre. Dis aux Très Hauts qu'ils feraient mieux d'envoyer leurs meilleurs éléments, et en nombre.

Le sous-fifre retint un hoquet de surprise.

— Où ça ? Je dois les informer immédiatement.

— Une usine de manteaux pas loin d'ici. Elle est lourdement fortifiée. Tu peux vérifier par toi-même avant de faire ton rapport complet. Je débitai l'adresse en faisant un geste dans la direction générale.

La banshee plongea dans l'ombre et fila comme une balle. Je la regardai partir, un goût étrange s'insinuant dans ma bouche, un goût métallique qui tenait à la fois de la terreur et de l'exaltation.

Il était temps de tout brûler et de voir qui resterait debout. Et si cela ne se passait pas comme je l'espérais, je soupçonnais Sorsha d'applaudir mes efforts même dans sa chute.

---

1. Une créature de la mythologie gaélique qui prédit la mort d'une personne par ses cris.

VINGT-SIX

Sorsha

Tout commença par un fracas lointain. Mes oreilles se dressèrent et je levai la tête de mes bras repliés où elle reposait.

Un bruit sourd me parvint ensuite, toujours étouffé, mais moins faible qu'auparavant, puis un cri et un grognement, comme si quelqu'un avait reçu un coup de poing dans le ventre.

Je me redressai autant que possible dans ma cage, en regardant la porte de la pièce. Était-ce encore une ruse pour obtenir une réaction de ma part ? Mais ce n'était pas comme si je pouvais faire grand-chose avec la cage correctement verrouillée cette fois-ci. J'avais vérifié les loquets avant de m'allonger, et je les secouai encore, juste au cas où. Ils ne bougèrent pas d'un pouce.

D'autres bruits sourds et sonores filtrèrent à travers les

murs. Un cri, tenu et chargé de douleur, me perça les tympans. Mon corps se tendit.

Ce vacarme pouvait signifier de bonnes choses pour moi – il pouvait s'agir de l'entrée de mes alliés – mais il pouvait aussi signifier beaucoup de mauvaises choses. Peut-être que d'autres ombres avaient découvert les plans de Tempest et avaient l'intention d'infliger leur vengeance à tous ceux qui se trouvaient dans le bâtiment. Peut-être que ses propres alliés avaient compris qu'elle les doublait et faisaient des ravages à l'extérieur. Qui savait quels autres ennemis elle avait pu accumuler au fil des siècles et qui n'avaient aucune raison de m'épargner ?

Instinctivement, je passai ma langue le long de la jointure de mes gencives, retenant une grimace en touchant la chair ébouillantée qui s'y trouvait. Je n'avais peut-être pas grand-chose dans ce ridicule laboratoire de cauchemar, mais j'avais gardé les outils avec lesquels j'étais venue ici. Doux chimpanzés, laissez-moi avoir la chance de les utiliser !

Un cliquetis retentit dans le couloir, suivi d'un grognement que j'aurais voulu trouver familier. Mais avant que cela ne prenne de l'ampleur, le dernier visage familier que j'avais envie de voir sortit de l'ombre pour entrer dans la faible lumière.

Les mèches luisantes de Tempest se tortillaient autour de sa tête dans un état d'agitation. Alors qu'elle déverrouillait la porte de ma cage, son visage léonin gardait un masque rigide et résolu. Je me préparai – mais je ne pouvais pas agir ici. J'avais besoin de mon feu pour en finir, et je n'avais aucune garantie que quelqu'un avait désactivé les asperseurs.

— Qu'est-ce qui se passe ? demandai-je alors qu'elle

s'agrippait à la porte. Tu n'as pas passé une bonne journée, finalement ?

Elle me fit un sourire féroce, montrant des crocs de chat.

— Il y aura encore beaucoup de bonnes choses, et je n'ai pas l'intention de les perdre maintenant. Elle ouvrit la porte d'un coup sec et me passa une paire de menottes aux poignets si rapidement que je n'eus pas le temps de les esquiver.

Mes chevilles étaient déjà enchaînées. Je me débattis du mieux que je pus, j'essayai de lui donner un coup de genou dans l'épaule ou un coup de coude dans le visage, mais le combat physique avec tous mes membres entravés et endoloris n'était pas vraiment une partie de plaisir.

Tempest me sortit de la cage et me fit tomber au sol. Alors que je me trémoussais pour avoir une chance de me défendre, elle me surplomba, sa forme d'ombre prenant le dessus.

Son visage était presque le même, mais il était encore plus félin et ses joues s'élargirent. Son corps grandit pour devenir celui d'une lionne gigantesque. Des ailes fauves jaillirent de son dos dans un sifflement de leurs longues plumes. Elle pressa ses pattes avant musclées autour de mon torse et piétina le sol juste à côté de la table du laboratoire.

Dans un vrombissement, un panneau du carrelage s'écarta. Laissant échapper un petit rire, la sphinge m'entraîna dans les ténèbres.

Je ne fis qu'entrevoir le passage dans lequel nous étions tombées : quelques mètres de large et de haut avec des murs en terre battue, le tout tombant dans l'obscurité la plus totale devant nous. Puis le panneau se referma, occultant toute lumière. L'odeur de terre qui emplissait mon nez était loin d'être agréable : de l'argile piquante avec une note de pourriture qui me retourna l'estomac.

Tempest parvint à bondir dans l'obscurité tout en me tenant pressée contre son torse à l'épaisse fourrure avec sa patte antérieure. Lorsque je tentai de me libérer, ses griffes s'enfoncèrent dans mon flanc assez profondément pour que le choc de la douleur me coupe le souffle.

— Je ne sais pas trop à quoi tu penses pouvoir m'utiliser alors que tu abandonnes tout ce sur quoi tu as travaillé, dis-je, luttant pour empêcher ma voix de devenir rauque et angoissée.

— Si tu préfères que je t'arrache la gorge et que j'en finisse avec toi, on peut s'arranger.

— D'une certaine manière, je ne pense pas que tu deviendrais aussi câline si tu étais prête à te débarrasser de moi aussi facilement.

— Peut-être, mais je suis prête à être convaincue. Ses yeux brillèrent dans l'obscurité. Une odeur de viande avariée, encore plus suffocante, se répandit avec son haleine au-dessus de mon visage. Tu dois savoir maintenant que je n'accorde pas toute mon attention à une personne ou à un endroit en particulier. Je suis peut-être une sphinge, mais je peux aussi jouer à l'hydre. Peu importe le nombre d'installations que ces imbéciles détruisent, il y en aura d'autres qui surgiront à leur place. *Je suis partout.*

La véhémence de sa voix me glaça le sang. Elle croyait vraiment qu'il n'y avait aucun moyen de l'arrêter, elle et les horreurs qu'elle avait déclenchées. Avait-elle déjà répandu sa maladie sur le monde, et tout ce qu'elle faisait maintenant, c'était protéger la source de son remède au cas où elle en aurait besoin de plus ?

Si elle avait déjà blessé mes amants...

Je refoulai la bouffée de chaleur que cette pensée avait provoquée avant qu'elle ne grésille sur ma peau. Ce n'était pas non plus l'endroit pour jouer mon dernier coup – je n'avais aucune idée des protections qu'elle avait pu mettre en place dans ce tunnel. Mais dès que j'aurais trouvé une ouverture, elle regretterait chaque parcelle de la douleur qu'elle avait infligée et incité les autres à infliger, quelle que soit l'ardeur avec laquelle ces mortels s'étaient attelés à la tâche.

La chaleur me brûla la langue. Je déglutis en serrant les dents, et je l'orientai le long de ma gencive. J'avais intérêt à être prête.

D'un seul coup, Tempest s'éleva. Un grand cercle de métal pivota et se cogna contre l'asphalte. Toujours agrippée à moi, la sphinge se hissa dans l'air frais de la nuit qui flottait dans un parking vacant. Un sac à provisions déchiré nous frôla.

Ce n'était pas l'échappatoire la plus glorieuse. Je voyais bien que je gênais le style de la pauvre Tempest.

Pas pour longtemps, sembla-t-il. D'un coup d'ailes, nous décollâmes du sol. Des cris et un craquement métallique nous parvinrent de quelque part dans la rue. J'aurais mieux fait de comprendre exactement quel désordre nous laissions derrière nous avant de tenter de détruire la femme qui avait mis tout cela en branle.

En tournant la tête, je distinguai un grand bâtiment en briques dont certaines fenêtres étaient éclairées. Des silhouettes immenses et monstrueuses entraient et sortaient du champ de vision. L'un des murs était en miettes sur la majeure partie du côté gauche. Quelques silhouettes humaines se frayaient un chemin à travers les décombres. Pendant que je regardais, une espèce d'ombre se jeta sur l'un d'entre eux et lui trancha le cou.

Plusieurs créatures sortirent des ténèbres à la poursuite des autres.

Je n'avais encore reconnu aucun des êtres. Peut-être que cela n'avait rien à voir avec mon équipe. Où Omen et les autres auraient-ils donc pu se trouver autant de nouveaux alliés et aussi rapidement ? – et encore aurait-il fallu que le métamorphe chien de l'enfer envisage seulement de prendre des risques pour le demander, sans que je ne me moque de lui à ce sujet.

Tempest enroula son autre patte avant autour de moi, maintenant que ses ailes faisaient le plus gros du travail. Alors qu'elle s'élevait dans les airs, la pression écrasa mes côtes contre mes poumons. Ma voix était plus tendue que je ne l'aurais voulu.

— Tu as énervé tout un tas d'êtres cette fois-ci, n'est-ce pas ?

— Ils ne savent même pas ce qu'ils dérangent, grommela Tempest. Tous des crétins, dans cette horde. Ils se sont frayé un chemin en jacassant à propos d'un rubis qu'ils cherchaient. Si j'avais eu le temps, je les aurais dirigés vers une putain de bijouterie et j'aurais introduit un taille-diamants dans leurs organes vitaux.

Je retins à peine un rire surpris. Ruby – cette horde d'hommes de l'ombre me cherchait.

Et qui savait que j'étais Ruby, à part mes compagnons les plus proches... et les sbires des Très Hauts, qui voulaient ma mort au point d'avoir passé vingt-cinq ans à parcourir le royaume des mortels à ma recherche ?

Omen avait pris des risques, c'était vrai. Je ne me serais jamais attendue à ce qu'il aille aussi loin. Techniquement, il m'avait *aussi* fait prendre des risques, mais ce n'était pas comme si ma vie n'avait pas été déjà bien menacée. Il s'était servi des forces des Très Hauts comme d'un outil pour faire échouer la fête de Tempest.

Je lui avais répété que le fait de rallier ses semblables à la cause était notre meilleure chance d'en sortir vainqueur. C'était bien qu'il ait finalement accepté mon approche sans réserve.

Bien sûr, tous ses efforts ne serviraient à rien si je laissais cette sphinge psychotique m'emporter ailleurs pour mener à bien ses projets néfastes.

Tempest avait dû sentir dans mes muscles que je me préparais à quelque chose. Elle me jeta un regard noir.

— Lance-moi une seule bouffée de flamme et nous verrons si tu peux survivre à un voyage dans les ombres, phénix.

Que se passerait-il si je n'y arrivais pas ? Est-ce que je mourrais alors qu'elle m'entraînerait dans les ténèbres, ou est-ce qu'elle perdrait son emprise sur moi ?

Nous nous balancions au rythme du battement de ses ailes à au moins dix mètres au-dessus du sol. Les chances de survivre à une chute n'étaient pas en ma faveur. Mais à ce stade, tout ce qui comptait pour moi était que mon ravisseur ne survive pas.

Même avec toute la rage qui me brûlait les entrailles, je ne serais peut-être pas capable de la détruire complètement à moi toute seule. Si Omen pouvait utiliser les sbires des Très Hauts, rien ne m'empêchait d'emprunter sa stratégie à mon tour.

— Tu crois tout savoir, mais tu n'en as aucune idée, dis-je à Tempest, en lui chantant une nouvelle fois des paroles déformées. « Pas très maligne, et tu es folle, tu peux te mettre ton plan de malade où je pense. »

— Un grand discours de la part d'un petit oiseau dans les griffes d'un chat.

— On va voir combien de temps ça va durer. Je renversai la tête en arrière et beuglai à pleins poumons, propulsant un jet de puissance ardente en même temps que les mots. « Hé, bande de connards ! La Ruby que vous cherchez est juste là ! »

Ma voix résonna dans l'air, et le jet de flammes traversa le ciel nocturne pour marquer notre emplacement comme une fusée de signalisation. Alors que je clignais des yeux pour faire disparaître l'éblouissement, une masse de silhouettes obscures sortit du bâtiment de briques en ruine et se dirigea vers nous.

Tempest cracha plusieurs mots qui semblaient profondément profanes dans une langue que je ne connaissais pas et enfonça à nouveau ses griffes dans mes flancs. Le murmure de son énergie glaciale pénétra ma peau tandis qu'elle tenait sa promesse de m'entraîner avec elle dans les ombres.

Même si je survivais au voyage, dans les ombres, je ne pourrais pas la blesser. Je devais la maintenir ici. Je devais l'attacher au tissu de ce monde physique. Et heureusement, j'avais trouvé le moyen de le faire.

— Hé, Tempest, il y a autre chose que tu devrais savoir, criai-je en passant ma langue sur mes gencives, là où des gouttes de mon feu surnaturel avaient masqué toute vibration nocive que le petit instrument aurait pu dégager.

Elle baissa la tête, les yeux brillants.

— Quoi ?

— Ton laquais en Crète avait une très belle bague.

Une bague que j'avais fondue en une minuscule lance d'argent et de fer. Je fis glisser l'arme miniature entre mes lèvres, je serrai les dents dessus pour la maintenir en place et je plaquai ma bouche sur le front de la sphinge avec toute la force dont j'étais capable.

Lorsque ma mâchoire heurta l'arête de son nez, l'extrémité émoussée de l'aiguille me racla la langue, mais la pointe aiguisée s'enfonça dans le crâne de Tempest.

Un cri strident s'échappa de sa gorge. Elle secoua la tête d'un côté à l'autre comme pour essayer de se débarrasser du morceau de métal toxique, mais il resta en place, en plein milieu de son précieux troisième œil. Du sang coulait autour du point de perforation.

Mon arme de fortune l'empêchait de se débarrasser de sa forme physique, mais elle n'en était pas moins mortelle. Avec un hurlement à faire frémir les oreilles, elle passa ses griffes sur mon flanc et leva une patte comme si elle voulait m'arracher le visage.

Une lueur d'un orange infernal se dirigeait vers nous à travers les ténèbres. J'adressai une prière silencieuse à l'univers pour que le propriétaire de cette lueur nous atteigne à temps et je repoussai les barrières qui étouffaient mon feu intérieur.

Les flammes jaillirent de mon corps comme si j'avais été arrosée d'essence et brûlée. Elles en inondèrent chaque parcelle, me piquant et m'ébouillantant – et elles rugirent également à travers Tempest. Ignorant la douleur du mieux que je pouvais, je concentrai toute l'énergie dont je disposais pour projeter de plus en plus de chaleur sur son corps léonin.

Les griffes de sa patte de derrière s'abaissèrent et fondirent sous l'effet de la chaleur, tandis que sa patte avant tombait. Le cri qui s'échappa de la gorge de la sphinge n'était plus qu'une agonie, sans aucune place pour la rage. Son autre patte avant bougea comme pour s'éloigner de moi, mais je passai mes bras autour de son corps carbonisé et poilu et le serrai aussi fort que je le pus.

L'odeur nauséabonde de la chair brûlée – qui n'était

pas entièrement la sienne – emplit mon nez. Ses ailes battirent faiblement, traînant des flammes plus grandes qu'elle, puis nous plongeâmes.

Au fur et à mesure de notre chute, le feu nous survola comme la queue d'un météore. Puis la chaleur recouvrit ma vision d'un voile si épais que je ne voyais plus rien à part la lumière qui clignotait. J'étouffai un sanglot à cause de l'élancement qui me creusait jusqu'aux os et propulsai encore plus de flammes sur mon ravisseur.

C'était pour avoir attisé la haine des mortels. *C'était* pour la mort de Luna. *C'était* pour les tourments que Tempest avait encouragé ses laquais à infliger à tant d'ombres, y compris à mon dévoreur et à mon chien de l'enfer. *C'était* pour les nouvelles horreurs qu'elle avait l'intention de leur infliger, ainsi qu'à tant de mortels.

Qu'elle brûle ! Qu'elle brûle jusqu'à ce qu'il ne reste plus de cette sadique cavalière que des bouts de cendres – et que celles-ci soient soufflées dans les égouts les plus répugnants de l'humanité pour faire bonne mesure.

Son corps commença à se désintégrer entre mes mains. Des cendres s'échappèrent dans le vent grésillant. Elle tomba de mes bras au moment où j'entrais en collision avec ceux de quelqu'un d'autre.

Je me heurtai à un large torse, une odeur familière de fumée avec un soupçon de soufre se dégageant du brasier. Des bras brillants d'une lumière magmatique m'enlacèrent et m'aidèrent à atteindre le sol, mais leur chaleur ardente ne me brûla pas davantage. Au contraire, ils absorbèrent les flammes qui ravageaient mon corps.

La douleur s'éteignit en même temps que le feu. Alors que je levais les yeux vers le visage de mon protecteur, seul un picotement sourd continuait à parcourir ma peau.

Omen me sourit, le gris anthracite et l'orange incandescent s'estompant sur sa peau.

— Tu l'as vaincue. C'était spectaculaire. Et moi qui pensais pouvoir venir te secourir pour une fois.

Je lui rendis son sourire, me sentant légèrement étourdie. Les flammes les plus vives avaient peut-être diminué, mais le feu en moi continuait à faire rage, sa chaleur crépitant à travers moi.

— Ne te sous-estime pas. Ta brigade m'a donné l'ouverture dont j'avais besoin.

Je me retournai sur mes jambes tremblantes pour fixer le cadavre noirci qui était tombé à côté de moi. Les ailes de Tempest s'étaient brisées en morceaux lorsqu'elle avait heurté le sol ; l'une de ses hanches s'était fracturée, noircie de part en part. L'aiguille d'argent s'était fondue en une tache brillante dans la masse noircie qui avait été sa tête.

Elle avait déjà défié la mort. Je ne prendrais aucun risque, merci beaucoup. Je donnai un coup de pied dans le flanc de la sphinge avec le bout de mes baskets et toute sa cage thoracique carbonisée s'effondra.

Le triomphe flamboya en moi, à côté de ma colère encore brûlante. Je donnai un coup de pied à sa tête et je la regardai se transformer en poussière de cendres.

Omen s'avança derrière moi et prit une de mes mains, pour la lever au-dessus de ma tête. Lorsque je relevai les yeux, mon pouls s'interrompit. Une nuée d'hommes de l'ombre nous avait encerclés – la horde dont Tempest avait parlé. Les sous-fifres des Très Hauts.

Omen éleva sa voix pour qu'elle porte davantage.

— Le phénix Ruby a détruit notre véritable ennemie ! Vous avez vu ce que la sphinge préparait dans ce bâtiment. Vous avez vu comment les mortels avec lesquels elle avait conspiré ont attaqué tous les hommes de l'ombre qu'ils ont rencontrés. Cet être a mis fin à tout cela. Ruby est notre héroïne !

Sacré guacamole scintillant, ce stratagème allait-il vraiment fonctionner ?

De nombreux regards qui s'étaient posés sur moi m'envoyèrent des éclairs incendiaires. Mais ils hésitèrent, beaucoup se tournant vers les plus grands du groupe, qui se mirent à murmurer entre eux d'une voix dure.

Omen m'attira à lui. Il joignit ses doigts aux miens, son autre main se portant à ma joue. Les yeux bleu pâle qui rencontrèrent les miens étaient tout sauf froids.

— Alors, pour une fois, tu as suivi mon conseil, ne pus-je m'empêcher de dire.

Le coin de sa bouche s'incurva vers le haut. Son pouce traça la ligne de ma pommette.

— Il y a une première fois pour tout. Tu n'as pas *toujours* tort.

Je lui fis une grimace.

— S'ils ne sont pas convaincus, ils te tueront.

— Ça en vaut la peine.

Il le dit sans la moindre hésitation, et un étrange frisson me traversa la poitrine. Naturellement, plutôt que de chercher à savoir ce qu'il fallait en penser, je continuai à déblatérer.

— Ah oui ? Parce qu'il me semble me souvenir de bien des fois, il n'y a pas si longtemps, où tu faisais tout ton foutu possible pour me sortir de ton…

— Tais-toi pour une fois dans ta vie, Miss Catastrophe, murmura Omen en rapprochant sa tête, et je ne pense pas que quelqu'un ait jamais prononcé ces mots avec autant de douceur. Ils devront me déchirer en lambeaux avant d'avoir un seul morceau de toi. Je mettrais toute mon existence en jeu pour toi, encore une fois, en un battement de cœur. Je t'ai dit que tu avais fait forte impression, à plus d'un titre. Il hésita, ses doigts restèrent immobiles contre ma peau. Je t'aime.

Je ne m'attendais pas à entendre ces trois mots sortir de la bouche du métamorphe. Une chaleur étourdissante se répandit autour de mon cœur, engloutissant la rage ardente qui s'en dégageait. Pourtant, une dernière question jaillit.

— Même si je suis en partie humaine ?

Omen éclata de rire.

— *Parce que* tu es en partie humaine, on dirait. Ne laisse pas ça te monter à la tête.

— Je suis moins bête que ça. Mes doigts glissèrent sous sa chemise, juste sous son col. Je t'aime aussi.

Il me répondit par un baiser, si passionné et si exigeant qu'il fit vaciller mes genoux. Je ne sus pas ce que les spectateurs en pensèrent, mais je ne peux pas dire que je m'en souciais. Cet homme indomptable et passionné était à moi, la pièce manquante du quatuor dont je ne savais pas que j'avais besoin, et je ne m'étais jamais sentie aussi à l'aise que dans ses bras, sur ce parking lugubre.

Lorsqu'il s'écarta, je gardai le sourire pendant un moment. Puis je jetai un coup d'œil vers la foule, à la recherche de mes autres amants de l'ombre. La question n'était pas de savoir s'ils seraient là, mais seulement où. Mon regard survola la masse de personnages...

Et dans un gémissement qui résonna à mes oreilles, un éclair de métal étincelant traversa les ténèbres et vint se planter dans le dos d'Omen.

VINGT-SEPT

Sorsha

Le projectile de métal transperça le cœur d'Omen, le bout pointu déchira sa chemise alors qu'il éclatait au milieu de sa poitrine. Un panache de fumée si épais qu'il cachait son visage jaillit de la blessure. Son corps s'affaissa sur moi.

Un cri s'échappa de ma gorge.

— Omen ? Omen !

Mon appel effréné n'empêcha pas ses jambes de s'effondrer. Je m'agrippai à lui, mais mes tentatives pour le stabiliser ne firent qu'envoyer mon corps s'étaler sur l'asphalte sale. Le choc de son dos contre le sol enfonça le pieu plus profondément.

Un putain de pieu, fait d'argent et de fer, comme une sorte de machine trois en un à tuer les monstres, pour les mortels qui ne pouvaient pas faire la différence entre les vampires, les loups-garous et les *faes*.

Je m'agenouillai à côté de mon amant, scrutant ses traits relâchés, mais la concentration de ces métaux déchirant son organe physique le plus vital était suffisante pour tuer même un chien de l'enfer.

La tête d'Omen penchait sur le côté, ses paupières s'agitaient. Un léger sifflement s'échappa de ses poumons, puis tout en lui devint mou, inconscient de mes cris et de mes secousses sur ses épaules.

De la fumée s'éleva en un nuage qui se figea. La couleur avait déjà disparu de son visage sans vie. Il ressemblait plus à une figure de cire qu'à un homme – un homme qui avait autrefois contenu tant de sarcasme et de puissance – un homme pour lequel j'aurais mis ma propre existence en jeu s'il y avait eu la moindre chance...

La fureur m'envahit, brûlante. Elle effaçait toute pensée, à l'exception d'une question qui me brûlait l'esprit : qui a fait ça ?

Je relevai la tête d'un coup sec. Le feu jaillit de mon corps dans toutes les directions, mais surtout vers le bas. La poussée des flammes brûlantes me propulsa dans les airs, au-dessus de la nuée d'hommes de l'ombre rassemblés autour de nous, dans le ciel nocturne, et je jetai un regard dans la direction d'où le pieu avait volé.

Une femme était accroupie sur le toit du bâtiment bas qui se trouvait entre le parking et la structure en briques plus haute qui avait été la cachette de Tempest. Elle portait l'armure standard de la Compagnie et préparait une nouvelle flèche étincelante dans une arbalète.

Mes poings se serrèrent le long de mon corps, mes doigts marquant mes paumes de leur chaleur brûlante. *Meurs !*

Avant qu'elle ne puisse mettre fin à la vie d'un autre être de l'ombre, une vague de flammes jaillit sous les pieds de la femme. En quelques secondes, elle l'avait complètement engloutie, jusqu'à son cri de douleur. Son corps se froissa comme l'avait fait celui d'Omen, le feu continuant de le ronger, mais voir sa forme se ratatiner et noircir n'apaisa en rien la rage qui m'habitait.

Un bruit de pas sourd parvint à mes oreilles à travers le rugissement des flammes qui me retenaient. Un groupe de laquais de la Compagnie courait vers la foule des ombres. L'un d'entre eux tripota une boîte en plastique, l'ouvrit d'un coup sec et en sortit l'une des nombreuses fioles de laboratoire – la maladie de Tempest.

Bien sûr, sa mort n'arrêterait pas les connards de mortels qui ne se doutaient pas que sa création les éliminerait aussi vite que les ombres qu'elle contaminerait.

Bien sûr, leur première pensée, alors que leurs collègues agonisaient et que leur bâtiment était en ruine, avait été de déployer cette horreur sur le monde.

Pas aujourd'hui, bande d'enfoirés.

Brûle. Brûle-les tous jusqu'au sol.

La fureur m'envahit et des flammes jaillirent dans l'essaim d'exterminateurs en herbe. Je serrai les poings plus fort. Le verre des flacons fondit, fusionnant et étouffant les microbes mortels qui flottaient à l'intérieur.

Ce n'était pas suffisant non plus. Qui savait combien de l'ignoble invention de la Compagnie était encore stockée dans ce bâtiment – ou dans d'autres installations à travers le monde ? Combien de sites et de personnes détenaient les informations nécessaires pour la recréer ?

Ils devaient tous disparaître. Tous les connards qui avaient rêvé de débarrasser le monde des ombres, qui avaient torturé et massacré pour leur propre satisfaction, et l'empire qu'ils avaient bâti, devaient mourir avec eux.

Mes flammes coururent le long du trottoir jusqu'à

l'immeuble éventré. Le rugissement sous moi me propulsa encore plus haut. D'autres flammes jaillirent de mon dos, avec une sensation piquante qui fut compensée par un sentiment de satisfaction lorsque des flammes crépitantes traversèrent l'air de part et d'autre de ma personne pour former des ailes.

Ils s'en étaient pris à un putain de phénix, et chacun d'entre eux allait brûler.

Je déversai ma rage sur la structure en briques, et un brasier aussi grésillant que le feu de joie qui m'habitait l'engloutit. La souillure de toutes ces intentions vicieuses rampait sur ma peau. Sans me poser de questions, je savais simplement que je pouvais suivre cette piste.

Ma conscience s'élargit à travers l'étendue sombre du monde d'en bas. Un appartement ici. Un entrepôt là. Une explosion de flammes, et ce n'était plus que du charbon.

Ma rage se répandit le long des lignes de communication et de connexion qui se révélèrent plus claires à mes sens aiguisés à chaque seconde qui passait. Elle brûlait les fils effilochés de la maîtrise de soi auxquels je m'accrochais si fermement, mais qu'est-ce que ça pouvait bien me faire ?

Aucun de ces salauds ne s'était soucié de la personne qu'ils blessaient.

Mon métamorphe chien de l'enfer, gisant mort sur le sol en dessous de moi. Luna, qui se brisait pour éviter d'être capturée. Toutes les incisions au scalpel et les injections à l'aiguille, tous les couteaux tranchants et les filets étouffants, toutes les voitures accidentées et les corps meurtris.

Mais c'est ce que faisaient les humains. Un monstre leur avait fait du tort, les avait effrayés ou les avait trompés, et ils pensaient que cela leur donnait le droit de commettre un génocide sur tous les êtres qui lui ressemblaient de près ou de loin.

Un laboratoire à Berlin. Un bureau de traitement à Madrid. Mon attention grésillait à travers l'océan jusqu'aux rivages que j'avais laissés derrière moi, les points chauds s'allumant comme les épingles sur la carte que nous avions vue au musée de la chaussure à Chicago.

Le feu jaillissait de moi par vagues, et je pouvais tout voir dans mon esprit : quelques douzaines de maisons d'employés de la compagnie à San Francisco ? Adieu. Un immeuble entier dans le Queens ? Sayonara.

Ma portée était infinie, mon feu inépuisable, et chacun d'entre eux allait payer.

Brûle. Brûle. Brûle tout, jusqu'à ce qu'il ne reste plus que des cendres.

Une lumière éblouissante ponctua ma vision. La puanteur du goudron bouillonnant et du vernis frit remplit mes poumons. Le contrôle que j'avais sur moi-même s'était envolé en fumée. Il n'y avait rien d'autre en moi ou autour de moi que ma fureur ardente, comme cela devait toujours être le cas.

Ma peau crépitait et noircissait, mon estomac fumait. Ce n'était pas grave. Si je devais m'immoler pour emporter avec moi tous les connards qui le méritaient, qu'il en soit ainsi.

De plus en plus de bâtiments succombaient à mes flammes. De plus en plus de corps s'effondraient en cendres. Mon âme hurlait son triomphe vengeur. Encore, encore, *brûle tout...*

Les pistes que j'avais tracées s'étiolaient. Chaque personne ayant contribué aux horreurs de la Compagnie, chaque lieu où ils avaient mené leurs cruelles affaires, chaque appareil ayant contenu leurs secrets avait été englouti dans le feu de ma fureur – mais ce n'était toujours pas suffisant.

Un mal me rongeait de la gorge aux tripes, la rage m'envahissant, rugissant pour être libérée.

Pourquoi la Compagnie devrait-elle être la seule à porter le chapeau ? Qu'en était-il de tous les autres mortels qui auraient attaqué les hommes de l'ombre s'ils avaient été au courant de leur existence – c'est-à-dire pratiquement tous les humains, non ?

Qu'en était-il des hommes de l'ombre eux-mêmes qui s'étaient jetés dans la mêlée non pas pour protéger leurs semblables, mais pour me détruire ? Qui avaient massacré mes parents – arraché la tête de mon père et l'avaient jetée par une putain de fenêtre – pour le seul crime de m'avoir créée ?

Et que dire de ces maudits Très Hauts qui avaient envoyé leurs serviteurs dans cette quête misérable ? Se croyaient-ils si invulnérables, en rôdant dans les profondeurs de leur royaume ?

Ha ! Avec le picotement du feu à travers et autour de moi, je pouvais goûter à la facilité avec laquelle je pourrais atteindre les failles et faire pleuvoir ma fureur brûlante sur les ténèbres jusqu'à ce qu'elle grille leurs âmes antiques.

Ils pensaient que j'étais une force à éteindre ? Je leur montrerais qui serait éviscéré.

Les flammes montaient déjà d'un cran – de l'immeuble en briques fracassé, à ceux qui l'entouraient, en passant par le parking en contrebas pour percuter un être brutal après l'autre. J'aspirai une bouffée d'air brûlant.

Je pouvais vraiment le faire. Je pouvais brûler les deux royaumes et moi-même avec eux, et quand j'émergerais des cendres, peut-être que tout cela renaîtrait en quelque chose de meilleur. Sérieusement, comment pourrait-il être difficile de faire mieux que le merdier que nous avions maintenant ?

Je rassemblai le feu qui enflait de plus en plus en moi, prête à le cracher aussi loin que je pouvais le projeter – et une voix pénétra le brouhaha de mes oreilles. Une voix douce et lumineuse, chargée d'une émotion qui me serra la poitrine.

— Sorsha ! Sorsha, je t'en prie, tu m'entends ?

Puis une autre voix : celle chocolatée, mais devenue tendue d'un baryton.

— Tu n'es pas seule, Mlle Blaze.

Et une autre : un grondement profond et rauque.

— Nous mènerons toutes les batailles nécessaires, Milady. Dis-nous simplement ce dont tu as besoin.

Les flammes autour de moi s'éteignirent légèrement. Je piquai de quelques mètres plus bas, mon estomac se crispa et je distinguai trois silhouettes planant dans l'air devant moi, leurs formes éclairées par une lumière orangée vacillante.

La lumière de mon feu. De mon vaste et violent brasier.

Les ailes immenses de Thorn balayaient l'air, le maintenant, lui et les deux hommes qu'il soutenait. Ruse avait le bras tendu vers moi, un désespoir que je n'avais jamais vu auparavant sur son air de voyou. Les yeux de Snap brillaient d'un vert éclatant, grands ouverts et fous.

— Ma Pêche, dit le dévoreur quand je croisai son regard. Ne pars pas. Je t'ai promis que je ne te laisserais pas, peu importe à quel point je serais bouleversé – ne me quitte pas.

Je ne partais pas. J'étais là, et je serais encore là quand le feu me ravagerait jusqu'aux os et me ramènerait à la vie. C'était tout le reste, tous les autres – ne pouvaient-ils pas voir à quel point nos mondes étaient devenus pourris ?

La voix d'Omen résonna dans mes souvenirs. *Souviens-toi de tous ceux qui sont là pour toi.*

Ces mots m'étouffèrent et provoquèrent en même temps une nouvelle vague de colère. Alors que les flammes autour de moi bondissaient et plongeaient à nouveau, une autre silhouette ailée apparut.

C'était Flint, mais il n'était pas seul. Il tenait... Vivi. Ma meilleure amie, agrippée aux bras du guerrier, le visage plein de cendres et sa tenue blanche habituelle tachée de suie. Mon pouls s'accéléra.

Elle m'adressa un sourire éclatant qui ne m'était que trop familier.

— Sorsha, tu n'as pas besoin d'en faire plus. Tu as mis ces salauds à terre. S'il en reste, nous les éliminerons, autant qu'il le faudra, comme on tire sur des rats dans un baril de dynamite. Mais d'abord, calmons-nous et faisons le point. Descends, s'il te plaît.

En bas. En bas. Jusqu'à l'endroit où gisait le cadavre de mon dernier amant, jusqu'à l'endroit où se tenait la horde des Très Hauts, attendant de me juger.

Je serrai les dents. Des flammes m'entourèrent.

Mais je n'arrivais pas à détacher les yeux des silhouettes qui se trouvaient devant moi. Au fur et à mesure que je les fixais, d'autres images surgissaient dans mon esprit.

C'était aussi le monde où mon dévoreur se délectait de tout, des hôtels extravagants à une simple banane, où nous avions découvert ensemble sa capacité à désirer. Le monde où mon incube m'avait offert tous les plaisirs qu'il pouvait imaginer pour me satisfaire, non seulement dans mon corps, mais aussi dans mon esprit et dans mon cœur. Le monde où j'avais combattu côte à côte avec mon guerrier ailé pendant qu'il laissait sa force porter la mienne plutôt que de la réprimer.

Le monde où ma meilleure amie et moi avions échangé des cartons de nourriture thaïlandaise sur son canapé devant nos films à la con préférés, où nous avions ri et dansé ensemble et fait des plans pour de grandes aventures que nous n'avions pas encore vécues.

Pouvais-je brûler les royaumes et épargner les quelques personnes qui détenaient une partie de mon cœur ? Pourrions-nous même conserver le bonheur qui nous avait réunis dans les décombres que mon feu enragé laisserait derrière lui ?

Tous ces gens là-bas, tous ces êtres qui dérivaient à travers les failles – tant d'entre eux avaient ri et s'étaient réjouis, s'étaient battus et avaient aimé aussi. Il y avait tant d'autres parents, d'autres tuteurs, d'autres amants et d'autres amis qui seraient pleurés.

Peut-être que certains d'entre eux étaient des monstres. Peut-être étions-nous tous des monstres. Mais cela ne signifiait pas qu'il n'y avait rien de bon en nous.

Des larmes brûlantes me piquèrent les yeux. Je ne voulais pas cela. Je ne voulais pas répandre la douleur dans les royaumes. Contre qui pourrais-je être furieuse, si ce n'était contre moi-même ?

Je pouvais donner raison à Omen sur un dernier point. Je n'étais pas comme Tempest, pas du tout.

La chaleur qui régnait sous moi s'estompa, et mes ailes enflammées firent de même. Je glissai vers le sol, mon corps semblant se contracter sur lui-même.

Mes vêtements pendaient en lambeaux roussis, ma peau également carbonisée. Lorsque je frissonnai dans la fraîcheur soudaine de l'air nocturne, les morceaux noircis de mon corps s'envolèrent comme des plumes en train de muer, révélant la chair intacte en dessous.

Même dans la faible lumière des réverbères éloignés, je pouvais voir que j'avais brûlé le parking autour de moi jusqu'à ce qu'il devienne encore plus sombre que le trottoir ne l'était auparavant. Les cendres de Tempest s'étaient dispersées dans le brasier. Alors que mes compagnons descendaient pour me rejoindre, mon regard se posa sur la silhouette affaissée d'Omen, qui avait tant bien que mal gardé sa forme.

Son corps reposait sur une traînée d'argent et de fer. La chaleur de mes flammes avait fait fondre le carreau d'arbalète si profondément que les métaux liquides s'étaient répandus sur le terrain pour s'accumuler dans un nid-de-poule voisin. Ses vêtements, brûlés en une masse solide, cachaient la blessure sur sa poitrine, mais je savais exactement où le pieu fatal l'avait frappé. Je savais...

Sa poitrine remuait.

Elle se soulevait et s'abaissait avec une respiration superficielle, et mon cœur faillit bondir dans ma gorge pour faire un numéro de danse sur l'asphalte.

— Omen ? Je me jetai à ses côtés. Son corps trembla, et la couche carbonisée qui recouvrait sa forme se fissura et commença à s'écailler comme l'avait fait la mienne.

Mes flammes ne l'avaient pas brûlé. Bien sûr que non. Elles ne l'avaient jamais fait auparavant – Omen était un être qui se nourrissait de feu. Les flammes que j'avais déversées avaient fait fondre les métaux toxiques dans son corps et les avaient absorbés dans la fente de sa blessure. Avaient... avaient-elles... ?

Ma main se dirigea vers cet endroit au milieu de sa poitrine. Les restes de sa chemise se désintégrèrent, et ma paume se posa sur une surface solide de chair du chien de l'enfer, seule une tache blanche de cicatrice montrant l'endroit où il avait été blessé.

Naturellement, c'est à ce moment-là qu'il ouvrit les yeux.

Pendant une seconde, Omen cligna des yeux, comme s'il avait besoin d'éclaircir sa vision. Un léger sillon se creusa sur son front. Puis un mince sourire se dessina sur ses lèvres.

— Tu ne peux pas résister à l'occasion de te faire plaisir même au milieu de l'apocalypse, hein, Miss Catastrophe ?

— Espèce de salaud ! dis-je, ce qui n'était pas vraiment juste, puisque je doutais qu'il ait voulu se faire tuer. Mais il comprit probablement que je ne pensais pas vraiment l'insulte vu l'enthousiasme avec lequel je jetai mes bras autour de lui juste après.

Omen laissa échapper un ricanement rauque et leva un bras pour me rendre mon étreinte. Une autre main serra mon épaule. Une troisième se posa sur mon dos et une quatrième effleura mes cheveux. Mes trois autres amants s'agenouillèrent autour de nous, nous souhaitant la bienvenue, à moi et à leur commandant.

— Tu vas bien ? demanda Snap, une question qui aurait pu s'adresser à l'un ou l'autre d'entre nous, ou plus probablement aux deux.

En guise de réponse, je levai la tête de l'épaule d'Omen pour embrasser mon dévoreur. Puis les larges bras de Thorn me mirent debout tandis que le métamorphe se hissait sur ses jambes. Vivi sauta à mes côtés, passant son bras autour du mien, et je l'étreignis aussi fort que mes amants.

— Tu as fait un long chemin pour me voir brûler le monde, dis-je.

Elle éclata d'un rire surpris.

— C'était une performance épique, mais je ne pense pas pouvoir la répéter.

— Bien, parce que moi non plus. Le feu en moi s'apaisa d'une nouvelle façon, comme le calme de l'océan après une tempête monstrueuse.

J'allais mettre fin au monde... mais je ne l'avais pas fait. Et maintenant que je m'étais approchée du bord, que je l'avais bien regardé avant de reculer, je ne pouvais pas imaginer me laisser pousser, même de très près, au-delà. Ce calme immense m'appartenait désormais. J'étais un phénix qui renaissait en quelque chose de meilleur, même si cela n'avait pas fonctionné tout à fait comme on l'avait prédit.

— Je suis contente que tu ailles bien, dit Vivi.

Je la serrai encore plus fort dans mes bras.

— Merci de m'avoir aidée à me calmer.

— Quand tu veux, ma meilleure amie. Tout ce que tu as à faire, c'est de dire un mot.

Il semblait que ce soit vrai. J'étais terriblement inquiète de sa réaction si elle découvrait ce que j'étais, mais elle avait vu le pire de moi ce soir, et elle était toujours là. Il était peut-être temps d'arrêter de s'inquiéter.

En ce qui concernait Vivi, en tout cas. Le regard d'Omen glissa au-delà de nous vers la foule des ombres, légèrement amoindrie par ma récente mise à feu, mais toujours bien plus nombreuse que notre petit groupe. Plus grande et faisant quelques pas timides et menaçants vers nous maintenant que l'incendie était terminé.

— Je vais de mieux en mieux, dit le métamorphe à Snap, mais je ne sais pas combien de temps ces gens vont permettre que cela dure. Je suppose que nos équidés et nos diablotins n'ont pas rempli leur part du plan ?

— Nous n'avons pas vu..., commença Ruse.

— Ruby ! beugla l'un des plus grands sous-fifres en levant sa hache, et c'est alors qu'un claquement de sabots de course résonna sur la route.

Gisèle et Bow menaient la charge, Gisèle devenue licorne et Bow montrant sa forme de centaure. Antic était perchée sur le dos étincelant de Gisèle.

Et avec eux, des douzaines de créatures sortirent de l'ombre pour entrer dans le monde physique et se précipiter vers nous en une vague.

Ils se précipitèrent à travers la foule des laquais, la plupart d'entre eux étant assez petits pour se faufiler entre leurs jambes musclées, les équidés se bousculant pour faire de la place au besoin. Avant que les laquais des Très Hauts n'aient pu protester, une silhouette familière s'avança devant moi et pivota pour observer notre public.

C'était Cori, l'ami des équidés.

— Cette femme m'a sauvé des griffes des mortels qui me tourmentaient, cria-t-il au-dessus de la clameur grandissante. Elle a risqué sa vie pour briser nos cages et nous amener tous à la liberté.

— Elle m'a fait sortir d'un laboratoire où j'étais détenu, dit un autre être. Je serais mort si les mortels avaient pu faire ce qu'ils voulaient.

D'autres voix s'élevèrent, l'une après l'autre.

— Elle s'est battue contre l'argent et le fer pour nous libérer et nous permettre de rentrer chez nous.

— Elle a brûlé l'endroit où les mortels nous avaient enfermés pour qu'ils ne puissent plus torturer d'autres êtres.

— J'ai cru que je n'atteindrais plus jamais les ombres jusqu'à ce qu'elle vienne nous chercher.

Les êtres inférieurs dans la foule des nouveaux arrivants jacassaient et aboyaient dans leurs propres versions du langage avec ce qui ressemblait à une cacophonie d'acquiescements.

J'avais une boule dans la gorge. Il ne semblait pas possible que les équidés aient pu rassembler tous les êtres que j'avais sauvés, et pourtant il y en avait des dizaines d'autres ici que je n'avais pas réalisé avoir tiré d'affaire. Tous les collectionneurs dans les maisons desquels je m'étais glissée, toutes les installations de la Compagnie que nous avions rasées...

Je suppose que tout s'était accumulé.

Alors que le flot de témoignages s'estompait, Thorn s'éclaircit la gorge.

— Et elle a abattu la créature de l'ombre responsable d'avoir encouragé le pire groupe de mortels dans leurs horribles transactions, la sphinge appelée Tempest, que les Très Hauts n'avaient pas réussi à soumettre il y a des siècles.

Omen prit ma main et la brandit comme il l'avait fait lorsqu'il m'avait rejoint pour la première fois.

— Le phénix a brûlé, et c'est Sorsha, et non Ruby, qui reste. Tu peux dire aux Très Hauts à quel point ils ont merdé... ou tu peux leur dire, en vérité, qu'Omen le chien de l'enfer s'est occupé de Ruby et qu'il n'y a plus de menace de sa part.

Une autre série de marmonnements commença, mais au moins personne n'agitait de hache dans ma direction pour le moment. Certains serviteurs pointèrent les doigts vers le bâtiment en ruine, d'autres vers le ciel où j'avais assouvi ma vengeance enflammée. Antic se faufila entre eux, lançant des interjections ici et là, comme elle l'entendait. En attendant le verdict, mes doigts se resserrèrent autour de ceux d'Omen.

Enfin, un personnage qui devait être une sorte de géant

s'avança vers l'avant de la foule et leva la main pour demander le silence. Sa voix se répandit dans le lot.

— C'est réglé. Nous avons pu constater que cet être, quel qu'il soit, avait détruit ceux qui nous menaçaient. Nous constatons que son feu s'est calmé alors que le chien de l'enfer se tient à ses côtés. Nous rapporterons aux Très Hauts que ce dernier a rempli son devoir et que le danger est passé.

Puis alors que l'exaltation montait derrière mes côtes, il croisa mon regard et inclina la tête dans une révérence légère, mais sans équivoque.

La horde disparut dans l'ombre dans un élan vacillant. Je regardai fixement, craignant à moitié de bouger au cas où mes jambes ne me porteraient plus.

— C'est fini ? dis-je à Omen. Ma tête n'est plus mise à prix ? Je baissai la voix. Plus de contrat suspendu sur la tienne ?

Le chien de l'enfer éclata de rire.

— Il semblerait que ce soit le cas. Attendons de voir si les Très Hauts renvoient leurs sbires à la charge après tout. Mais je crois que tu viens de réussir le plus beau coup de ta carrière, voleuse. Il me fit un sourire discret qui n'était destiné qu'à moi. Tu as volé nos deux libertés aux êtres les plus puissants de l'humanité.

Ruse frappa dans ses mains, un sourire en coin se dessinant sur ses lèvres.

— Et je dirais que cela mérite une fête. Allez, Mlle Blaze. Attends de voir ce que nous avons fait de la Toutemobile !

— Doux hippocampes scintillants, dois-je seulement demander ? Je secouai la tête avec un petit rire incrédule, je serrai ma meilleure amie et mes amants contre moi, et je partis voir ce que la route nous réservait.

VINGT-HUIT

Sorsha

P*as tout à fait un an plus tard*

Ce n'est jamais une mauvaise idée de se défouler avant un casse. Il fallait se lancer dans l'opération avec les idées claires et une concentration absolue. Et, par chance, j'avais maintenant quatre ombres sexy pour contribuer au défoulement et à l'échauffement – généralement en se livrant à toutes les façons amusantes et excitantes dont nos corps pouvaient s'unir.

Je ne me lasserais jamais de voir Omen cesser de respirer lorsque je passais ma langue autour de son membre, je le garantis. L'odeur de soufre du métamorphe infernal imprégnait ses régions inférieures d'un goût de fumée plus vif qui était presque aussi délicieux que de l'entendre se désagréger sous mes attentions.

Plus délicieux encore ? Les pulsations de plaisir qui me traversaient à chaque coup de langue de Thorn sur mon clitoris, aux côtés de Snap qui me pénétrait par-derrière, atteignant à chaque fois le point parfait de félicité.

Thorn me lécha plus fort, et je haletai sur l'érection d'Omen, un frémissement parcourant mon corps. Le métamorphe grogna à cause de la perte de contact avec lui, ses doigts se resserrant dans mes cheveux. Je souris et pressai à nouveau mes lèvres autour de son érection, et il me remercia avec un gémissement et en taquinant de sa queue un de mes mamelons déjà durcis.

Snap plongea la tête pour frotter sa langue fourchue contre ma colonne vertébrale. Thorn me pinça les fesses en frottant ses jointures durcies dont j'avais découvert qu'elles provoquaient leur propre frisson, et au coup de reins suivant du dévoreur, la vague finale d'extase m'envoya au septième ciel.

J'aspirai le membre d'Omen, déterminée à l'emmener avec moi dans le plaisir. Un gémissement s'échappa de sa bouche alors qu'il faisait jaillir de la chaleur fumante dans la mienne. Je l'avalai avec joie m'accrochai à lui tandis que Snap accélérait le mouvement. Le dévoreur termina par un plongeon rapide qui me fit basculer à nouveau dans le vide.

Alors que nous nous affaissions ensemble dans un enchevêtrement de corps rassasiés, je jetai un coup d'œil à Ruse, qui avait choisi de s'en tenir à nous regarder cette fois-ci. Il répondit à mon regard interrogateur par un sourire en coin et une lueur de chaleur dans les yeux.

— C'était un sacré spectacle, dit-il.

Je lui répondis par un sourire.

— Tant que tu ne te sens pas exclu.

— Ce n'est pas comme si je n'avais pas eu beaucoup de plaisir avant. Et je demande à être le premier sur le lit ce soir.

— Ma Pêche, murmura Snap en guise de protestation, passant son bras mince autour d'une de mes jambes.

S'il avait pu, le dévoreur se serait blotti contre moi tous les soirs, mais aussi impressionnante que soit la Toutemobile, ce lit était à peine assez grand pour que deux corps dorment l'un à côté de l'autre. Quand l'un de ces corps était celui de Thorn, il était à peine assez grand pour un seul. Mes amants avaient mis au point une sorte de programme d'équité dans lequel ils s'échangeaient les avantages des câlins, à l'exception des nuits occasionnelles où je voulais mon espace et où je les mettais tous à la porte.

Omen s'esclaffa, sa queue traçant toujours des lignes paresseuses le long de mes côtes.

— La prochaine fois que nous aurons l'occasion de marchander des rénovations magiques, nous devrions envisager d'agrandir cette pièce et ses meubles.

Je n'aurais jamais pensé qu'il se plaindrait d'occasions manquées de se blottir contre moi, mais le chien de l'enfer s'était révélé étonnamment câlin – peut-être même à sa propre surprise. Les nuits qu'il passait avec moi, il commençait toujours à l'autre bout du lit, une main posée sur mon épaule ou enroulée autour de mon poignet. Puis je me réveillais pour me retrouver blottie contre lui de la tête aux pieds, enveloppée de ses membres et de notre chaleur ardente.

La première fois que cela arriva, ce fut la seule fois où je jurerais l'avoir vu rougir, mais les ébats que nous eûmes ensuite, assez torrides pour brûler les draps, semblèrent le rassurer sur le fait que les actions de son corps quand il le laissait dormir n'étaient pas si terribles.

— Bonne idée, dis-je, et je remuai pour me lever. Thorn me saisit le bras pour m'aider, et je me penchai pour l'embrasser rapidement.

— Tu es sûre de vouloir continuer cette mission ce soir ? demanda Ruse. C'est ton anniversaire. Les créatures peuvent survivre dans leurs cages un jour de plus.

J'agitai un doigt sous son nez.

— Je serais bien égoïste de les laisser se faire tourmenter par ce collectionneur alors que je peux tout aussi bien fêter mon anniversaire demain. Nous sommes ici, maintenant. Tu pourras mettre en œuvre les grands projets que tu as échafaudés une fois que nous aurons donné une leçon à ce trou du cul.

— Bien dit, Milady, dit Thorn avec l'un de ses rares sourires qui me donnaient encore le vertige quand je les voyais sur son expression sévère.

— Merci. J'attrapai un peignoir pour garder un peu de pudeur auprès de nos compagnons de camping-car. Cela ne veut pas dire que je vais manquer la douche. Je serai un rat d'hôtel tout propre.

— Une petite plongée dans l'ombre ferait la même chose, me rappela Omen avec une note taquine dans la voix.

Techniquement, il avait raison. Avec quelques essais et erreurs, nous avions déterminé que je pouvais me fondre dans les ténèbres comme un être de l'ombre à part entière, même si je n'appréciais toujours pas la sensation de moiteur qui l'accompagnait, et que je n'avais pas encore tout à fait pris l'habitude de sauter d'une parcelle à l'autre. Pourtant, ma réponse fut la même que d'habitude.

— Certaines choses sont mieux appréciées dans un

corps physique, comme tu le sais certainement. Je laissai mon regard parcourir sa forme nue dans toute sa gloire musculaire.

— Et remercions toutes les choses sombres pour cela, dit Ruse.

Alors que je me dirigeais vers la porte, Snap fit un petit bruit avec sa gorge.

— Nous devrions quand même … pour son véritable anniversaire...

Lorsque je jetai un coup d'œil en arrière, il était en train de jeter un regard significatif aux autres hommes. Thorn avait pris une expression qui semblait indiquer qu'il ne savait pas du tout de quoi parlait le dévoreur, mais qui avait manifestement l'effet inverse. Le sourire de Ruse s'élargit.

Omen roula des yeux et donna un coup de talon dans les côtes de Snap.

— Laisse-la prendre sa douche d'abord. On aura le temps après.

Du temps pour une sorte de surprise de l'humanité de l'ombre ? Intrigant. J'avais intérêt à prendre une douche rapide.

Bien sûr, c'était plus facile à dire qu'à faire dans nos locaux actuels. La sylphide qui avait mené nos premières rénovations pour nous remercier de l'avoir sortie des griffes de la Compagnie possédait un don pour l'aération, mais pas pour la plomberie, et les êtres qui avaient tenté de participer depuis n'avaient que partiellement résolu les bizarreries de la Toutemobile. Chaque fois que j'ouvrais la douche, j'avais cinquante pour cent de chances d'être d'abord aspergé de cacao chaud, d'huile de sésame ou d'un arc-en-ciel de minuscules boules de gomme. Et de temps en temps, même si je parvenais à faire démarrer l'eau, la douche se transformait en un flot de poussière en cours de route.

Aujourd'hui, je reçus une gorgée de café et une bouchée de bonbons à la gomme – toutes deux prises dans le mug que je gardais à portée de main pour de telles occasions, parce que pourquoi ne pas en profiter – avant que la pomme de douche ne se résigne à un jet d'eau standard.

Je me lavai rapidement, en prêtant l'oreille au léger sifflement qui signalait généralement l'arrivée imminente de la poussière, puis j'enfilai ma tenue de cambrioleuse. Mes goûts n'avaient pas changé dans ce domaine : tout en noir, même si je ne m'embarrassais pas encore de ma cagoule. Et je n'avais plus besoin de couteau à brûler maintenant que je pouvais faire fondre le métal par la seule force de ma volonté.

Alors que j'entrais dans le hall, frottant une dernière fois mes cheveux avec la serviette, Vivi émergea du nouvel étage du camping-car, qui était le résultat principal de l'aide de la sylphide. La Toutemobile ne semblait pas plus grande de l'extérieur, mais à l'intérieur, un étroit escalier en colimaçon situé à côté de la salle de bain menait maintenant à une chambre en mezzanine.

Les sourcils de Vivi se soulevèrent.

— C'est déjà l'heure de partir ?

Je lui donnai un petit coup dans le bras pour plaisanter.

— La nuit commence à peine à tomber. Nous partons à la nuit noire, tu te souviens ?

Elle se mit à sautiller sur ses pieds dans un geste qui ressemblait tellement à Antic que je me dis qu'il ne fallait pas s'étonner qu'elle et le diablotin s'entendent bien.

— C'est vrai, c'est vrai. Je suis toujours aussi enthousiaste même si ce n'est pas moi qui y vais !

La destruction de la Compagnie de la Lumière n'avait pas débarrassé le monde des chasseurs et collectionneurs indépendants. Lorsque mon quatuor d'ombres et moi avions décidé de faire tourner la Toutemobile pour constituer une sorte de Fonds de défense des ombres itinérant, j'avais su que je devais inviter ma meilleure amie.

Il était difficile de remettre en question les doutes que j'avais eus sur la capacité de Vivi à accepter mes hobbies moins que légaux à voir comment elle s'était opposée à la Compagnie – et toutes les autres choses qu'elle avait acceptées à mon sujet. Nous avions donc aménagé une chambre supplémentaire pour elle, et elle vivait l'aventure dont elle avait toujours rêvé, en coordonnant nos différents contacts, surveillant les systèmes de sécurité et effectuant des reconnaissances chaque fois que nous avions besoin de quelqu'un qui pouvait se montrer « normal » mieux que le reste d'entre nous.

Il était clair qu'elle s'amusait comme une folle. J'étais sûre que le fait qu'elle et Cori aient commencé à se lier d'amitié lors de ses visites régulières du côté des mortels n'y avait pas nui.

Antic elle-même passa à côté de nous, gloussant en sprintant après Pickle dans une partie de jeu de piste. Le petit dragon semblait avoir volé l'un des bracelets en gelée que le diablotin avait dérobés à un stand de mode pour préadolescents dans un centre commercial, il y avait plusieurs villes de cela. Pickle me montra ses mâchoires d'où pendait le bracelet, en crachant une bouffée de fumée et plongea devant nous dans l'un des placards de la cuisine.

Vivi éclata de rire.

— Il se passe toujours un truc rigolo ici.

Je la poussai du coude.

— Je te ferai savoir quand ce sera encore plus rigolo.

Je retournai dans ma chambre et j'y trouvai mes quatre amants entassés sur le bord du lit, à nouveau habillés, avec un air impatient qui fit tressaillir ma peau. Étaient-ils nerveux ou simplement impatients de faire ce qu'ils préparaient – ou peut-être un peu des deux ?

Snap se leva d'un bond, rayonnant, apparemment à la tête de cette organisation particulière.

— Nous avons quelque chose pour toi, annonça-t-il en me tendant la main.

Il n'avait jamais été facile pour moi de m'opposer au dévoreur, et je n'avais aucune envie de le faire maintenant. J'attrapai sa main, mais au lieu d'entremêler ses doigts dans les miens, il les replia doucement vers ma paume, à l'exception de mon index. De son autre main, il fit apparaître une bague scintillante qu'il fit glisser le long de mon doigt jusqu'à la racine.

La bague était délicate, si légère que j'en sentais à peine le poids, de l'or rose et de l'or blanc tissés ensemble dans un motif en forme de vigne.

— C'est magnifique, dis-je sincèrement, même si je ne comprenais pas totalement ce qui avait déclenché cette ferveur pour les bijoux.

Ruse se leva lui aussi. Il prit ma main de Snap et fit glisser une bague de son cru sur mon majeur, tout aussi légère, mais avec un motif qui ressemblait à des vagues en train de fusionner. Je regardai les deux bagues côte à côte, une sensation de pétillement s'installant dans mon estomac.

Avant que je puisse dire quoi que ce soit, Thorn me surplombait. Ses larges doigts serrèrent les miens avec moins d'adresse, mais avec autant d'affection que les deux autres. L'anneau qu'il me passa à l'annulaire brillait des mêmes métaux contrastés en une spirale complexe.

Alors qu'Omen se mettait debout, une sensation de pétillement m'envahit la poitrine.

Le chien de l'enfer souleva ma main et passa un dernier anneau sur mon auriculaire. Les brins d'or rose et d'or blanc fusionnaient comme des flammes.

Snap me toucha l'épaule et se pencha pour me caresser les cheveux.

— Tu m'as déjà dit que les humains se donnaient des bagues pour montrer leur plus grande forme d'engagement. Quand ils veulent être avec cette personne et personne d'autre, pour toujours.

— Ce n'est pas que nous n'ayons pas été très clairs sur notre dévotion envers toi, Mlle Blaze, ajouta Ruse. Mais notre dévoreur a estimé qu'un signe concret était nécessaire, et nous comprenions très bien son point de vue.

Thorn posa sa main sur mon dos et passa son pouce de haut en bas en une chaude caresse.

— Il est évident que nous n'exigerons pas que tu les portes, surtout si elles risquent de te gêner dans tes activités. Mais je dois dire que c'est agréable de les voir ainsi réunies sur ta jolie main.

Je levai les yeux pour rencontrer ceux d'Omen. Il n'y avait peut-être pas de magie littérale dans ce geste, mais il s'agissait d'un lien symbolique, que je pouvais ressentir dans la sensation de pétillement qui s'était maintenant répandue dans tout mon corps. Cela faisait moins d'un an que le métamorphe avait perçu la rupture officielle de son accord avec les Très Hauts – aucune reconnaissance de leur part, juste un relâchement soudain de leur emprise qui l'avait fait bondir avec un cri de soulagement joyeux qu'il n'avait pas pu retenir.

Moins d'un an s'était écoulé depuis qu'il avait gagné la liberté qu'il avait perdue pendant des siècles.

— Et toi aussi, tu es prêt à t'engager, n'est-ce pas ?

Il lui aurait suffi de hausser les épaules ou de faire une remarque désobligeante pour réduire à néant tout le sens de la bague. Au lieu de cela, il me dévisagea, un soupçon de sourire se dessinant sur ses lèvres.

— J'ai bien peur que tu sois coincée avec moi, Miss Catastrophe. Sois contente que j'aie été subtil, j'aurais pu ressortir les chaînes.

Cette plaisanterie mit fin à toute tension et à l'étourdissement qui m'envahissait. Je lui donnai un petit coup de poing dans la poitrine, incapable de contenir un énorme sourire.

— Hé, les chaînes ont leur place ! Tant que ça ne te dérange pas de t'être retrouvé avec le petit doigt pour ta bague.

Omen tapota Thorn et Snap de chaque côté de lui, tous deux dépassant de quinze centimètres la carrure bien bâtie du métamorphe.

— Je pense avoir amplement prouvé que plus petit ne veux pas nécessairement dire moins bon.

— Hé ! dit Snap.

L'ailé laissa échapper un rire proche du grondement, et une seconde plus tard, nous étions tous en train de rire. Je refermai ma main, admirant mes anneaux scintiller les uns à côté des autres et me délectant de la chaleur du cercle plus large formé par mes amants autour de moi.

— Je vous remercie. Vous les avez bien choisies. Je ne pense pas qu'elles me gêneront sous mes gants. J'embrassai mes amants l'un après l'autre. C'est pour que vous teniez jusqu'à ce que je puisse vous rendre la pareille, ce qui ne manquera pas d'arriver. Je lève mon verre à ce soir, pour un bon cambriolage !

— Repérage terminé ! brailla Gisèle depuis l'endroit où elle venait d'émerger dans la pièce principale du camping-car, sa voix mélodieuse traversant le mur. Qui est prêt à faire tomber cet enfoiré ?

Tandis que les équidés et Flint partageaient leurs observations et que nous discutions de notre stratégie finale, je rassemblai tout mon matériel. La cible de ce soir était un con suprême – pas seulement un collectionneur, mais aussi un chasseur, gardant les plus rares de ses prises et vendant les autres. J'avais hâte de mettre le feu à son manoir. Et les babioles que je chaparderais nous permettraient de profiter de tous nos autres petits plaisirs tout en payant ceux qui le méritaient.

Lorsque la rue fut complètement obscure au-delà des fenêtres, nous nous mîmes en route en faisant un signe d'adieu et un « Ditto ! » à Vivi. Je me faufilai dans la nuit, me fondant dans les ombres presque aussi bien que mes compagnons.

Ils avaient beau être invisibles, je sentais leur présence tout autour de moi, leurs objectifs et leur amour s'entremêlant aux miens comme les métaux des anneaux qu'ils avaient choisis. Demain, nous célébrerions le début de la prochaine année de ma vie. Ce soir, nous rendions justice à ceux qui ne pouvaient pas le faire eux-mêmes.

Appelez-moi le Robin des Bois de l'émancipation des monstres si vous voulez. Et maintenant que j'avais ma bande de joyeux lurons, notre avenir ensemble serait à la fois légendaire et sans fin.

À PROPOS DE L'AUTEUR

Eva Chase est une autrice dans le top 100 des best-sellers Amazon dans les catégories de romance fantaisie et paranormale. Elle a grandi avec une bonne dose de magie, de chaos et de cette angoisse romantique, trois éléments que l'on retrouve dans ses histoires. Mais il n'y a pas besoin d'avoir peur des triangles amoureux ! Les héroïnes d'Eva n'ont jamais à choisir. Vous pouvez visiter son site web au www.evachase.com.